BOO

NEIL SMITH

BOO

Tradução de
Elisa Nazarian

FÁBRICA231

Título original
BOO
A Novel

Edição brasileira publicada mediante acordo com
The Cooke Agency através da Agência Riff.

FÁBRICA231
O selo de entretenimento da Editora Rocco Ltda.

Direitos para a língua portuguesa reservados
com exclusividade para o Brasil à
EDITORA ROCCO LTDA.
Av. Presidente Wilson, 231 - 8º andar
20030-021 - Rio de Janeiro - RJ
Tel.: (21) 3525-2000 - Fax: (21) 3525-2001
rocco@rocco.com.br / www.rocco.com.br

Printed in Brazil/Impresso no Brasil

preparação de originais
ANA ISSA

CIP-Brasil. Catalogação na fonte.
Sindicato Nacional dos Editores de Livros, RJ.

S647b Smith, Neil
Boo / Neil Smith; tradução de Elisa Nazarian. - 1ª ed.
- Rio de Janeiro: Fábrica231, 2016.

Tradução de: Boo: A Novel

ISBN 978-85-68432-82-2 (brochura)

ISBN 978-85-68432-83-9 (e-book)

1. Romance canadense. I. Nazarian, Elisa. II. Título.

16-34347 CDD-819.13
CDU-821.111(71)-3

O texto deste livro obedece às normas do
Acordo Ortográfico da Língua Portuguesa.

BOO

1	1.01
H	
Hidrogênio	

Alguma vez vocês já imaginaram, Pai e Mãe queridos, que tipo de pasta de dentes os anjos usam no céu? Vou contar pra vocês: usamos bicarbonato de sódio nas nossas escovas. Tem um gosto salgadinho, o que não é de se estranhar, porque o bicarbonato é uma espécie de sal.

Vocês nunca pensaram em pasta de dente no céu, pensaram? Afinal de contas, vocês são agnósticos. Mas até os que creem raramente pensam nos detalhes práticos da sua vida póstuma. Quando pensam no paraíso, imaginam apenas um sentimento de amor e uma sensação de paz. Não passa pela cabeça deles pensar se o abacaxi que se come aqui será fresco ou enlatado. (Na verdade, recebemos os dois tipos, embora, com certeza, mais do enlatado do que do fresco.)

Neste livro que estou escrevendo para vocês sobre minha vida além-túmulo vocês terão o fundamental. Um dia, espero descobrir um jeito de lhes entregar minha história.

Como sabem, morri em frente ao meu armário no Helen Keller Junior High, em 7 de setembro de 1979, o que foi exatamente há um mês. Antes de morrer, eu estava recitando os 106 elementos da tabela periódica. O número do meu armário (nº 106) me inspirou, e meu objetivo era decorar todos os elementos em ordem cronológica. No entanto, quando cheguei no nº 78, platina (Pt), Jermaine Tucker me interrompeu, dando um tapa na minha cabeça.

– Que raios você está fazendo, Boo? – ele perguntou.

Eu já contei pra vocês que meus colegas me chamavam de Boo, por causa da minha pele cadavérica, e do meu cabelo loiro-branco, eletrificado, que fica arrepiado nas pontas. Alguns deles me consideravam albino, mas é claro que não sou; um verdadeiro albino tem olhos vermelho-escuros, ou quase arroxeados, enquanto que os meus são azul-claros.

– Boo! Que irônico! – vocês podem dizer, porque agora seu filho é um fantasma.

É claro que vocês estariam enganados, porque isto não é uma verdadeira ironia. Ironia seria se Jermaine Tucker tivesse dito: "Uau, Boo, tenho o maior respeito e admiração por você por decorar a tabela periódica!" Respeito e admiração são o oposto dos sentimentos que eu despertava em Jermaine, e, por consequência, na maioria dos meus colegas.

Vocês percebiam que eu era um pária? Se não percebiam, sinto nunca ter deixado isto claro, mas não queria que ficassem preocupados com coisas que não teriam como controlar. Vocês já se preocupavam o suficiente com o buraco inoperável no meu coração, e já tinham me prevenido há muito tempo quanto a forçar seus músculos.

Jermaine foi para a classe e eu continuei firme na minha contagem, enquanto os cientistas Richard Dawkins e Jane Goodall me observavam das fotografias que eu tinha colado do lado de dentro da porta do meu armário. Pela primeiríssima vez cheguei ao nº 106, seabórgio (Sg), sem dar uma olhadinha na tabela periódica pendurada debaixo das fotos de Richard e Jane.

O fato de eu decorar, no entanto, deve ter superexcitado o meu coração, porque imediatamente caí desmaiado no chão. Poderia dizer "desencarnei", principalmente, considerando o meu apelido, mas não gosto de eufemismos. Prefiro dizer a verdade nua e crua. A verdade nua e crua: meu coração parou e eu morri.

Não sei dizer quanto tempo se passou entre a última batida do meu coração no corredor da escola, e meus olhos se abrindo no além.

Afinal de contas, quem sabe em que fuso horário está o céu? Mas quando dei uma olhada ao redor do cômodo onde me achava, é certo que não vi a imagem clichê do paraíso: nenhum anjo de manto branco com sorriso bondoso deslizou para fora de um banco de nuvens, cantando em tom melodioso. Vi uma menina negra roncando, enquanto dormia numa cadeira giratória de espaldar alto com um livro a seus pés.

Soube imediatamente que estava morto. Minha primeira pista: vi a menina perfeitamente, ainda que não estivesse de óculos. Até vi o título do seu livro (*Brown Girl, Brownstones*). Na verdade, vi tudo à minha volta com grande nitidez. A menina usava jeans e camiseta com uma estampa de uma ninhada de gatinhos angorá. Contas coloridas pendiam das pontas das suas tranças desde a raiz, e elas me lembraram do ábaco que vocês me deram quando eu tinha 5 anos.

Eu estava deitado em uma cama de solteiro, coberto com lençol e um cobertor fino de algodão. Além da cadeira giratória, a cama era o único móvel no quarto sem janelas. No alto, rodava um ventilador de teto. Nas paredes, havia pinturas abstratas: garranchos, manchas e escorridos. Sentei-me na cama. Meu peito nu parecia mais branco do que o normal, e as artérias azuladas que marmorizavam meus ombros se destacavam. Dei uma olhada debaixo do cobertor e vi que não estava usando calça de pijama, nem cueca. Mas a nudez não me incomodava. Pra mim, um pênis não é mais constrangedor do que uma orelha ou um nariz. Mesmo assim, não vão pensando que eu achava os chuveiros de ginástica do Helen Keller, por exemplo, um lugar confortável de se estar. Aquele banheiro de ducha coletiva era um terreno fértil para o papiloma, um vírus humano que causa verruga plantar. E ali, por duas vezes, Kevin Stein resolveu que seria hilário urinar na minha perna.

— Com licença! Oi! — chamei a menina da cadeira giratória, que acordou de um pulo. Olhou para mim com os olhos arregalados.

— É pra eu deduzir que estou morto? — perguntei.

Ela deixou a cadeira de imediato, e veio às pressas, chutando seu romance, acidentalmente, para debaixo da cama. Agarrou minha mão e a apertou. Dei um puxão porque, como vocês sabem, não gosto que me toquem.

— Você não está morto, querido — ela disse. — Você passou, mas ainda está vivo.

— Passei?

— Aqui, a gente diz "passou", em vez de "morreu". Passou, como se você tivesse ido bem numa prova de matemática.

Ela me abriu um sorriso que expôs um espaço entre os dentes da frente, grande o bastante para enfiar um canudo. Quando se sentou ao lado da cama, a cama se inclinou porque ela era pesada. Uma vez li um artigo sobre longevidade na revista *Science*, que afirmava que pessoas magras vivem mais tempo. Para contrabalançar meu coração furado, tentei prolongar minha vida ficando com um físico delgado. Não é preciso dizer que meus esforços deram em nada.

— Deixe eu me apresentar — disse a menina. — Meu nome é Thelma Rudd, e sou de Wilmington, Carolina do Norte, onde minha família tem a lanchonete Horseshoe.

Ela perguntou meu nome e de onde eu vinha.

— Oliver Dalrymple, de Hoffman Estates, Illinois — contei pra ela. — Meus pais têm uma barbearia ali, chamada Clippers.

— Você sabe como você passou, Oliver Dalrymple?

— Acho que morri de coração estragado.

— Coração sagrado? — Ela pareceu perplexa. — Todos nós temos corações *sagrados* aqui.

— Não, estou dizendo que meu coração tem um *buraco*.

— Ai, que horror! — ela disse, e deu um tapinha na minha perna.

Thelma continuou explicando que pertencia a um grupo de voluntários conhecidos como "almas caridosas".

— Sempre me inscrevo para o plantão de renascimento aqui, na enfermaria Meg Murry — ela disse. — Gosto de receber os renascidos como você.

Perguntei quanto tempo levava um "renascimento".

— Termina num piscar de olhos. — Thelma piscou várias vezes. — Uma alma caridosa está sempre no plantão de renascimento Meg Murry. Nunca se sabe quando vamos receber uma encomenda.

Ela deu um tapinha no colchão e olhei a cama, o cobertor amarfanhado, o travesseiro com a marca da minha cabeça. Não parecia misteriosa, nem milagrosa, em nenhum aspecto.

— A gente simplesmente se materializa aqui? — perguntei.

Thelma assentiu. Olhou-me com um olhar penetrante, os olhos tão fundos que imaginei que ela também tivesse usado óculos.

— Sabe, querido, você é o novo nascido mais calmo que já conheci — ela disse. — Você não acreditaria nos histéricos que vi nos meus dezenove anos na Cidade.

— Dezenove anos? — perguntei. — Mas você parece ter a *minha* idade.

— Todos nós aqui temos 13 anos.

Este além, em particular, ela esclareceu, estava reservado para os americanos que faziam a passagem aos 13 anos.

— A gente chama aqui de Cidade — disse. — Nós, citadinos, acreditamos que exista um montão de cidades no céu. Uma para cada idade, uma para pessoas que fazem a passagem aos 16, uma para as que fazem aos 23, uma para as que fazem aos 44, e assim por diante.

— Treze — disse, mistificado. — Todos nós temos 13 anos?

— Os citadinos nunca envelhecem. Ficamos com 13 anos durante toda vida além-túmulo. Eu pareço exatamente a mesma de quando cheguei aqui, há dezenove anos.

Vocês vão achar isto absurdo, Mãe e Pai, mas esta estagnação no além me entristeceu mais do que a realização da minha própria morte. Eu nunca cresceria, nunca iria para a faculdade, nunca me tornaria um cientista. E, sinceramente, já estava farto do pessoal de 13 anos na América, já tinha visto sua estupidez, sua crueldade e sua imaturidade.

Thelma notou minha perturbação repentina.

— Ah, mas conforme o tempo passa, mais sábios ficamos — ela disse. — Bom, pelo menos alguns de nós ficam.

— Segregar a vida além-túmulo por idade parece lógico — eu disse, para não ser encrenqueiro. — Afinal de contas, se todos os mortos fossem acolhidos no mesmo lugar, a Cidade ficaria com um grave excesso de população.

Depois, perguntei: — Eu vou ficar aqui por toda a eternidade?

Ela sacudiu a cabeça.

— Não, nós citadinos só ficamos aqui cinco décadas. Terminado o tempo, vamos dormir uma noite e nunca mais acordamos. A gente some na noite. Só sobra nosso pijama.

— Puxa! — eu disse. — Pra onde a gente vai depois?

— Tem gente que diz que a gente vai pra um nível superior de céu, com comida melhor, encanamento de mais qualidade, e céus mais ensolarados — Thelma respondeu. — Outros ficam imaginando se a gente reencarna de volta para a América. Mas a verdade é que ninguém sabe realmente pra onde a gente vai.

Thelma levantou-se da cama e abriu a porta de um armário. Saiu trazendo uma calça jeans, camisetas, cueca boxer, e meias, que deixou na cama.

— Quanto você calça?

— Trinta e sete — eu disse.

Ela foi ao armário pra buscar uns sapatos pra mim.

— Você tem algum mocassim? — perguntei, porque são os sapatos que você sempre me compra, Mãe.

— A Cidade não tem sapatos de couro — Thelma respondeu. — Couro é vaca morta, e o céu não é lugar para mortos.

Enquanto ela procurava no armário, vesti a cueca e o jeans coberto de manchas vermelhas, brancas e azuis do Bicentenário, há três anos.

— Então, só americanos vêm aqui? — perguntei.

— É. A gente não recebe estrangeiros. Só gente que viveu nos Estados Unidos da América.

Pensei nos filmes absurdos de ficção científica, onde os personagens de planetas distantes falam um inglês americano fluente, e nunca sueco ou suaíli.

— E as religiões diferentes? — perguntei, enquanto escolhia uma camiseta desbotada dentre a meia dúzia que estava na cama.

— Ah, a gente não está dividido por religião. Aqui tem de todos os tipos: batistas, católicos, mórmons, judeus, testemunhas de Jeová. Diga uma, e a gente tem.

Ela saiu carregando um par de tênis detonado, que tinha as letras L e R pintadas nos dedos. Estendeu-o para mim.

— Qual é a sua religião? — perguntou.

— Ateísta.

Ela soltou uma gargalhada.

— Eu mesma nem sempre tenho muita fé num ser supremo.

Sentei-me na cama e calcei os tênis. Ela se sentou ao meu lado, e catou um fiapo na minha camiseta.

— Não sou religiosa, mas sou uma pessoa espiritual — ela disse. — Você é espiritual, Oliver?

— Nunca tive um dia espiritual em toda minha vida.

Ela me sorriu com a falha nos dentes.

— Bom, toda sua vida americana acabou, meu bem — ela disse. — Mas sua vida no além está prestes a começar. Talvez você ache alguma espiritualidade aqui.

2 4.00
He
Hélio

Afinal, o que as pessoas querem dizer com "espiritualidade"? Significa que elas sentem instintivamente que um poder superior guia suas vidas e controla o mundo ao seu redor? Ou simplesmente que se sentem deslumbradas e intimidadas perante a beleza? A beleza, digamos, de um concerto de violoncelo em Mi menor (um dos seus favoritos, Mãe), ou das camadas estratificadas de siltito, argilito e xisto, formando o Deserto Pintado (um dos seus favoritos, Pai).

Vocês se lembram de quando a gente assistiu à aurora boreal em um cruzeiro de navio no Alasca? Ficamos atônitos, observando as partículas de gás de nossa atmosfera colidirem com partículas carregadas do sol, criando arcos de um verde estranho e rosa claro, que atravessaram o manto estrelado do céu noturno. No entanto, não sentimos, nem por um momento, o tipo de espiritualidade que sugerisse que um deus (um Zeus musculoso, de cabelo encaracolado, por exemplo) estivesse agachado atrás de uma nuvem, com uma coleção de lanternas coloridas para irradiar pelos céus.

As pessoas religiosas nunca pensam em banheiro ou pasta de dente no céu, mas frequentemente imaginam a paisagem daqui. Imaginam riachos murmurantes, montanhas com os picos cobertos de neve, cachoeiras abundantes e florestas luxuriantes.

Bom, esqueçam os riachos, as montanhas, as cachoeiras, e as florestas. Para ter uma boa ideia da Cidade, imaginem, em vez disso, um enorme projeto de casas populares. Os alojamentos de três andares de tijolinhos, onde vivemos, são moradias de baixo custo. Quanto às outras construções – escolas, bibliotecas, cafés, centros comunitários, depósitos – são simples, mas estruturas sólidas. São bem-parecidas com as construções de Illinois, mas com uma grande diferença.

Os prédios na Cidade podem "se consertar sozinhos".

Com o tempo, uma rachadura numa parede é preenchida, degraus tortos se nivelam, e tábuas soltas se estabilizam. Se, por exemplo, alguém acidentalmente chuta uma bola em uma vidraça, aquela vidraça, num prazo de semanas, volta a preencher seu caixilho. Às vezes, um citadino entediado quebra uma janela em seu dormitório de propósito, só para ver o vidro reaparecer lentamente.

Três semanas depois da minha chegada, quebrei uma vidraça de propósito, mas não por tédio, e sim para fazer um experimento. Eu não queria deixar entrar o som de fora porque tenho sono leve, então dei com um martelo em uma vidraça no galpão que fica em cima da minha casa, no alojamento Frank e Joe Hardy. Toda manhã, bem cedo, vou até o telhado para assistir ao nascer do sol e checar o vidro crescendo no caixilho. Com uma régua, meço o crescimento diário para ver se é constante. Até o momento, não é: o vidro cresce dois centímetros e meio em alguns dias, e sete centímetros e meio em outros. Estranho.

Com um canivete, fiz um corte no meu braço esquerdo nesta semana. Não se preocupem, Mãe e Pai. Estou fazendo uma experiência para avaliar em quantos dias meu machucado vai desaparecer. Aparentemente, a gente sara mais rápido no céu. Também ficamos imunes a várias doenças, então, as crianças que morreram de, digamos, leucemia, não precisam se preocupar com novos sofrimentos. Na Cidade também não existe cegueira, nem surdez, então imagine a surpresa e confusão de uma pessoa como Helen Keller quando acorda em um mundo onde pode ver e ouvir.

Se a Cidade me deixa impressionado? É, com frequência deixa. Mas neste mês em que estou aqui, conheci algumas pessoas que compartilham minha surpresa por coisas banais como banheiros, interruptores e condutores de lixo. Você dá descarga aqui, e pra onde vai a urina? Acende a luz da sua escrivaninha, e de onde vem a eletricidade? Joga uma lata vazia de abacaxi num condutor de lixo, e até onde ela desce?

Alguns citadinos garantem que nosso lixo faz todo o caminho de volta para a América. Eles acreditam que os condutores são uma espécie de portal de volta para casa, e que devam existir outros túneis de volta para a América. Preciso de uma prova irrefutável antes de acreditar em tal fenômeno. Para verificar a profundidade dos condutores, amarrei, recentemente, um balde de praia de criança na ponta de um rolo de barbante, e desci o balde em um condutor. Embora eu tivesse colocado avisos sobre meu experimento em todos os três andares do Frank e Joe, eles foram ignorados pelos meus colegas de alojamento, que jogaram sacos de lixo soltando o balde da guia, estragando meu experimento. Não tem importância, tentarei de novo.

O transporte na Cidade é feito por bicicletas de dez marchas. Geralmente, estão com a pintura lascada, e as correntes às vezes se soltam, mas funcionam bastante bem para ir do ponto A ao ponto B (só não se pode pedalar nas calçadas). As bicicletas são de todo mundo; em outras palavras, não podemos *possuir* uma bicicleta específica, que nos atraia. Ontem, reservei uma de dez marchas no depósito de bicicletas e pedalei até a biblioteca Guy Montag, para passar a tarde percorrendo as estantes. Amarrei a necessária fita vermelha no guidão, para mostrar que a bicicleta estava em uso, mas, mais tarde, quando saí da biblioteca, minha dez marchas emprestada tinha sumido. Era de se imaginar que os anjos respeitassem as regras e não levassem uma coisa que não é deles. Infelizmente, os citadinos têm as mesmas fraquezas das pessoas de Hoffman Estates.

Outra decepção: nossas bibliotecas só têm livros de ficção. Como desejo um livro sobre entomologia ou astronomia! Mas não, tenho que me virar com histórias de detetives, livros de humor, clássicos da literatura (inúmeros exemplares de *O senhor das moscas*, por exemplo), e romances para jovens-adultos sobre tópicos como gravidez na adolescência e vício em drogas. É verdade, a Cidade não tem insetos, então, um livro sobre entomologia parece inútil, mas também não tem gravidez na adolescência (o único tipo de nascimento aqui é um renascimento) ou vício em drogas (embora não tenha maconha, um menino no meu alojamento diz que fuma folhas de chá de camomila pra ter barato).

Na verdade, faltam muitas coisas na Cidade que já fazem parte da vida dos americanos: telefones, televisões, jornais, edifícios, carros, semáforos, supermercados, caixas de correio, e muito mais.

Uma coisa que a Cidade tem e que as cidades americanas não têm são muros gigantescos de concreto: quatro Grandes Muros, chamados Parede Norte, Parede Sul, Parede Leste, e Parede Oeste, que cercam nosso território e atingem uma altura de 25 andares. Lascas de concreto do tamanho de pratos de jantar às vezes caem dos muros e se estilhaçam no chão. As partes mais baixas estão cobertas de murais feitos por crianças artísticas. Às vezes, grupos de citadinos se reúnem aos pés de um muro e gritam ou cantam juntos na esperança de que alguém do outro lado responda. Até agora, jamais veio uma resposta.

O número de sorte da Cidade é 13 (por causa da nossa idade), e então ela está dividida em 13 zonas arranjadas numa colcha de retalhos: Um, Dois, Três, Quatro, Cinco etc. (Por falar nisso, o Frank e Joe está na Onze, perto da Parede Norte.) Alguns citadinos imaginam a Cidade como um terrário retangular de concreto, e todos nós dentro dela como camundongos de laboratório. Eles especulam se um terrário ao sul abriga mexicanos de 13 anos, e se um terrário ao norte, canadenses de 13 anos. Pensam no nosso deus como um cientista que conduz experimentos sem fim, em um laboratório imenso, cheio de anjos.

Como eu gostaria que nosso deus fosse um cientista, como o biólogo evolucionário Richard Dawkins, ou a primatóloga Jane Goodall. (Como eu disse pra vocês repetidas vezes, vocês dois são as imagens escarradas de Richard e Jane, ainda que Mãe insista que se parece mais com uma Olívia Palito loira.)

Em minha opinião, nosso deus não é um cientista, mas um artista hippie excêntrico. Chamo-o de Zig, porque o nome soa estiloso e esplêndido (de agora em diante, Mãe e Pai, sempre que alguém disser "Deus", referindo-se ao deus que cuida do nosso céu, vou mudar a palavra pra "Zig", na minha história pra vocês). Imagino Zig como um homem bem magro, cabelos longos, barba, como representações de Jesus Cristo, embora Zig não use mantos, e sim jeans desbotado, e camisetas estampadas com coisas como margaridas, ou com o símbolo Yin-Yang. Nos pés, ele tem sandálias havaianas que são populares na Cidade. Na minha mente, ele fuma maconha (não chá de camomila), queima incenso, e usa anéis que refletem o humor em vários dedos. Zig não precisa ser um deus real, honesto, porque geralmente a gente acha que os deuses são infalíveis, enquanto que o nosso Zig está sempre se atrapalhando. Por exemplo, as privadas daqui constantemente entopem e transbordam. Como dizem os citadinos: "Zig não entende po**a nenhuma de encanamento." (Como vocês não gostam de palavrão, Mãe e Pai, eu suavizei o tranco com dois asteriscos.)

Zig nunca manda pra gente coleções de química, livros de astronomia, transferidores, ou tabelas periódicas. Em vez disso, manda tintas à base de água, pastéis, giz, lápis e canetas hidrográficas, tudo numa gama completa de cores. A gente até recebe latas de tinta aerossol (o que explica o grafite por toda parte).

Pai nosso que pinta no céu (ha, ha).

Zig também nos manda instrumentos como ukulele, guitarras acústicas, trombones, violinos, tamborins e gaitas. As crianças daqui são musicais, e eu faria parte se não fosse péssimo de ouvido, não tivesse uma voz de gralha e dois pés esquerdos. Estou querendo enganar quem? Eu não faria parte mesmo que fosse um pé de valsa, e tivesse a voz de barítono de uma estrela de ópera.

Zig também manda pra gente equipamento esportivo: bolas de futebol, bastões de beisebol, raquetes de badminton, bolas de basquete, tacos para hóquei na grama. Tenho que admitir que acho esses itens sinistros. No Helen Keller, eu era regularmente humilhado na aula de ginástica. Na queimada, por exemplo, era sempre o atacado com mais selvageria, e por isso nunca gostei de esportes de equipe.

Na verdade, minha tática na América era a seguinte: fique longe dos outros. É uma tática que, com a graça de Zig, vou adotar na Cidade.

3	6.94
Li	
Lítio	

O céu não tem igrejas, mas tem o que chamam de casas beneméritas. Na quinta semana da minha estadia na Cidade, a alma caridosa Thelma Rudd me leva para a casa benemérita Jonathan Livingston, para uma *punch party*. Uma *punch party* pode soar tão violenta quanto a queimada, mas na verdade é só um coquetel à noite, onde os drinques são ponches de frutas. Thelma não é uma garota que goste de se manter a distância. Ela diz que eu, como novo nascido, preciso sair e conhecer pessoas para fazer amizades, principalmente porque ainda não tenho um colega de quarto.

— Mas nunca tive amigos em Hoffman Estates — garanto a ela —, e isso nunca me fez mal.

Ela levanta uma sobrancelha e diz:

— Ah, bebê, não minta pra Thelma.

Relembro meus dias sem amigos no Helen Keller. Na aula de ciências, não tinha um colega com quem dissecar sapos. Ninguém queria fazer par comigo, apesar do A+ que ele ou ela ganharia por vir na minha cola. Antes de eu adotar o "mantenha distância", tentei algumas vezes, especialmente no sétimo ano, bater um papo com meus colegas. Primeiro, pratiquei em frente ao espelho do meu quarto porque, no passado, algumas coisas que eu disse chegaram a ofender ou irritar. Disse pro espelho:

— Oi, Cynthia Orwell. Como foram os testes para líder de torcida hoje?

Quando disse a mesma coisa pra verdadeira Cynthia Orwell, ela franziu o nariz como se eu tivesse soltado um peido e disse:

— Ah, Boo, não seja demente. Caia fora, certo?

Percebi que eu não era bom de papo, talvez porque não tenha ideia de como fazer isso.

Tento pensar em alguma coisa para dizer a Thelma, enquanto caminhamos por uma calçada, e bicicletas zunem por nós na rua. O tempo é um assunto menor. Dou uma olhada no céu cinzento, com suas nuvens finas e esgarçadas (cirros). Até agora, todos os dias têm sido quentes. Calculo de 22 a 27 graus, com uma queda de quatro a seis graus à noite. Gostaria de ter um termômetro, mas os termômetros são outra coisa que a Cidade dispensa, talvez por não haver extremos de temperatura. O tempo aqui é sempre como se fosse início do verão.

Infelizmente, não há pássaros no firmamento. O céu não tem pássaros, nem vida animal, nem mesmo insetos, exceto, aparentemente, algum espécime ocasional que se infiltra. Talvez Zig pense que os americanos já torturaram outras criaturas o suficiente em seu país.

Thelma e eu viramos na rua John Clayton. Os nomes das ruas são escritos com tinta indelével em papelão envolvido em celofane. Essas placas são depois coladas ou pregadas nas laterais dos prédios (como na Europa). Prédios, ruas e parques trazem os nomes de personagens de romances, e de vez em quando os residentes locais votam para mudar ou atualizar um nome. Estou prestes a perguntar quem é John Clayton, quando Thelma diz:

— Você daria uma boa alma caridosa, Oliver.

— Você andou fumando folhas de chá de camomila? — respondo. — Não me entendo com gente. — Apanho uma pedra que está ao lado da calçada. — Fico mais confortável com pedras. Sou uma pessoa que se dá com pedras. Esta minha amiguinha tem faixas de óxido de ferro.

Apesar da regra: proibido-bicicletas-na-calçada, um menino passa zunindo em uma bicicleta com assento banana brilhante. O guidão esbarra em Thelma.

— Cuidado, rolha de poço! — ele grita.

Thelma pega da minha mão minha amiguinha das faixas, e está prestes a atirá-la no ciclista, mas se contém. Fecha os olhos e murmura:

— Zig, me dê força.

Thelma Rudd também vive no alojamento Frank e Joe Hardy, mas um andar abaixo do meu, no segundo. O conselho de almas caridosas designou-a minha conselheira. Ela é responsável por dar uma olhada em mim, então frequentemente vem até meu quarto perguntar como estou indo. Insisto que tudo está bem (na verdade, o que eu digo é "tudo nos conformes", porque vocês usam essa expressão esquisita, Mãe e Pai, e eu vejo seus rostos sempre que digo isso). Thelma frequentemente me olha com uma mistura de preocupação e perplexidade. Deve desconfiar de que estou escondendo alguma coisa, porque na última vez que eu disse "tudo nos conformes", ela disse:

— Conte a verdade pra mama.

Algumas das meninas mais velhas — por "mais velhas" quero dizer meninas de 13 anos que estão aqui há vinte anos ou mais — gostam de se referir a si mesmas como "mama". Elas se comportam maternalmente em relação a um novo nascido: pregam remendos no assento do seu jeans; trazem um bolinho integral pro seu café da manhã, pra ter certeza de que o movimento dos seus intestinos funciona normalmente; chamam-no de "querido", "meu bem", "bebê", e "fofinho".

Desde que contei pra Thelma que você, Mãe, é fã do jazz tradicional, ela anda me cantando canções de ninar do repertório americano. Ontem à noite, ela escolheu "Begin the Beguine".

Na rua Merricat Blackwood, Thelma para em frente a um velho depósito, onde dezenas de citadinos empurram carrinhos de supermercado barulhentos e cheios de enlatados, como vagens, creme de milho, ervilhas e grão-de-bico.

Thelma diz: – Tivemos uma entrega hoje.

Peço para entrar, porque nunca vi um depósito por dentro. O espaço é do tamanho do ginásio do Helen Keller, mas em vez de arquibancada à sua volta, o depósito tem estantes com prateleiras de metal altas o bastante para que sejam necessárias escadas para se chegar a seu topo. Essas prateleiras funcionam como áreas de renascimento para os enlatados, caixas de cereal, arroz, macarrão, sacos de batata, cenouras, maçãs, e todos os outros alimentos simples que comemos aqui. A comida é vegetariana, porque, como diria Thelma, carne é morte, e nada que esteja verdadeiramente morto pode existir na Cidade.

– A comida aparece num piscar de olhos? – pergunto pra Thelma. – Exatamente como um novo nascido?

– É, mas a comida não chega enquanto a gente não acaba com cada migalhinha da última entrega.

Saímos do depósito, e continuamos pela rua até a casa benemérita Jonathan Livingston. Trata-se de um centro comunitário com uma mobília que parece ter vindo de um bazar de caridade. A geladeira e o fogão minúsculos na pequena cozinha têm uns amassados. As cadeiras de madeira da sala são desemparelhadas e estão lascadas. A mesinha de centro é um baú de viagens, com alças que imitam couro que estão meio soltas. O sofá xadrez, onde eu e Thelma nos sentamos, está gasto, com acolchoados estendidos sobre pontos onde o estofamento escapa. A todo momento, a janelinha fechada do relógio se escancara e uma base com nada em cima se projeta para fora, e depois volta rapidamente para dentro.

A maioria dos citadinos da casa benemérita usa a mesma braçadeira roxa que Thelma tem ao redor do bíceps esquerdo. A braçadeira é um símbolo de benemerência. Com exceção da braçadeira, eles se vestem como todo mundo, com jeans e camiseta.

Os meninos daqui, assim como os do Frank e Joe, têm cortes de cabelos irregulares. Não existem barbeiros na Cidade, então a gente corta o cabelo uns dos outros e, consequentemente, alguns dos meninos têm alguns pontos carecas. Sendo vocês do ramo, Pai e Mãe, ficariam chocados. Pelo menos, o cabelo cresce rápido no céu, da mesma maneira que machucados e cortes saram mais rápido.

O cabelo das meninas é menos detonado porque geralmente elas o deixam crescer. A menina que se senta comigo e com a Thelma tem cabelo comprido dourado, do tipo que se vê em comerciais de xampu na América. Thelma nos apresenta. O nome da menina é Esther Haglund. Esther nunca seria escolhida para atuar num comercial de xampu; ela é anã, se bem que uma anã alta (tem cerca de trinta centímetros menos do que eu). Tem o crânio maior e a testa proeminente, comuns entre os anões.

— Esther é uma alma caridosa em treinamento — Thelma me explica. — É por isso que a braçadeira dela é roxa clara.

— Malva — Esther diz. — E fui eu mesma que tricotei. — Ela toca na braçadeira ao redor do bíceps esquerdo.

Thelma aponta a saia pregueada que Esther está usando.

— Esther faz suas próprias roupas.

Apenas olho. Nunca estive perto de um anão.

— Então, o que você está achando da benemerência? — Thelma pergunta.

— Bom, não sou de reclamar, mas, Thelma, juro que os residentes do meu alojamento às vezes são nojentos. Faço lanches pra eles, organizo seus cronogramas de escola, ofereço um ombro amigo, e até remendo suas malditas meias, e aí eles deixam uma tremenda bagunça na nossa cozinha, e acham que vou limpar. Um deles até me disse: "Vocês, almas caridosas, vivem pra m*rdas como esta."

Thelma sacode a cabeça.

Esther repara no meu olhar fixo.

— Quer perguntar alguma coisa, Oliver? — ela pergunta.

— Quero, Esther. Eu estava pensando. Que tipo de nanismo lhe aflige?

— Me *aflige*? — Esther arregala os olhos. — Que raio de conversa é esta?

— Estou tendo dificuldade em me lembrar dos tipos de anões...

Thelma interfere: — Ele é um novato, Esther.

— Estou pouco me lixando se ele é novato ou veterano. Essa pergunta foi bem grosseira. — Ela se vira para mim. — E a gente não diz "anão", dizemos "pessoa pequena". Entendeu, garoto?

Confirmo com a cabeça.

Esther pega seu copo de ponche na mesa de canto, e vai para o grupo de almas caridosas com seu andar de pernas arqueadas.

— Acho que fiz uma amiga — digo para Thelma. (Por favor, reparem que este comentário é pura ironia.)

Ela dá um tapinha na minha perna.

— Não ligue pra ela.

— Fico pensando por que Zig não conserta os anões — digo. — Afinal de contas, ele pode curar o câncer e a cegueira.

— Ser uma pessoa pequena não é uma doença, Oliver. Não precisa de conserto.

Reflito sobre isso, e depois pergunto: — E as crianças com síndrome de Down?

— Bom, algumas pessoas garantem que as crianças retardadas chegam aqui um pouco mais espertas pra tornar suas vidas mais fáceis.

— Zig aumenta o QI delas?

— É o que as pessoas dizem, mas vai saber se é mesmo verdade!

Tenho um pensamento assustador: talvez Zig abaixe meu QI. Talvez meu QI fosse alto demais, lá em Hoffman Estates, e me impedisse de interagir normalmente com meus colegas. Senhor Miller, meu antigo professor de inglês, me disse uma vez: "Oliver, ser inteligente demais é uma desvantagem." Na hora, pensei que o sr. Miller estivesse amargo porque eu tinha corrigido sua gramática em aula. ("É fácil: meio-dia e meia, e não meio-dia e meio, porque o meia é adjetivo, quer dizer metade", eu disse pra ele, enquanto ele me olhava na maior irritação. Tive medo de que fosse quebrar a régua na minha cabeça.)

Não sei qual é o meu quociente de inteligência, Mãe e Pai, já que vocês não quiseram que eu fizesse o teste. Nem quiseram que eu pulasse anos. "Você já se destaca bastante como está", você argumentou, Pai. Em retrospecto, acho sua decisão sábia, porque se eu nunca tivesse passado um tempo com as crianças da minha própria idade, estaria completamente fora do meu elemento aqui.

Alguém mais chama minha atenção na casa benemérita. Um menino perto da mesa dos salgadinhos tira uns rápidos nacos de uma cenoura. É um menino negro, de cabelo afro, mas tem manchas brancas no braço e algumas no rosto, incluindo uma espécie de marca de explosão estelar na testa.

Aponto o menino a Thelma.

— Aquele é Reginald Washington — ela diz. — Presidente do nosso conselho de almas caridosas.

— Ele tem vitiligo — digo. — É uma doença que destrói a pigmentação da pele.

— Ele chegou à Cidade assim, mas as manchas não aumentaram depois que ele chegou. Ele diz que Zig deu uma interrompida nelas. Um dos motivos de ele ter se tornado uma alma caridosa foi para agradecer a Zig.

Reginald Washington bate palmas para chamar atenção. Fica sobre um pódio montado perto dos salgadinhos.

— Por gentileza, sua atenção, meus amigos.

Faz uma preleção sobre a benemerência, sobre a importância de ajudar os outros, em vez de vagar em círculos dentro da própria cabeça. Segura um pequeno megafone, que usa para amplificar certas frases, de modo que pareça a palavra de Zig.

— Faça o bem para os outros, e eles farão o bem para você! — ele troveja, enquanto as almas caridosas concordam com a cabeça (todos menos Esther, que revira os olhos).

Esse princípio de "faça o bem" é uma baboseira. Por exemplo, uma vez deixei Oscar Stanley e Larry Schultz copiarem a minha lição de casa de geometria, e eles fizeram o bem pra mim? Não! No dia seguinte, me passaram uma rasteira, enquanto eu descia a escada da entrada do Helen Keller, e torci o tornozelo.

Paro de ouvir Reginald. Prefiro vagar pela minha própria cabeça, muito obrigado. Volto a pensar se minha inteligência deu uma decaída na minha vida além-túmulo. Vou entrando em tal estado, que começo a lamentar aqueles pontos de QI. Por fim, peço licença, e vou até o banheiro, onde me sento na privada e recito a tabela periódica para me sentir melhor.

4	9.01
Be	
Berílio	

Vou dizer logo de cara pra vocês que a próxima cena é um sonho. Não gosto de histórias onde aparece um sonho como sendo realidade, mesmo quando é rápido. Não sou chegado a esse tipo de trapaça, e nunca vou enganar vocês propositalmente, Mãe e Pai.

Então, aqui vai o sonho que tive na noite da festa do ponche: estou deitado no círculo central da quadra de basquete vazia, no Helen Keller. Ao longo de uma parede, há uma faixa esticada, onde está escrito: "ADIANTE, TROJANS, ADIANTE!" O eu do meu sonho acha que renasceu na América, porque está de óculos, e mais uma vez está nu em pelo. Ele se levanta e começa a se encaminhar para as portas do ginásio, quando, num piscar olhos, o local se enche de material de segunda mão: sofás, fogões, bicicletas, caixas de livros, colchões. São tantos os objetos empilhados à sua volta, que ele precisa passar por cima deles, para tentar alcançar as portas do ginásio. Enquanto se esforça para escalar engradados do mesmo romance policial (*E não sobrou nenhum*), ouve uma batida que vem das portas. Apesar do seu ateísmo, sente que algum poder superior está batendo. Dá uma topada no dedão, e torce o tornozelo, enquanto escala o entulho, mas finalmente alcança a saída e passa pelas portas vaievém. Uma luz ofuscante aguarda-o. Ele diz para a luz:

— O senhor está aí, Zig? Sou eu, Oliver.

Então, uma voz diz:

— Você está aí, Oliver?

É então que meu sonho termina. Acordo, e percebo que alguém está batendo na porta do meu quarto.

— Sou eu, Thelma.

— Espere um pouquinho — respondo meio resmungando. Depois da festa do ponche, Thelma disse que tinha um plantão noturno na sala de renascimento, na enfermaria Meg Murry. O que ela está fazendo, já de volta ao Frank e Joe?

Saio da cama com o luar jorrando pelas minhas cortinas abertas. Aqui, toda noite é lua cheia. Mais uma vez, estranho. Acendo meu abajur, e aperto os olhos com a súbita luminosidade. O relógio na minha mesa marca 2:45.

Vou me arrastando, no pijama maior que o meu tamanho, até a porta. Ao abri-la, acho, por um momento, que ainda estou no meu sonho do Helen Keller, porque, parado ao lado de Thelma Rudd na fraca luz do corredor, está um membro do time de basquete dos Trojans. Ele não está de uniforme, mas o reconheço mesmo assim.

— Zig mandou pra gente um pacote atrasado — Thelma diz, mas nem ao menos olho pra ela, porque estou olhando para o menino.

— Johnny Henzel? — digo.

O menino confirma com a cabeça. Olha para mim com o mesmo olhar chocado que olho para ele. Parece mais magro do que em Hoffman Estates. O corte batido do seu cabelo expõe suas orelhas, uma delas maior do que a outra. Seus cílios são tão escuros que ele parece estar de rímel.

— Você também teve um defeito no coração? — pergunto.

— O quê? — Johnny Henzel diz.

— Um furo no coração — digo.

As chances de duas mortes pela mesma causa, na mesma escola, no mesmo semestre, são infinitamente pequenas, eu sei, mas estou meio dormindo.

— Vamos entrar — diz Thelma, mas ninguém se mexe.

Johnny passa a mão no cabelo, coçando o couro cabeludo e piscando um pouco. Por fim, para de coçar e diz:

— A gente não morreu por causa da p*rra de um defeito no coração, Boo. — Sua voz está rouca, abalada. — Fomos baleados por um menino maluco da escola.

Um grito. Não no corredor que passa pelo meu quarto, mas na minha mente. A lembrança de um grito que ressoou no corredor do Helen Keller.

Minha voz sai num sussurro: — Você deve estar enganado.

Johnny Henzel solta sua mochila. Vem em minha direção e abre os braços. Dá-me um abraço, a cabeça suada apoiando-se no meu ombro ossudo. Ainda que eu não goste de ser tocado, ainda que nunca tenha sido abraçado por ninguém além de vocês dois, não me afasto. Dou uns tapinhas de leve nos seus ombros, do jeito que uma mama faz, enquanto Johnny Henzel fica aos soluços nos meus braços.

5	10.81
B	
Boro	

Vocês se lembram de sua história favorita sobre minha incapacidade de chorar? A história da enciclopédia? O caso aconteceu quando eu tinha 4 anos, e a gente tinha acabado de se mudar pro condomínio Sandpits, na Hill Drive, 222, pra vocês poderem assumir a barbearia local. Vocês tinham me deixado no quartinho com os meus dinossauros de plástico, enquanto desempacotavam os pratos na cozinha. Logo, um barulho horroroso fez com que vocês corressem de volta pro quartinho, onde descobriram que as estantes em que haviam posto todos os volumes de uma enciclopédia se revelara frágil demais. Três prateleiras despencaram, espalhando volumes de A a Z. Ali estava eu, sentado em meio aos livros caídos, olhando placidamente a cara do meu anquilossauro de brinquedo, um dinossauro com corpo de carapaça, e um rabo fino com uma clava na ponta.

— Uma enciclopédia inteira caiu nessa cabecinha avoada — você disse, Mãe, deslumbrada — e mesmo assim ele não se abalou.

— Nosso filho tem a cabeça de um anquilossauro! — você acrescentou, Pai.

Ah, como eu gostava quando vocês contavam essa história! Sinto saudades de vocês, Mãe e Pai. Por causa do meu coração furado, vocês devem ter se preparado para a minha morte prematura, mas com certeza não esperavam que minha vida fosse eliminada por um menino com uma arma.

6 12.01

C

Carbono

Johnny Henzel não morreu imediatamente depois de levar um tiro. Foi levado ao Centro Médico Schaumburg, onde entrou em coma e nunca mais acordou. Ele conta para mim e Thelma que, apesar de estar inconsciente, podia ouvir, às vezes, o que as pessoas lhe diziam.

— Os médicos até disseram pros meus pais conversarem comigo — Johnny diz. — Mas eles nunca mencionaram os tiros. Achavam que se fizessem isso, eu nunca ficaria bom.

Foi sua irmã de 10 anos quem lhe contou sobre o assassinato. Quando seus pais saíram do quarto pra ir buscar almoço, ela se inclinou próximo à cabeça de Johnny, envolta num turbante de ataduras, e sussurrou:

— O Atirador acertou você!

— Brenda disse que meus pais se recusavam a dizer o nome do assassino em voz alta. Só o chamavam de "Atirador". Ela me disse pra não me preocupar porque o Atirador não poderia mais me pegar. Ele tinha se matado com um tiro.

— Ele também está morto? — pergunto, atônito.

Johnny faz uma pistola com a mão, e a leva para sua própria têmpora. Assente e puxa o gatilho.

Ele e Thelma estão sentados como índios, na cama oposta. Estou sentado na minha própria cama, abraçando meu travesseiro. Acho que estou em choque. Eu não morri por estar superentusiasmado por saber os 106 elementos de cor.

— Quem era o Atirador? — pergunto a Johnny, cujos olhos ainda estão injetados de chorar.

— Não tenho certeza — ele responde. — Brenda nunca voltou a mencioná-lo. Só ficava me implorando pra acordar: "Abra os olhos, Johnny, por favor! Por favor, abra os olhos."

— Se o Atirador for mesmo um menino, deve ter sido um aluno da nossa escola — digo. — Ai, caramba, ele deve ter 13 anos. Deve ter renascido aqui, na Cidade!

— Duvido — Thelma diz. — Zig pode ser um babaca, mas não acho que deixaria entrar um assassino. — Ela se volta para Johnny: — Você não deu uma olhada nele?

— Não, não no dia dos tiros. Só me lembro de estar andando pelo corredor, pensando nas minhas coisas. Vi Jermaine Tucker, Cynthia Orwell, Larry Schultz e Oscar Stanley — ele diz. — Vi você, Boo, parado em frente ao seu armário. E depois, nada.

— Se a gente morre de um jeito realmente horroroso, Zig apaga os últimos segundos da nossa morte — Thelma diz. — Pro nosso próprio bem.

— O Atirador, provavelmente atirou na parte de trás da minha cabeça — Johnny diz. — E pegou você também, Boo. Você não viu nada?

— Eu estava de frente pro meu armário — digo. — Acho que posso me lembrar do som de um tiro, e até de um grito. Mas não tenho certeza. Está tudo muito confuso.

— Quem na sua escola iria querer atirar em vocês, meninos?

Muitos dos meus antigos colegas se divertiam em me atormentar, e em me machucar, mas será que algum deles realmente atiraria em mim pelas costas?

Johnny estreita os olhos.

— Acho que o Atirador era um menino novo na escola.

— Por que você acha isso? — pergunto.

— Eu vejo o rosto do p*to. Ele aparece nos meus pesadelos.

— Seus pesadelos?

— Todos os pesadelos que tive no hospital quando estava em coma. O Atirador me assombra, cara. Ele não vai me deixar em paz.

— Vai ver que você *deu* uma olhada nele — Thelma diz.

— O garoto do meu sonho tem uma cara feia, olhos diabólicos, orelhas grandes, e cabelo bagunçado como um roqueiro punk. Acho que eu até poderia ter visto ele por lá, nos meses antes de a gente levar o tiro.

Tento imaginar tal menino. Mas morri apenas no quarto dia de aula, então não poderia ter reparado em nenhum menino novo. Talvez ele não estivesse na minha classe.

— É possível que o Atirador tenha matado outros meninos de 13 anos — digo. — Outros colegas nossos também podem estar aqui.

— A gente pode checar os livros de renascimento nas diversas enfermarias — Thelma diz. — Vamos ver se Zig mandou pra gente mais pacotes de Hoffmann Estates, Illinois. — Ela se levanta da cama e dá um tapinha no ombro de Johnny. — Amanhã a gente continua a conversa, meu bem. Você precisa dormir um pouco.

— Por que ele precisa dormir? — pergunto. — Ele acabou de ficar cinco semanas em coma.

Thelma ignora meu comentário. Ela se aproxima e tenta me puxar para seu corpo grande e macio, mas já tive minha cota de abraços esta noite, então me afasto e entro debaixo das cobertas. Ela canta alguns compassos de "In the Still of the Night", enquanto estica meu cobertor.

Depois que Thelma se vai, observo Johnny despir suas roupas e vestir o pijama listrado que Thelma meteu na sua mochila. Ao se enfiar na cama, fico pensando se ele está com medo de dormir e voltar a entrar em coma, ou de ter um pesadelo com o Atirador. Mas não pergunto. Estico o braço e apago a luz da minha escrivaninha. Ficamos deitados no escuro, em silêncio.

Por fim, Johnny diz: — Estou feliz que você esteja aqui. — Como não respondo, ele continua: — Não estou querendo dizer que estou contente que você esteja morto, ou que tenha feito a passagem, ou seja lá que diabos eles dizem. Só estou contente de não estar sozinho. Estou contente de ter um amigo aqui, comigo.

Um amigo. Ele me chamou de amigo. Estranho. A gente se falava pouco lá na América, mas por outro lado, Johnny levou um tiro na cabeça, então talvez não se lembre das coisas exatamente como eram.

– Boa noite, Johnny.

– Boa noite, Boo.

Mas não é uma boa noite, porque não consigo dormir nem por um minuto.

7	14.01
N	
Nitrogênio	

Vocês conheceram o Johnny, Mãe e Pai. Ele entregava nosso *Tribune*, mas raramente dava uma passada na Clippers. Seu cabelo descia até os ombros, mas provavelmente foi raspado antes de os médicos tratarem do seu ferimento na cabeça.

Eu tinha, na verdade, previsto uma morte prematura para Johnny, quando vivia em Hoffman Estates. Ele descia de skate na banguela. Sabem o que é isso? É uma prática ilegal, na qual a pessoa se agacha atrás de um carro parado, agarra no para-choque, e depois vai de carona, conforme o carro segue em frente.

Johnny era um demônio da velocidade, como provam as medalhas que ganhou como corredor de curta distância na equipe de corrida. Mas eu via esta atividade perigosa como um desejo de morte. Além disso, achava um paradoxo, porque ele também trabalhava como guarda, ajudando os alunos a atravessarem a rua na frente da escola. Como skatista, ignorava as regras de segurança da rua, e se arriscava muito; como guarda, ajudava as crianças mais novas a passarem com segurança por ruas movimentadas.

Uma vez, no inverno, fui testemunha da sua ousadia, antes da nossa passagem. Como vocês sabem, sempre me levantei cedo porque podia muito bem sobreviver com seis horas de sono à noite. Lá pelas seis da manhã, fui dar minha caminhada. Johnny também estava em pé naquela hora, por causa da entrega dos jornais, e eu o vi perto do

Sandpits, puxando um carrinho enferrujado, cheio de *Tribune*. No inverno, um trenó substituía o carrinho.

Um dia, em janeiro, dei com seu trenó largado em frente a uma casa na extremidade leste do complexo. Deduzi que ele estivesse fazendo uma entrega. Nevava, e alguns montinhos de neve haviam se formado em cima dos jornais. Dei uma espanada na neve, pros papéis não ficarem empapados.

Às vezes, o cachorro de Johnny fazia o percurso com ele. Rover era um basset hound babão, de olhos vermelhos e remelentos. Dei uma olhada à procura de Rover, e ele não estava lá. Mas vi uma caminhonete parada na rua. O dono tinha acabado de raspar o gelo do seu para-brisa, e estava subindo de volta ao banco do motorista. Ao fazer isso, uma figura agachada disparou de entre dois carros estacionados, e agarrou no para-choque.

O motorista deve ter visto Johnny pelo retrovisor, porque pressionou o acelerador até o fim e seu carro zuniu pela rua. Foi ziguezagueando como que para soltar Johnny da sua traseira. Por fim, Johnny soltou. Saiu rolando de cabeça, até colidir com um carro estacionado.

Corri pela rua até onde Johnny estava caído, zonzo. Seu gorro de pompom estava torto. Flocos de neve haviam grudado nos seus cílios, corria ranho do seu nariz até o lábio, e seu rosto estava escurecido pela tinta do jornal.

— É tão magnífico, Boo — ele disse, olhando o nascer do dia.

Olhei para o céu, que estava de um cinzento saturado de grafite, como os jornais em seu trenó.

— Você se machucou? — perguntei. — Precisa de socorro médico?

— Deite-se. Veja você mesmo como é maravilhoso.

— Estamos na Meadow Lane, Johnny. A gente pode acabar atropelado por um carro.

— Só se vive uma vez. — (Como ele estava enganado!)

Olhei em volta. Não havia ninguém por perto. Não havia faróis de carros se aproximando. A caminhonete há muito tinha ido embora.

Vai saber o porquê, eu me deitei com Johnny Henzel! Tento evitar bobagens e, mesmo assim, este foi um gesto idiota, sem dizer que foi arriscado. Mesmo assim, fiz isso, provavelmente porque Johnny parecia muito determinado.

— Está vendo? — ele me perguntou, enquanto a neve molhava o fundilho da minha calça.

— O que a gente está vendo, Johnny?

— Ah, Boo, estamos vendo paz.

— Paz?

Ele levantou a mão e fez o sinal de V com o indicador e o dedo médio.

Olhei através do seu V, e vi o contorno delicado de uma lua crescente que desaparecia.

Então, ouvimos a buzina de um automóvel. Levantamo-nos, e Johnny foi para seu trenó de jornais, me acenando com a luva.

Nos anos em que ele e eu moramos no Sandpits e frequentamos a mesma escola de ensino fundamental e médio, tivemos poucas conversas mais compridas do que aquela no meio da Meadow Lane.

Naquele breve momento na rua, senti de fato certa identidade. Não sei se posso chamar isso de amizade. Compartilhamos realmente algo, mas não sei dizer o que foi.

8	16.00
O	
Oxigênio	

Na manhã seguinte à primeira noite de Johnny no meu quarto, apanho suas roupas do chão e penduro seu jeans no armário. Enrolo suas meias e as jogo em uma das gavetas que sai de sob a sua cama. Mesmo assim ele continua dormindo.

Olho ao redor do quarto. Está limpo e arrumado. Eu ainda não o personalizei, a não ser pendurando um desenho da célula de uma planta, que fiz com caneta. Thelma me implorou para dar uma animada no lugar. Com Johnny deitado na outra cama, meu quarto parece agora mais pessoal (apesar de sua testa franzida e sombria).

São 6:30. Vou tomar uma ducha. Dou uma olhada nas minhas costas, procurando uma cicatriz de tiro, mas não tem. Depois, vou até o telhado do Frank e Joe, verificar o crescimento do vidro no caixilho da janela. Quando volto, logo depois das sete, Johnny ainda dorme. Escrevo um bilhete pro meu novo colega de quarto: "Caro Johnny, vou até a lanchonete buscar café da manhã pra nós. Volto logo. Espero que tenha dormido bem." Assino o bilhete "Oliver", mesmo sabendo que nunca vou ser outra coisa para ele além de Boo.

Enfio alguns recipientes de plástico em um saco de papel, pra trazer mingau pra gente. Os citadinos preferem chamar isso de papa, porque é difícil de comer. Saio do quarto, e, ao atravessar um campo esportivo pra chegar à lanchonete, vejo três meninos rindo e dando chutes numa bola de futebol. Eles podem rir e brincar, porque não foram mortos com um tiro, penso. Mas depois percebo que estou sendo injusto. Não sei como eles morreram, e talvez tenham tido uma morte tão violenta quanto a minha.

Do outro lado do campo, atravesso as portas da escola Sophie Wender, onde fica a lanchonete. Imediatamente preciso me sentar em um banco do saguão, porque me passa algo pela cabeça, que me deixa tonto e fraco. Especulo se a bala do Atirador ainda está dentro de mim, até mesmo entalada no meu coração furado. Começo a respirar em espasmos. Tiro os recipientes de plástico do meu saco de papel, e enfio o nariz e a boca em sua abertura. O saco infla e desinfla com a minha respiração.

– Tudo bem, Oliver?

Levanto os olhos e vejo Esther Haglund.

– Está enjoado?

Minha intenção é dizer que está tudo nos conformes, mas tiro o saco do rosto e, em vez disso, digo: – Fui assassinado.

– O quê?

– Fui assassinado – repito. – Alguém que nem conheço atirou em mim. Deduzo que morri na hora. A bala deve ter atingido um órgão vital, ou talvez tenha até mesmo estourado os meus miolos.

Penso em vocês, Pai e Mãe. Vocês receberam a notícia por telefone, ou através de uma visita da polícia na Clippers? Tenho que evitar tais pensamentos, ou nunca vou recuperar minha respiração.

Esther senta-se ao meu lado no banco, enquanto os citadinos circulam pelo saguão da escola. Bandos de 13 anos se empurram, gritam e vociferam. Estão tão animados quanto meus colegas deviam estar no Helen Keller, instantes antes de o Atirador abrir fogo.

Coloco o saco de volta no rosto e respiro mais dióxido de carbono, enquanto Esther observa. Ela tem olhos verdes bem separados, e fica piscando para mim sem dizer uma palavra. Ela também é terrível pra conversinhas banais, apesar de estar em treinamento como alma caridosa.

Abaixo o saco de papel.

— Seu cabelo é bonito — digo a ela, numa tentativa de conversa mole. — Sei disso porque meus pais têm uma barbearia.

Ela examina a ponta de um cacho, como se estivesse procurando pontas duplas. Depois, empurra o cabelo para trás e me olha nos olhos.

— Aqui tem um grupo de apoio pra meninos assassinados.

— Grupo de apoio?

— É. Eles se denominam "supra", uma sigla para "superando o revés do assassinato". Um nome estúpido, se quiser saber a minha opinião. Os supras se reúnem e conversam sobre como fizeram a passagem, sobre a raiva, os pesadelos, esse tipo de coisas.

Devo parecer surpreso, porque ela diz:

— Você não é o único menino daqui que foi assassinado, sabia? Alguns supras consideram suas mortes um troféu. Ficam se vangloriando disso pra cima de nós. Exageram e tornam seus assassinatos mais chocantes do que de fato foram. Espero que você não faça isso.

Digo a ela que duvido que o faça, principalmente por nem mesmo ter testemunhado meu próprio tiro. — Preferiria muito mais um defeito no coração como causa da morte — acrescento, enquanto devolvo meus recipientes de plástico ao saco de papel. Pergunto-me se um defeito no coração, comum entre os anões, teria matado Esther.

Depois, me levanto e me despeço. Preciso buscar café da manhã pro Johnny e pra mim mesmo.

Enquanto me afasto, Esther diz:

— Espere, Oliver!

Quando me viro, ela hesita, mas depois diz:

— Acondroplasia.

É seu tipo de nanismo.

9 19.00

F

Flúor

— Zig fez o mingau? – Johnny Henzel pergunta.

– Não, foram os três ursinhos – digo.

Esta é minha tentativa de um humor descontraído, mas Johnny não ri. Empurra a papa pra dentro da boca, e fecha os olhos como se o gosto fosse extraordinário. Não deve ter comido nenhuma comida de verdade durante o coma.

Fazemos um piquenique sobre o tapetinho entre nossas camas. Johnny ainda está de pijama. Percebendo o quanto está faminto, esqueço meu próprio café da manhã e lhe passo a segunda tigela de mingau, bem como as castanhas de caju, os damascos secos, duas maçãs, e dois bolinhos que trouxe da lanchonete. Enquanto come, ele se recosta em sua cama e de vez em quando solta um arroto forte, porque seu sistema digestivo ainda não está acostumado com comida.

Olho seu couro cabeludo através do cabelo curto. Assim como eu, ele não tem cicatriz do ferimento de uma bala, o que deve significar que Zig pode se desdobrar como cirurgião plástico.

– Fico me perguntando se minha maldita foto está afixada no saguão da escola – diz.

Ele me lembra de que quando Oscar Stanley foi atropelado por um carro no ano passado, sua foto escolar foi ampliada e colocada na vitrine de vidro com um cartão gigante desejando melhoras.

– Sua foto também deve estar lá – ele diz.

Na minha foto escolar mais recente, estou com uma camiseta onde está impressa uma citação de Albert Einstein: "Educação é o que resta depois de ter esquecido tudo que se aprendeu na escola." Na verdade, eu ficaria surpreso se o sr. Plumb, nosso diretor, chamasse atenção para esta citação. Ficaria surpreso se a escola me prestasse qualquer tipo de homenagem. Imagino que meus colegas me considerassem dispensável. "Bom, se um de nós tinha que bater as botas, é melhor que tenha sido o Boo", eles, provavelmente, disseram. No entanto, a morte de Johnny Henzel deve ter provocado muita tristeza, já que ele era um bom atleta e um bom artista.

Levanto-me do tapetinho, vou até a janela, e abro as cortinas. Como Johnny chegou tarde ontem à noite, não deu uma boa olhada na Cidade, e eu lhe aceno para que venha. Ele vem e para ao meu lado, e, ao olhar da janela do terceiro andar, diz:

– Este lugar parece um tanto caído, um pouco como Sovaco.

Sovaco, como vocês sabem, é o nome depreciativo que algumas pessoas dão ao condomínio Sandpits. É verdade que a Cidade é um lugar de prédios baixos como Sandpits.

– Tudo aqui é muito simples e funcional – digo a Johnny.

– Então não é uma terra de leite e mel.

– Não, não é. Na verdade, a gente não recebe nem leite, nem mel aqui. Zig parece ser estritamente vegano.

Johnny sacode a cabeça, sem acreditar.

– Thelma me contou que vamos ficar empacados aqui durante cinquenta anos de m*rda – ele diz. – E depois, a gente morre tudo de novo.

Conto a ele que alguns citadinos até garantem que, nos segundos antes da "remorte", envelhecemos cinquenta anos de uma vez.

Seus olhos se arregalam.

– Duvido até alguém me mostrar uma prova.

Se pelo menos eu tivesse uma filmadora pra filmar os cinquentenários dormindo. Têm tantos experimentos a serem feitos aqui.

– O que acontece se eu cair desta janela? – ele pergunta, olhando lá embaixo para os arbustos de aroeira e os dentes-de-leão murchos no gramado da frente do Frank e Joe.

— Provavelmente você sobreviveria, e seria removido para a enfermaria.

Recentemente tornei a visitar a enfermaria Meg Murry para reunir dados sobre o tempo de recuperação de braços e pernas quebrados. Explico a Johnny que, como nos recuperamos rapidamente, alguns citadinos agem de maneira irresponsável, andam de bicicleta rápido demais, e sofrem colisões perigosas.

Johnny observa ciclistas passarem zunindo nas ruas abaixo. Parece quase hipnotizado pelo desfile. Eu me pergunto como me adaptarei à sua presença. Não estou acostumado a dividir meu espaço, e já preciso lutar contra a vontade de arrumar sua cama para que fique tão em ordem quanto a minha. Espero que ele não deixe suas cuecas no chão, não inunde sua mesa com uns badulaques cafonas, nem pendure nas paredes cartazes coloridos à mão.

— O que acontece se a gente mata alguém, Boo?

Percebo que está preocupado em ser novamente baleado, então digo:

— Duvido que existam armas aqui, Johnny.

Ele se volta para mim da janela. Está a apenas trinta centímetros de distância. Prefiro manter cinquenta centímetros entre mim e outra pessoa, então recuo.

— Fico me perguntando se ele está aqui — ele diz, olhando-me diretamente nos olhos. Suas íris estão tão escuras que seus olhos parecem ser só pupilas. Sei imediatamente a quem ele se refere.

— Thelma diz que Zig não deixaria que ele entrasse — digo. — Mas passou pela minha cabeça a ideia de que talvez esteja enganada.

— Se o Atirador estiver aqui, vai pagar o preço por ter transformado a gente na p*rra de uns ossos em um caixão, cara.

— Que preço é esse? — pergunto.

Johnny leva a ponta de um dedo à pálpebra, e depois tenta tocar uma das minhas, mas me afasto de um pulo.

— Olho por olho — diz.

10	20.18
Ne	
Neônio	

Lá na América, o corpo de Johnny Henzel ainda não é um esqueleto; ele ainda não está morto há tempo suficiente para ter se decomposto totalmente. Num caixão, um corpo embalsamado leva muitos meses para se decompor a ponto de expor os ossos. A decomposição depende da temperatura, sendo que o processo se acelera nos meses quentes de verão. Os olhos de Johnny, sendo um tecido mais macio, apodreceriam primeiro. É claro que se seu corpo fosse mumificado, a decomposição se estenderia por centenas de anos, e se ele estivesse enterrado na tundra congelada do Alasca, os cientistas o desenterrariam daqui a três séculos, o descongelariam e depois folheariam nosso livro anual escolar, e saberiam, com facilidade, qual estudante estava à sua frente.

Se eu tivesse morrido de coração furado em uma missão exploratória no Ártico, e tivesse sido enterrado no gelo, não me incomodaria se cientistas me desenterrassem séculos depois, e me pusessem em uma vitrine de museu, como uma exibição educativa. Para mim, passar dias e dias em um museu científico é o paraíso.

No funeral do tio Seymour, Mãe e Pai, vocês disseram que prefeririam a cremação, então suponho que cremaram o meu corpo. Vocês puseram minhas cinzas em uma urna de cerâmica, e a arquivaram ao lado da *Encyclopedia Americana*? Espero que minhas cinzas acalmem sua dor. Preocupo-me com você, Mãe, você se distrai com facilidade, e com frequência se esquece de olhar dos dois lados, ao atravessar a avenida para ir à Clippers. E, Pai, você não deve voltar a fumar Camels. Lembre-se do câncer de pulmão do tio Seymour.

Fico pensando se vocês estariam mais felizes, agora, se fossem cristãos, budistas, mórmons, ou de alguma outra religião que põe fé numa pós-vida. Será que minha morte seria mais fácil, se vocês soubessem que neste Halloween estou sentado num auditório na Sophie, assistindo a um espetáculo de variedades apresentado por anjos?

Hoje é aniversário do Johnny, mas, infelizmente, os aniversários não são celebrados no céu, porque não estamos ficando mais velhos. Aqui, a gente só celebra renascimentos, a data que passamos para a Cidade.

Vocês conseguem imaginar que fantasia estou usando no Halloween?

Vou dar uma dica: pensem no meu apelido.

É, sou um fantasma. Estou com um lençol branco sobre a cabeça, com dois buracos grandes pros olhos, cortados pelo Johnny. A fantasia dele é simplesmente uma máscara preta para os olhos, como aquela usada por assaltantes de banco, ou pelo Zorro. Ele disse que nosso objetivo esta noite é nos disfarçarmos. Ele também me fez cortar seu cabelo ainda mais curto. Não gosto de tocar na pele das pessoas, mas posso tocar no cabelo, porque o cabelo, que consiste principalmente em proteína de queratina, como vocês sabem, está morto. Cortar cabelo deve ser intuitivo em mim, porque fiz um serviço de primeira.

Estamos longe de sermos os únicos citadinos fantasiados esta noite. No entanto, Johnny e eu estamos disfarçados não apenas para o Halloween, mas também porque Johnny tem medo de que possamos dar de cara com o Atirador. No Halloween, os citadinos vão pra tudo quanto é lado.

— Se ele *estiver* aqui, não vai querer que a gente o denuncie — Johnny disse ainda no Frank e Joe. — Se ele nos vir, pode atacar de novo. Temos que pegá-*lo*, antes que ele pegue a *gente*.

Então agora, no auditório Sophie, Johnny torce a cabeça e percorre a multidão, procurando um menino de cabelos castanhos e orelhas de abano, o menino que vê nos seus pesadelos na Cidade. (Desde que se tornou meu colega de quarto, há duas semanas e meia, gritou várias vezes durante o sono. Não é preciso dizer que minha insônia está novamente na ativa.)

– Existem dezenas de meninos de cabelos castanhos com orelhas de abano – digo a ele.

Estamos sentados nas cadeiras do corredor, de modo que possamos nos aproximar facilmente do Atirador, caso Johnny o veja. Nosso assassino também estará disfarçado, Johnny diz, talvez com uma venda no olho, de Frankenstein, com parafusos falsos no pescoço, ou de Ceifador Sinistro, com uma foice (o ceifador que eu vejo está carregando um desentupidor de privada). Como vocês podem imaginar, os zumbis são uma fantasia popular, já que somos os mortos-vivos (ha, ha). Os zumbis pintam o rosto de branco, e circundam os olhos com sombra preta. Esfregam cola branca (acetato de polivinila) no cabelo, pra ele ficar espetado, usam jeans surrados com pernas rasgadas que chegam à altura da barriga da perna.

As fantasias são caseiras porque Zig não entrega aqueles tipos de fantasias confeccionadas e de máscaras de borracha vendidas nas lojas de departamento americanas. Em vez disso, entrega rolos de tecido e máquinas de costura para que os citadinos possam fazer fantasias para suas produções teatrais e festas de Halloween.

O Halloween é um grande feriado aqui, parecido com o *réveillon* de Nova York. Hoje à noite, tem sangue falso em tudo quanto é canto. É feito de tinta acrílica ou ketchup. Escorre de ferimentos na cabeça, e corre pelos rostos. Mancha peitos. Isso não me dá náuseas, e mesmo que fosse de verdade, eu não me afastaria. Vocês se lembram de quando, no sexto ano, todos os meus colegas espetaram os dedos e fizeram o teste sanguíneo pra descobrir o fator Rh e o tipo de sangue? Alguns ficaram brancos de enjoo, alguns acharam que iam desmaiar. Eu não fiquei branco, pelo menos não mais branco. Esperava ter um tipo de sangue raro, então não me surpreendi ao descobrir que era AB positivo.

Avisto Esther Haglund parada no corredor central, procurando um lugar antes do início do espetáculo do Halloween. Seu cabelo está com um penteado elaborado, com ondas extravagantes caindo sobre sua grande testa. Sua blusa está coberta de lantejoulas. Ela se espreme na nossa fileira, e senta-se num lugar vago ao meu lado.

— Oi, Esther — digo. — Como vai você nesta noite agradável?

Ela encara os buracos de olhos no meu lençol.

— É você, Oliver?

— Sim, sou um fantasma. Você está vestida do quê?

— Uma novata do meu dormitório me fez este penteado horroroso — ela diz. — Sou uma atriz que faz uma detetive anjo na TV. Não me lembro do nome dela. Fiz a passagem em 1969, então não conheço a TV moderna.

Conto a ela que na minha casa a gente assistia quase sempre à TV educativa, porque minha mãe e meu pai diziam que os canais comerciais deterioravam a alma. Aparentemente, vocês dois podem ser agnósticos e mesmo assim usar palavras como "alma" (estou brincando).

Apresento Johnny a Esther e pergunto a ele se conhece a atriz a quem Esther está se referindo.

— P*ta que pariu, Boo, é aquela v*ca estúpida, Farrah Fawcett. Você morava numa caverna, cara?

Ao contrário de vocês, Pai e Mãe, não me incomodo com palavrões. Palavras como pent*lho, m*rda, e b*ceta são só arranjos diferentes das mesmas 26 letras encontradas em todas as palavras inglesas. Pra mim, "filho da p*ta" não é uma expressão mais ofensiva do que "cortador de grama", ou "fluxo de caixa", mas digo a Johnny que se for preciso xingar, que pelo menos obedeça à gramática. Ele deveria dizer "p*ta que o pariu", com um pronome antes do verbo.

— As pessoas falam de um jeito péssimo na Cidade — acrescento. — Não existem adultos pra servir como modelos em gramática.

Ele me olha como se quisesse dar um tiro na minha cabeça.

— Por que você tem sempre que ser um c*zão, Boo?

— Vai ver que eu tenho o gene de c*zão.

Johnny não ri com a minha piada.

Viro-me para Esther.

— Thelma é uma das que vão se apresentar hoje à noite, mas não quis me contar o que vai fazer. Quer que seja surpresa.

— Ela vai fazer uma reencenação — Esther diz, revirando seus grandes olhos sob o penteado confuso. — Então, prepare-se para montanhas de dor e sofrimento.

— O que é uma reencenação? — Johnny pergunta.

— Thelma é uma supra — Esther diz. — Ela vai reencenar seu assassinato.

11	22.99
Na	
Sódio	

Thelma Rudd está vestida como uma vaca holandesa. Sua fantasia é uma espécie de macacão de neve branco, acolchoado, com manchas pretas de feltro. Onde foi que ela conseguiu um macacão de neve na Cidade? Traz na cabeça um gorro com orelhas de vaca grudadas dos lados, uma preta, e outra branca, mas a parte da fantasia que faz a plateia rir está na virilha: o úbere. As quatro tetas parecem ter sido feitas de bexigas de festa cor-de-rosa.

Ela fica parada na beirada do palco, mexendo o rabo, que é uma espécie de marionete porque está ligado a um barbante, que sobe até os caibros.

No fundo do palco, na penumbra, estão quatro árvores. Presumo que sejam feitas de arame e papel machê, e que suas folhas sejam de produção sustentável, em papel ou feltro. De detrás de cada tronco sai um menino. Os quatro ficam a alguns metros de Thelma, com os braços atrás das costas. São meninos grandes, altos e musculosos, e parecem ter mais de 13 anos, embora, é claro, não tenham.

– Muu, muu – um deles grita. Depois, outro se junta, e mais um, até todos estarem mugindo, cada vez mais alto: – *Muu! Muu! Muu!*

Thelma sorri com doçura. A plateia começa a dar risadinhas nervosas.

Ao meu lado, Esther cochicha: – Não aguento ver isto.

Os meninos brancos avançam para Thelma. Cercam-na. Carregam galhos finos, que usam para espetar suas costas, suas nádegas, e o úbere.

— É hora do jantar, e estou com fome de hambúrguer — diz um dos meninos.

— Esta vaca tem carne o bastante pra alimentar um exército — diz outro.

— Aposto que ela dá *achocolatado* — diz o terceiro.

— Vamos enforcar ela — diz o quarto.

Três dos meninos continuam cutucando Thelma, enquanto o quarto finge jogar algo para o alto. Dos caibros desce uma corda, com uma laçada amarrada na ponta.

Um dos meninos diz:

— Ela é tão gorda que vai quebrar o maldito galho.

O laço desce lentamente para o palco, enquanto a luz diminui. Quando alcança Thelma, resta apenas um refletor apontado para o seu rosto.

— Por uma vez na minha curta vida, não fui gorda o suficiente — Thelma diz, passando o laço pelo seu pescoço. — O galho aguentou.

Então, as luzes se apagam totalmente. Ouvimos passos, enquanto os atores deixam o palco.

Ao meu lado, Esther cochicha: — Acabou? Posso abrir os olhos?

Mas não acabou. Uma voz em cena começa a cantar. É Thelma. Ela ainda está lá.

A música que ela escolheu é uma de suas preferidas, Mãe e Pai. É uma música da Billie Holiday, sobre olhos saltados, bocas retorcidas, e sangue nas folhas. É uma música que trata de um enforcamento em um álamo.

12 24.31

Mg

Magnésio

Quando terminam todas as apresentações, os citadinos se reúnem no ginásio do Sophie, onde cartazes pretos e alaranjados pendem do teto, e bexigas pulam pelo chão. Em um canto, um grupo de citadinos empunhando facas está a postos para entrar no concurso de escavar abóboras. Um sistema de alto-falantes, instalado debaixo de uma das cestas de basquete, toca música de discoteca, e um grupo de monstros Frankenstein, com o rosto verde, faz uma dança espasmódica que parece um ataque histérico. Almas caridosas – com a costumeira braçadeira roxa sobre as fantasias – servem bandejas com um ponche de frutas chamado sangue. Os pedaços flutuando no drinque não são tumores do coração de uma bruxa, como se afirma, mas pedaços de cereja marrasquino.

Alguns sofás e poltronas, velhos e puídos, foram trazidos para o ginásio. Sento-me em um sofá de dois lugares, e Johnny e Esther se espremem um de cada lado. Sinto o calor dos seus corpos, mesmo através do lençol. Posso ficar perto de uma pessoa por pouco tempo sem sentir desconforto, mas duas pessoas ao mesmo tempo é difícil de aguentar, a não ser que essas duas pessoas sejam vocês, Pai e Mãe. Retorço-me no meu assento, e Johnny diz:

– Ah, me esqueci de que você não suporta ser tocado.

– Porque você foi assassinado? – Esther pergunta.

— Não — diz Johnny. — Mesmo lá na América, ele detestava isso. Lembra, Boo, no ginásio, quando a gente fez luta livre? Você fez dupla com o Jermaine Tucker, e quando ele o agarrou você ficou mole como se tivesse desmaiado.

Levanto-me e tiro meu lençol de fantasma. Meu cabelo fica espetado por causa da estática (ou talvez eu tenha visto um fantasma, ha, ha). As luzes estão tão fracas no ginásio, que, no caso improvável do Atirador estar girando na pista de dança ao som da "Disco Duck", ele não vai nos ver.

Conto a Johnny e Esther a história do funeral do tio Seymour pra explicar por que não gosto de encostar nos outros. Como vocês vão se lembrar, Mãe e Pai, seus amigos e parentes ficaram em volta do caixão aberto, conversando principalmente sobre sua padaria e como ele era famoso por seus bolinhos de canela, que foram servidos nessa reunião.

Tio Seymour sempre tinha sido bonzinho comigo. Era um artista. No meu décimo primeiro aniversário, me deu um bolo lindo, decorado não com 11 velas, mas com 11 tubos de ensaio.

Quando vi tio Seymour deitado no caixão, percebi na mesma hora que minha aversão pelo toque só se aplicava aos vivos. As pessoas são ecossistemas. O bombear do sangue. A divisão das células. O crescimento dos ossos. A morte das células cancerosas por células soldados. É atordoante tudo que acontece simultaneamente no corpo humano. Para mim, duas pessoas se tocando é igual à colisão de duas galáxias. (Tudo bem, tem um *toque* de exagero, ha, ha.)

Talvez vocês digam: "Mas, Oliver, um corpo em decomposição também é um ecossistema, uma espécie de galáxia em extinção."

Mesmo assim, tive vontade de tocar no tio Seymour. Ele tinha um nariz tão diferente, uma napa bulbosa com uma capilaridade arroxeada e um campo de crateras minúsculas.

Eu estava percorrendo com a ponta do dedo a ponte fria do nariz do tio Seymour, quando a prima Maureen deu um tapa na minha mão, me chamou de demônio necrófago, e me empurrou para longe.

Como vocês se lembram, dei de encontro com tia Rose, e derrubei uma travessa de pãezinhos.

— Então, o que você está dizendo pra gente — Esther diz — é que você só consegue tocar as pessoas se elas tiverem abotoado o paletó.

— De preferência.

— Mas *todos* nós abotoamos o paletó — Johnny diz.

— Fazer a passagem não é a mesma coisa que morrer — digo, ecoando Thelma.

Dou uma olhada na multidão, à procura dela. Quero cumprimentá-la por sua fascinante reencenação.

Johnny levanta-se, agarra os meus ombros, e me senta de volta no sofá. Depois, se atira no meu colo, e passa um braço ao redor dos meus ombros. Tal proximidade é terrivelmente desagradável.

— Saia de cima de mim, Johnny.

— Mais cinco segundos.

— Pare com isso — Esther diz rispidamente a Johnny.

— Vai tomar — ele diz pra Esther. Depois, começa sua contagem regressiva: — Cinco, quatro, três, dois, um. — E se levanta. — Você precisa se acostumar com isto. Com a prática, pode acabar se tornando um ser humano normal.

Esther levanta-se do sofá e dá um chute na canela de Johnny.

— Vai ver, seu babaca, nem todos querem ser *normais* — ela diz.

— Escuta, se ele agir feito um maluco aqui, a molecada vai c*gar nele, exatamente como fizeram na América.

Garanto a vocês, Mãe e Pai, que Johnny está falando no sentido figurado. Ninguém de fato defecou em mim (embora, como eu já disse, *tivessem* urinado em mim).

Três meninos fantasiados que estão por perto devem ter visto, porque um deles, um palhaço de batom e uma fileira de pompons descendo pela frente, grita: — Ao ataque! — E então, todos eles pulam no sofá. Eles se retorcem e se contorcem em cima de mim. O toque deles é horroroso, seu peso, excruciante, e o cheiro dos seus corpos, uma tortura. Quase espero que meus pulmões entrem em colapso, que meus membros se quebrem, e que meu cérebro entre em coma.

— Vão pra p*ta que pariu! — Johnny grita.

Uma omoplata pressiona o meu rosto, um cotovelo me acerta do lado, e um joelho se afunda na minha virilha. Gemo.

Johnny tira dois meninos, um vampiro e um espantalho, e depois puxa o palhaço de rosto branco pelos cabelos ruivos e cacheados (era cabelo de verdade, não uma peruca).

Ofego, enquanto o palhaço grita para Johnny: — Dá um tempo, seu c*zão!

Uma música de Halloween, "Monster Mash", toca nos alto-falantes. A cantora canta sobre uma destruição num cemitério, enquanto Johnny levanta os punhos e soca o palhaço bem no pompom do meio. Seu rosto se contorce, a boca se escancara, e os dedos se enterram no chão. Ele perdeu o fôlego (em linguagem médica, seu diafragma entrou em espasmos, impedindo-o de inspirar).

Meia dúzia de almas caridosas acode.

— Sem brigas — gritam.

Reginald Washington pega seu pequeno megafone.

— Vocês não têm vergonha? — vocifera lá dentro. — Esta é uma hora de alegria e festejos, e desclassificados como vocês sempre estragam isso para o restante de nós.

13 26.98
Al
Alumínio

Thelma e Esther nos acompanharam até em casa, depois de Johnny ter sido expulso da festa de Halloween. Andamos por uma rua cujo nome, coincidentemente, é Boo Radley. São nove horas. A lua cheia brilha e estrelas cintilam. Tanto a lua, quanto as estrelas ficam exatamente no mesmo lugar todas as noites. Quero dizer a Zig: "Será que dá pra mudar a chatice do pano de fundo?" A cada década ou de duas em duas décadas, ele aparentemente muda mesmo o arranjo das estrelas, mas não devemos ter um novo cenário durante vários anos. No entanto, esqueçam quanto a tentar localizar Dragão, Andrômeda, Cão Maior, Leão, e outras constelações terrestres; as estrelas sobre a Cidade seguem padrões diferentes. Um dos meus projetos é mapeá-las e criar um novo sistema de constelações. Francamente, estou surpreso que nenhum outro citadino tenha pensado em fazer isto.

– O céu é um *trompe l'oeil*? – pergunto a Thelma e Esther, ao seguirmos por uma calçada iluminada por lâmpadas públicas com bulbos redondos como a lua, dispostos acima de suas hastes. Zig acende as lâmpadas ao entardecer, e as apaga ao nosso toque de recolher, à meia-noite, quando o céu estrelado fica mais fácil de ser visto. Frequentemente eu observo o céu à noite, do alto do Frank e Joe.

– Um trom o quê? – Thelma pergunta.

– Uma ilusão de ótica – digo, mas ela e Esther não entendem. – Talvez Zig pendure um pano de fundo no céu pra tranquilizar a gente, pra fazer com que a gente pense que vive num ambiente como o que a gente conhecia na América.

— Este lugar é cheio de ilusões — Thelma diz.

Todos nós paramos e olhamos pro céu. Acho que avisto uma estrela cadente (em outras palavras, um meteoroide), mas em meio segundo o brilho se vai.

Esther diz que temos a ilusão de que aqui tudo permanece igual, que os prédios à nossa volta não envelhecem; no entanto, os prédios mudam sim, lentamente, com o tempo, ela diz. Daqui a vinte e cinco anos, eles terão se transformado gradualmente, para respeitar as normas arquitetônicas da época.

— Nós também mudamos — ela diz. — Os citadinos que chegaram aqui há vinte e cinco anos são diferentes dos novatos que chegaram no mês passado, como você e o Johnny.

— Em que sentido? — pergunto.

— Você sabe mais coisas — Esther diz.

— Como o quê? — pergunto.

Thelma responde:

— Bom, você sabe a respeito de artistas como a Farrah Fawcett Majors, e seu homem biônico; sabe o que é uma espada a laser e uma lâmpada lava; sabe a letra de "How Deep Is Your Love?" e de "Staying Alive"; e sabe os nomes dos irmãos e irmãs de *A família sol-lá-si-dó*.

— Eu não sei nenhuma dessas coisas — digo a Thelma.

— Boo é uma exceção à regra — diz Esther.

— Provavelmente Johnny sabe — digo.

Olho para ele. Está andando sozinho, bem atrás, com meu lençol de fantasma amarrado no pescoço. Por um instante, me faz lembrar eu mesmo, na América, porque eu era muito solitário. Sinto-me à vontade com a solidão, mas não acho que Johnny se sinta. Sua atitude atual, portanto, é muito mais triste do que a que eu tinha.

— Seu amigo está bem? — Esther me pergunta.

Digo que não sei. Pelo menos, por causa do seu status de renascido, ele não será punido por brigar. Os renascidos podem cometer erros nos primeiros seis meses, enquanto que o palhaço que fez uma pilha em cima de mim terá que enfrentar o conselho de almas caridosas e ficará confinado ao seu dormitório por um ou dois dias.

– É o aniversário americano do Johnny – Thelma diz. – Os aniversários são difíceis para os novatos, porque eles não fazem 14 anos. Além disso, os primeiros meses são sempre difíceis. Nos meus primeiros meses, fiquei um caos. Então, vamos dar ao pobre Johnny um tempo pra se recuperar.

– E você, Esther? – pergunto. – Ficou um caos quando chegou?

Esther tira o cabelão da frente dos olhos.

– Ah, fiquei sempre muito agradecida. – Aqui, ela entrelaça os dedos junto ao peito, e muda a voz para um tom mais alto. – Obrigada, querido Zig, por me dar uma pós-vida. – Junta as mãos em oração e acrescenta: – Mas, minha toda poderosa, toda sapiente divindade, este congelamento pré-puberdade significa que nunca terei um verdadeiro par de peitos?

Thelma solta uma gargalhada.

Como vocês sabem, não gargalho, nem dou risadinhas, mas esboço sorrisos. Sendo assim, um sorriso foi esboçado.

– Ei! Ei!

– Devagar!

– Volte aqui!

Nossa alegria é interrompida por gritos na noite. É Johnny. Ele vem correndo em nossa direção, com a alta velocidade que o deixou famoso como membro da equipe de corrida do Helen Keller. Está perseguindo um menino numa bicicleta. O ciclista passa voando, e eu me viro e o vejo se afastar velozmente de nós e de Johnny. Sob as luzes da rua, vejo que o ciclista tem cabelos castanhos. E orelhas de abano.

Johnny passa por nós correndo. Com sua máscara preta, e a capa branca abanando, parece um super-herói. Tenta alcançar a bicicleta, mas seu esforço é em vão. Para sob uma lâmpada, e eu e as meninas corremos até ele. Antes de o alcançarmos, ele se vira e corre de volta para nós. Ofega, porque suas cinco semanas em coma o deixaram menos apto fisicamente.

Ele agarra minha camiseta e oscila na ponta dos pés. Atrás da máscara de Zorro, seus olhos estão enlouquecidos.

– P*ta que pariu, Boo, era ele!

14	28.09
Si	
Silício	

Johnny Henzel desenhou meu retrato no quinto ano, enquanto junto com nossos colegas do ensino fundamental de Lakeview ficávamos debaixo das nossas carteiras, esperando o telhado ser arrancado da escola. Naquele dia, tinham detectado um tornado em Cooky County. O céu estava de um verde doentio, e os ventos uivavam. Ouvíamos o uivo claramente porque, nesse tipo de clima, as janelas eram mantidas abertas para que não fôssemos machucados por cacos de vidro soprados pelos ventos.

Enquanto eu e meus colegas nos refugiávamos sob nossas carteiras no chão empoeirado de madeira (que desmazelo o trabalho dos serventes!), Oscar Stanley e Fred Winchester especulavam em voz alta sobre tornados mortíferos que haviam atingido o estado no passado. Contei a eles sobre um ciclone que havia atravessado o distrito décadas atrás, arrancado o telhado de uma prefeitura, e sugado um conselheiro municipal, encontrado três dias depois no fundo de um lago a um quilômetro e meio de distância.

— Estava só de cueca — eu disse. — Suas outras roupas foram arrancadas do corpo.

O sr. Proman enfiou uma régua debaixo da minha carteira e me cutucou as costelas. — Feche a matraca — disse, porque Andrea Dolittle e Patsy Hyde estavam choramingando de medo. A pobrezinha da Andrea Dolittle era conhecida por vomitar inesperadamente (por exemplo, ela vomitou durante o teste de nossos tipos sanguíneos).

Johnny Henzel sentava-se na minha frente naquele ano. Era o primeiro ano do fundamental em que ele e eu estávamos na mesma classe. Não conversávamos muito um com o outro. De qualquer modo, a atenção que eu dava a meus colegas era um pouco maior do que a que eu dava a outros objetos insípidos na classe, como um apagador de quadro-negro, ou um cesto de papéis. A coisa interessante que eu havia notado nele era o rodamoinho duplo no alto da sua cabeça. Um rodamoinho duplo, segundo a Avó, significava dois espíritos independentes habitando o corpo de uma pessoa. Besteira, é claro. (Será que a Avó ainda acredita que seu filhote de dachshund é a reencarnação do tio Seymour, por causa do mesmo gosto por sorvete de rum com passas?)

Sob a carteira, Johnny segurava um bloco de desenhar e um lápis. Conforme os ventos rugiam, e Andrea, Patsy e várias outras meninas gritavam e choravam, e o sr. Proman andava entre as fileiras de carteiras rosnando: "Silêncio!", Johnny Henzel me cochichou:

– Posso desenhar você?

Deixei. Se um tornado realmente demolisse a escola e me matasse, o desenho poderia sobreviver e servir como um registro dos meus últimos momentos, e uma lembrança para vocês guardarem, Mãe e Pai. (Talvez vocês tenham uma lembrança semelhante hoje, tal como a minha fotografia a bordo do *Espírito do Alasca.*) Mas foi estranho posar imóvel para um desenho. Na verdade, nenhum dos meus colegas jamais me olhara com um interesse tão genuíno como Johnny o fez naquele dia. Enquanto seu lápis corria pela página, senti o desconforto – embora numa versão mais branda – que sinto quanto alguém me toca, então, depois de um tempo, perguntei se poderia fechar os olhos.

– Já terminei os olhos – ele respondeu.

Fiquei me perguntando se ele faria uma caricatura depreciativa. Talvez me desenhasse como a aparição fantasmagórica que cruza a ponte em *O grito*, de Edvard Munch (aquele camarada histérico e eu compartilhamos um queixo pontudo). Mas depois de quarenta minutos, quando o diretor veio a público pelo sistema de alto-falantes anunciar que o tornado tinha passado pelo distrito, Johnny me mostrou seu desenho e não era nenhuma caricatura. Na verdade, tinha uma boa semelhança comigo, um menino agachado debaixo de uma carteira, esperando pacientemente que sua vida acabasse ou prosseguisse. Olhei para mim mesmo, meu cabelo fino, meu rosto triangular, e os círculos escuros debaixo dos olhos.

— Você tem talento, Johnny Henzel — eu disse.

Ele deu de ombros e fechou seu bloco. Pensei que fosse me oferecer o desenho, mas não me ofereceu. Nunca mais o vi.

Agora, dois anos depois, Johnny Henzel senta-se novamente em um chão, com um bloco de desenhar e o lápis que eu peguei a seu pedido em um armazém próximo usando os cupons que nós citadinos recebemos para comprar suprimentos. Desta vez, contudo, o chão é o telhado do Frank e Joe, e o céu não está verde-tornado, mas sim o costumeiro cinza coberto por um lençol de nuvens. Johnny, o artista temperamental, descreveu-o mais cedo como um mar de espuma corta-fogo.

Enquanto desenha, ele fala sobre túneis secretos para a América, os chamados portais que supostamente nos levam de volta para casa. Soube disso com o pesquisador de portais, Harry O'Grady, o menino que mora em frente a nós, do outro lado do corredor.

— Você deveria estar lá fora, procurando portais, Boo. Este é um experimento científico que vale a pena.

— Não tenho certeza de que seja ciência, Johnny, acho que é mais uma fantasia da vontade.

Examino a janela de vidro no galpão no alto do nosso prédio. O vidro se refez completamente. O período total da gestação ao nascimento da janela foi de trinta e um dias, mais ou menos a extensão de um mês terreno. Quero testar novamente para ver se consigo o mesmo resultado duas vezes, então pego meu martelo e o desfiro contra o vidro até que ele se estilhaça novamente. Johnny dá uma rápida olhada por causa do barulho, e eu entro no galpão e limpo os cacos com uma escova e uma pá.

Quando saio, lembro a Johnny o desenho que ele fez de mim durante o exercício do tornado, e lhe pergunto que fim ele levou.

Ele dá de ombros.

Conto a Johnny que o sr. Plumb, nosso diretor no Helen Keller deveria ter posto o desenho que ele fez de mim no saguão da escola, em vez da minha foto do anuário. Eu estava mais parecido comigo naquele desenho do que na foto. Isto é um cumprimento, mas Johnny não responde. Está com os olhos concentrados em sua página. Sua testa se enruga. Lambe a ponta do lápis.

Meu colega de quarto não toma banho há dias, e cheira a cebolas fritas. Falo isto, e ele responde:

— Então, não chegue muito perto.

— Você não percebeu que o nome Oliver é um nome gaélico irlandês que significa "aquele que não chega muito perto"?

Ele ignora minha brincadeira descontraída porque está concentrado em seu desenho. Desta vez, é claro, não está me desenhando. Daqui a poucos dias, vamos ter um encontro com o conselho de almas caridosas da Onze, e ele vai levar com ele o que chama de um cartaz "procurado-vivo-ou-morto".

Ontem à noite, Johnny teve outro pesadelo com o nosso assassino. Acordou gritando por volta das três da madrugada, um grito tão lancinante que parecia perfurar cada parede, tijolo, e piso do Frank e Joe. Saí da cama, acendi a luz, e tentei acordá-lo, sacudindo-o, meu coração tão disparado que esperei que seu furo começasse a assobiar. Johnny olhou para mim com os olhos saltados, a boca escancarada, ainda gritando. Nunca tinha batido numa pessoa, mas bati em Johnny com tanta força que deixei a marca da palma da minha mão em seu rosto.

Na hora, ele não quis falar muito sobre o pesadelo, nem hoje de manhã. Tento outra vez:

— O que aconteceu no seu sonho, Johnny? — digo casualmente, enquanto examino os cacos do meu vidro, todos do mesmo tamanho, um centímetro de diâmetro.

Johnny para de desenhar. Levanta os olhos para o céu encarneirado (o céu do cordeiro de Deus, ha, ha), e depois olha de volta para mim.

— Você quer mesmo saber?

Faço um gesto positivo com a cabeça.

— Bom, o Atirador estava me perseguindo no shopping Woodfield. Ficava atirando em mim, mas errava. Me encurralou naquela loja que vende poltronas-saco, perto da praça de alimentação. Depois, me deu um ultimato, me deixaria ir se eu pudesse explicar por que eu amava a vida.

— Como você se saiu?

— Contei a ele sobre o Rover, o que eu amava no meu cachorro: seus olhos injetados, o hálito de peixe, os longos suspiros e as patas roliças. Como ele ficava orgulhoso de ser um cachorro-jornaleiro, entregando o *Tribune*. E como ele lia os quadrinhos, e queria ter sua própria tira, como Marmaduke.

— O Atirador deixou você ir embora? — perguntei.

— Se tivesse deixado, você acha que eu estaria gritando feito um alucinado?

— Acho que não.

— Não. O Atirador disse que minha história era uma m*rda, e que ia me fazer um favor, explodindo-a para longe dos meus miolos.

Curioso, peço pra ver seu cartaz de vivo-ou-morto.

Ele me estende seu bloco de desenho.

— Lembra alguma coisa?

Não reconheço o rosto pelos meus quatro dias no oitavo ano. Se o menino tivesse acabado de entrar no Helen Keller na terça-feira daquela primeira semana, provavelmente não o notara. Talvez ele até estivesse no sétimo ano. Ou, muito provavelmente, o menino que Johnny vê em seus pesadelos não é o menino que atirou em nós. Este

Atirador que ele vê pode ser simplesmente uma criação da sua própria imaginação.

No esboço de Johnny, o rosto do Atirador tem traços desalinhados, como se sua cabeça tivesse sido cortada ao meio e grudada de volta, mas não com muita precisão: um olho mais alto do que o outro, um desvio no nariz, orelhas grandes incompatíveis, cabelo sem corte, despenteado.

– Ele tem olhos vazios como David Berkowitz.

– Quem? – pergunto.

– O Filho de Sam, Boo. Você *ouviu* falar no Filho de Sam,[1] certo?

– O maluco que matou pessoas em Nova York.

– *Treze* pessoas.

Vocês desligavam as notícias, Mãe e Pai, sempre que iam ao ar histórias de violência. "Nossos ouvidos são muito sensíveis", você geralmente dizia, Mãe. Então, nunca soube muito sobre Sam e seu filho. De qualquer modo, eu tinha interesse nas notícias apenas quando elas tinham a ver com ciência, por exemplo: observações recentes sobre a atmosfera na lua de Saturno, Titã.

No entanto, Johnny leu sobre David Berkowitz no jornal.

– O cara era um lunático. Disse que um cão da raça bloodhound estava possuído por uma divindade que lhe dizia para atirar em pessoas. Uma p*rra de um maluco, cara. Devia ter recebido a pena de morte.

Johnny olha seu desenho.

– O Atirador é como o neto de Sam.

– Se o Atirador estiver aqui – digo –, é porque Zig dormiu em serviço.

Johnny levanta-se.

– *P*orra de Zig!* – ele grita para as nuvens. Seu corpo oscila, e ele acena os punhos no ar. – *Você não sabe a m*rda que está fazendo, seu filho da p*ta?*

---

[1] David Berkowitz, famoso serial killer, conhecido como Filho de Sam e também como o Assassino do Calibre 44. Filho de Sam é uma referência aos Estados Unidos, terra do tio Sam. David aterrorizou a cidade de Nova York com uma série de assassinatos entre 1976 e 1977. (N. da T.)

Tento aliviar a barra:

— Talvez o nosso Zig seja a verdadeira divindade dentro do bloodhound do sr. Berkowitz.

— Hã?

Assumo a voz de um cachorro de quadrinhos com língua presa:

— Me desculpe, filho de Sam, sou Zig e ordeno que você assassine as pessoas da cidade de Nova York.

Normalmente, não sou tão engraçadinho. Talvez Zig tenha alterado minha personalidade pra eu me adaptar melhor ao meu ambiente.

Johnny para de acenar os punhos para as nuvens. Olha-me com um olhar atônito. Depois, estoura numa gargalhada.

— Qual é a graça?

Ele ri tanto que seus olhos marejam. Enxuga-os com os dedos. Esta é a primeira vez que Johnny Henzel ri desde sua passagem. Sinto-me mais orgulhoso do que da vez em que aumentei o pH da minha urina consumindo cítricos.

Consequentemente, esboçou-se um sorriso.

15 30.97
P
Fósforo

Esther Haglund decide chamar nosso assassino de Atirador também. Durante o encontro com o conselho de almas caridosas da Onze, ela desenha em seu bloco um rápido esboço "vivo-ou-morto", no qual o Atirador aparece numa versão menor e mais jovem da figura de massinha Gumby.[2] O Filho de Gumby, imagino.

Está tentando manter um clima leve.

Esther não faz parte do conselho, mas está aqui como apoio moral, enquanto Johnny conta a eles sobre nossas mortes pelas mãos do Atirador. Ela também é testemunha de quando ele avistou recentemente um menino parecido com nosso assassino.

O conselho se reúne no Sophie, no que parece ser a sala do diretor. Estamos sentados ao redor de uma mesa cambaleante de madeira, com copos de água de plástico fosco colocados à nossa frente. Johnny, Esther e eu estamos de um lado; do outro lado, está o conselho: presidente Reginald Washington, vice-presidente Elizabeth "Liz" McDougall, secretária Thelma Rudd, tesoureiro Arthur "Arty" Hollingshead, e relator Simon Pivot. Nas paredes estão grudados cartazes de eleições passadas de membros do conselho. O cartaz para presidente diz: "WASHINGTON = JUSTIÇA PARA TODOS".

---

[2] Personagem de filme de animação americano, criado no início da década de 1950. (N. da T.)

Por acaso, Reginald está falando sobre justiça, mas hoje ele não tem seu megafone para enfatizar certas palavras.

– Em minha humilde opinião, nosso céu é fundamentado na justiça – ele diz –, a justiça de proporcionar a uma criança que só viveu 13 anos um prazo de vida normal.

Reginald fala com as mãos, como um menino fazendo bonecos de sombra em uma parede. Suas mãos são malhadas, marrons com manchas brancas. Eu gostaria de perguntar a ele sobre seu vitiligo – será que ele acredita que seja autoimune? –, mas Thelma me instruiu para não tocar no assunto. Ele é sensível, ela me contou. As pessoas, às vezes, chamam-no de "o Dálmata".

– O céu nunca abrigou um verdadeiro assassino – diz Reginald. – Pessoalmente, não estou convencido de que o menino que você viu, sr. Henzel, seja o seu assassino. Os olhos podem ser enganadores. Mas se o senhor de fato descobrir que seu Atirador vive aqui, teremos que tomar providências para garantir que ele não fira outros citadinos. Nosso Zig não é infalível. Se ele, por engano, deixou entrar alguém cuja entrada deveria ter sido barrada, precisamos agir por nossa conta para buscar a justiça que você e o sr. Dalrymple merecem.

– Vocês têm cadeias aqui? – pergunto.

– Temos a Gene Forrester – Thelma responde. Ela está anotando os itens do encontro em um papel amarelo, e agora enfia o lápis atrás da orelha. – Mas poucos citadinos ficam presos. A pessoa tem que fazer alguma coisa muito ruim pra ir pra Gene, como esfaquear um garoto, ou quebrar a perna de alguém. Se for pega roubando bicicletas, bom, só precisa prestar serviço comunitário.

– Que tipo de serviço? – pergunto.

– Limpar chão, lavar banheiros, cortar batatas na lanchonete.

– Isto não basta pro Atirador – Johnny grita. Ele levanta seu cartaz de vivo-ou-morto para que todos vejam. – Ele é pura maldade. Não dá pra fazer ele só limpar o banheiro.

– Entendo sua raiva – diz a vice-presidente Liz McDougall. Zig impede as cáries, mas, infelizmente para Liz, não corrige dentes proeminentes. — Mas nosso conselho não lida normalmente com agressões mais sérias do que brigas de soco, intimidações e roubo.

O tesoureiro Arty Hollingshead fala, e quando o faz, fico especulando sobre a necessidade de um tesoureiro num céu que adota um sistema de cupons e permutas, em vez de dinheiro. Arty diz que o conselho pode ter que pensar em uma sentença muito séria, caso o Atirador seja descoberto.

— Além de Zig, não tem ninguém cuidando de nós aqui em cima, então precisamos tomar conta uns dos outros e decidir o que é certo e o que é errado — ele diz.

Enquanto os membros do conselho falam, Johnny fica subindo e descendo a mão sobre um decalque de basset hound na sua camiseta, que descobri pra ele em um depósito de roupas. Ele alisa o decalque da mesma maneira que costumava alisar as costas do babão Rover, em sua rota matinal como entregador de jornal.

Para interromper a conversa, Reginald levanta a mão como faria um guarda de trânsito. Sugere que eu e Johnny viajemos de bicicleta até as enfermarias localizadas nas outras zonas da Cidade. Ainda que Johnny tenha visto o suposto Atirador em nossa própria zona, aquela pessoa, observa Reginald, não mora necessariamente nas vizinhanças.

— Ele pode residir na Três, ou até na Seis — diz Reginald.

Como presidente do conselho, Reginald redigirá um ofício permitindo que chequemos os registros das enfermarias para ver quem renasceu na mesma data, ou por volta da mesma data que eu. Talvez encontremos o Atirador, ou até outro aluno do oitavo ano que tenha morrido no ataque do Atirador. Com a ajuda dos conselheiros locais, podemos entrevistar qualquer criança relevante. Mesmo que não localizemos um aluno do Helen Keller, podemos dar com um novato recente de Illinois, que possa nos fornecer alguma informação fundamental sobre o nosso assassino — um nome, talvez, ou um motivo, afinal de contas, nossas mortes devem ter sido manchete de jornal.

— Pra facilitar as coisas com os outros conselhos e as enfermarias — Thelma diz —, por que eu não vou junto com os meninos? Sendo eu mesma uma supra, posso ser útil.

— Eu também posso ir — Esther diz. — Porque se vocês encontrarem o Atirador, vocês, supras, precisarão de alguém com bom senso, pra não arrancar a cabeça *dele* fora.

Reginald olha para mim e Johnny, do outro lado da mesa. Quer saber o que pensamos da excursão. Estou disposto, não por querer especialmente confrontar o misterioso Atirador, mas sim porque quero conhecer mais o céu, verificar como as coisas funcionam nas diferentes zonas.

Quando respondo a Reginald, olho para Johnny.

— Gosto de viajar — digo.

Johnny está suando na testa de nervoso, mas como eu insisti para que tomasse uma ducha hoje de manhã, pelo menos não cheira a cebolas fritas. Ele concorda comigo.

— Se a gente pegar o Atirador — diz ao conselho —, eu e Boo é que deveremos decidir que punição aquele p*ntelho merece. Vocês podem prometer isto pra gente?

Os membros do conselho se entreolham.

— Podemos prometer que a punição será de acordo com os crimes — diz Reginald.

16	32.06
S	
Enxofre	

Zig não nos orienta diretamente, não faz comunicados oficiais, não aparece no abençoado céu encarneirado, gritando em um megafone: "*Não roubem mais uma bici!*", ou "*Sem brigas por comida na lanchonete!*". Mas se nós citadinos nos aprofundarmos mais nesse assunto de orientação, perceberemos que Zig nos guia por meio de inclusões e omissões. Em outras palavras, através das coisas que ele entrega e das coisas que ele retém.

Por exemplo, se formos a um centro de abastecimento num dia de entrega, veremos que acabaram de chegar sabonetes e xampus. Zig está nos dizendo para lavarmos nossos corpos e cabelos. Mas não encontraremos desodorantes, enxaguante bucal, ou perfume, que ele deve considerar desnecessário. Encontraremos jeans e camisetas, mas não calças sociais ou paletós de tweed. Encontraremos máquinas de escrever, mas não impressoras, nem fotocopiadoras. Encontraremos equipamentos esportivos, instrumentos musicais, romances em brochura, e discos de vinil. Os itens podem parecer de segunda mão; alguns bastões de beisebol estão lascados, alguns livros têm dobras nas pontas das páginas, e alguns álbuns estão riscados, mas mesmo assim esses itens nos dizem algo. Dizem o que Zig considera importante. Por este aspecto, eles são nossos guias.

Johnny, Thelma, Esther e eu estamos refletindo sobre Zig na primeira manhã da nossa viagem, quando paramos para visitar um museu montado na biblioteca Guy Montag. É conhecido como Curios.

— Os itens expostos são coisas que achamos que Zig deixou escapar por acaso — Thelma nos diz, enquanto estacionamos nossas bicicletas e amarramos fitas nos guidões. (Esther é uma das pouquíssimas citadinas que de fato *possuem* uma bicicleta. A dela é um modelo menor refeito por um mecânico de bicicletas especialmente para uma pessoa pequena. Está pintada de rosa, e tem até fitas rosa no guidão e uma cestinha igualmente rosa.)

Nosso grupo sobe a escada da biblioteca e se dirige para o espaço de exposições no último andar. Thelma vai à frente. Como a mais velha citadina entre nós (em anos de céu), ela gosta de tomar a frente. Quando chegamos ao terceiro andar, está sem fôlego.

— Droga de escada! — Ofega e enxuga a testa com um lencinho de papel.

O Curios consiste em uma série de salinhas que exibem objetos em vitrines de vidro que parecem ser aquários de cabeça para baixo. O primeiro objeto que vemos exposto é uma lata de *corned beef*.[3] O produto está numa lata oblonga. Ao seu lado, está atrelada uma chave simples, usada para abrir a lata. *Corned beef* é um objeto curioso porque Zig só nos manda comida vegetariana.

— Ah, uau! Que bizarro! — Esther diz. — Estou tão emocionada que acho que vou desmaiar. Alguém me segure. — (Outro exemplo de perfeita ironia.)

— Ah, fiquem quietos — Thelma diz, observando o aquário tão de perto que deixa uma reluzente impressão do nariz no vidro. — Estou com saudades de casa. Vocês não acreditariam em quantos sanduíches de *corned beef* eu comi na minha época.

— Eu *acredito* — diz Esther, mas Thelma a ignora.

— É tão longe de uma carne de verdade que poderia muito bem ser vegetariana — Johnny observa. — Tem gosto de uma mistura de animal atropelado com gelatina.

---

[3] Referência a um alimento muito popular nos Estados Unidos, que consiste em carne em salmoura enlatada. A palavra "*corned*" pode significar granulado, preservado com sal, alimentado com milho, curado. (N. da T.)

Thelma lê em voz alta a ficha datilografada que está colada na lateral do aquário. A ficha afirma que ninguém sabe de onde vem a palavra "*corned*". *Este popular* corned beef – diz a ficha – *não contém milho.*

– A palavra "*corn*" já significou qualquer partícula grosseira – digo. – Neste caso, as partículas eram o sal grosso usado para curar a carne.

– Como é que você sabe esta idiotice? – Johnny diz, sem se impressionar, mas sei que Thelma está empolgada, porque posso ver a falha entre seus dentes da frente.

Thelma começa a arrancar a ficha do vidro.

– Eu deveria apresentar Oliver a Peter Peter, o curador – ela diz.

– Peter Peter? – Johnny diz.

– O nome dele de verdade é Peter *Peterman*, mas as pessoas o chamam de Peter Peter.

– Ele é um chato, mas Thelma acha que ele é um gato – Esther diz. – Esta é a verdadeira razão de a gente estar aqui, não é, Thelma?

– Ele é ou não é o meu amor? – Thelma diz, cantarolando.

Ela me diz para segui-la, e eu e ela saímos, deixando Johnny e Esther para trás. Enquanto passamos pelos corredores, dou uma olhada nos outros itens à mostra. Vejo uma coleção de pilhas (D, C e AA), um telefone de disco cor de abacate, um cassetete da polícia, e um rádio, que só deve pegar estática porque não há estações de rádio na Cidade.

Encontramos o curador ao lado de um tanquinho de artêmias salinas. Está colocando um cartaz, explicando que de fato elas são uma espécie de crustáceo com uma associação próxima aos cavalos-marinhos.

– E aí, menino velho – Thelma diz. ("Menino velho" é um termo carinhoso que as citadinas usam para os meninos que vivem aqui há quarenta e cinco anos ou mais.)

Peter Peter parece mesmo mais velho, já que tem uma penugem acima do lábio e mais musculatura do que, digamos, eu; o que não é difícil. Deduzo, no entanto, que ele já tinha buço e músculos no dia em que chegou aqui. Alguns dizem que os veteranos são mais sábios, considerando o número de anos que têm armazenado no céu.

— Gostaria de lhe apresentar Oliver Dalrymple — Thelma diz a Peter Peter. — É um novato.

Ele faz um cumprimento com a cabeça e eu digo:

— Eu não sabia que a Cidade abrigava artêmias salinas.

— Ocasionalmente a gente recebe vida não humana — Peter Peter diz. — Um gatinho, uma periquita-australiana. Meu favorito foi Lars, o rato-do-deserto, que veio para o céu num engradado de bolas de tênis.

— Ah, era um sujeitinho muito meigo — Thelma diz. — Você se lembra de como ele costumava bater as patas traseiras quando ficava muito excitado?

— É, aquilo era uma espécie de dança de acasalamento, só que o pobrezinho não tinha nenhuma namorada.

Peter Peter olha fixo para Thelma.

— Que tragédia! — ela diz.

Provavelmente, eles estão flertando, mas não entendo desses assuntos. Interrompo-os com a etimologia de "*corned beef*".

— Claro — Peter Peter diz, batendo na testa. — A palavra "*corn*" significa qualquer tipo de colheita ou grão, não apenas o milho dos índios americanos. Então, faz sentido a palavra se referir a qualquer coisa granulosa, como o sal.

— Tenho quase certeza da etimologia — digo a ele. — Que pena que Zig não nos mande nenhuma enciclopédia, ou dicionário para verificar essas coisas. A não ser que, entre os objetos curiosos de sua coleção, existam livros.

Peter Peter sacode a cabeça.

— Nem dicionários, nem enciclopédias. Pelo menos, ainda não. Mas objetos novos e inesperados aparecem o tempo todo, então talvez algum dia entre uma edição completa do dicionário Webster. Só me resta torcer.

Thelma conta a Peter Peter que tenho um forte interesse em ciências. — Talvez você pudesse usar um assistente — ela sugere.

— Ciências? — Peter diz. — Temos mesmo uma surpresa pra você!

Ele pede para Thelma e eu esperarmos, enquanto vai até seu escritório do outro lado do corredor buscar alguma coisa. Depois que sai às pressas, notamos que os visitantes, que estavam dando risadinhas ao redor de uma vitrine próxima, se dispersaram, e agora o objeto ali dentro se revela.

Thelma aproxima-se da vitrine lentamente.

— Isto é o que eu penso que é? — pergunta.

O objeto é um envelope quadrado de plástico, do tamanho de um chocolate After Eight.

— Uma camisinha— digo a ela. — Um revestimento colocado no pênis durante a cópula, como um método de controle de natalidade, para evitar que o esperma...

— Oliver — Thelma interrompe —, você não precisa me dar nenhuma etimologia sobre essa coisa, certo?

— Não sei a etimologia de "camisinha", só a sua finalidade.

Peter Peter volta do seu escritório usando luvas de algodão. Coloca uma revista sobre a vitrine que exibe a camisinha.

Meu coração fibrila e soluça, não literalmente, desculpem-me o floreio artístico, Mãe e Pai. Estou excitado porque o que o curador colocou à minha frente é a revista *Science*. Que glória! É um número recente, de outubro de 1979.

— Posso tocar nela?

Peter Peter tira suas luvas de algodão e as passa para mim. — Para que a gordura dos dedos não passe pro papel — ele diz.

Minhas mãos tremem ligeiramente, enquanto enfio as luvas. Fico pensando se vocês dois conseguiram uma maneira de enviar minha revista preferida para cá. Uma ideia absurda, eu sei.

— Quando foi que chegou? — Thelma pergunta.

— Na semana passada, veio da Quatro — diz Peter Peter.

— Têm outros números? — pergunto, enquanto examino a revista, cuja atração da capa é a cara lindamente horrível de um morcego marrom. O artigo de capa fala em ecolocalização.

— Não da *Science*, mas às vezes entram outras revistas — Peter Peter diz. — Eu tenho uma *Life* de 1956, algumas *National Geographic*, até uma revista de cinema da década de 1930, com o Espantalho, o Homem de Lata e o Leão na capa.

A bibliotecária da Guy Montag havia me dito que as únicas revistas entregues normalmente na Cidade são as de quadrinhos, portanto, tais descobertas são de fato curiosas.

— Imagino se Zig estaria nos dizendo alguma coisa, ao deixar passar essas coisas — Thelma diz.

— Provavelmente — Peter Peter diz. — Ou elas podem ser simplesmente um descuido da parte dele.

Folheio as páginas.

— Olhe, um artigo sobre criogênicos — digo.

— Crio o quê? — Thelma pergunta.

— Criogênicos. Você sabe, a "sorvetização" da morte! — (Ha, ha.)

— Ai, Oliver, você mesmo parece um objeto curioso — Thelma diz.

Continuo virando as páginas, mas minha bobeira é interrompida por Esther, que chega correndo até nós. Está com o rosto sinistro.

— É melhor vocês virem logo — ela diz.

— Johnny? — Thelma pergunta, e Esther confirma com a cabeça.

Nós todos a seguimos pelas salas de exposição, por vitrines contendo óculos de grau, uma garrafa de vinho tinto ("CHÂTEAU BEL-AIR", diz o cartaz), e um globo lunar. Estou tão preocupado que Johnny possa ter entrado em mais uma luta de socos, que não paro para examinar o globo.

Vejo meu colega de quarto em frente a uma vitrine em um canto da sala. Nada parece fora do normal, pelo menos não até nos juntarmos em volta dele e eu vir seus olhos. Estão vermelhos e inchados como se ele estivesse tendo um ataque alérgico. Sua respiração também está sibilante.

— Qual é o problema, Johnny? — pergunto.

Esther diz: — Olhe na vitrine.

O objeto curioso, disposto sobre uma almofada branca dentro da vitrine, é um pequeno revólver. Parece uma arma de brinquedo. Se não fosse mortífera, até pareceria engraçadinha. Como vocês se lembram, Mãe e Pai, o tio Seymour comprou uma assim para se proteger depois que sua padaria foi assaltada.

— Minha Nossa! — Thelma murmura, colocando a mão no ombro de Johnny. — Vamos sair daqui — ela diz, mas Johnny afasta sua mão.

— Quando foi que esta arma chegou? — pergunto a Peter Peter.

— Há uma semana, da Seis. Mas não dá pra atirar, não tem balas.

— Johnny, não pode ser esta — digo.

— Como é que você sabe? — Sua voz está tão rouca quanto nos primeiros dias na Cidade. — Parece a mesma, Boo. Juro por Zig que parece. É igual à arma que vejo nos meus pesadelos.

— Todas as armas se parecem — Esther diz. — São todas horrorosas. Vamos cair fora, Johnny.

Ela tenta pegar na mão dele para levá-lo embora, mas ele rosna:

— Não!

Deixamos Johnny sozinho. Por sugestão de Thelma, vamos até a entrada da exposição esperar por ele, e então Thelma conta a Peter Peter sobre o Atirador e nossa missão. Somos interrompidos por alguns visitantes que entram no saguão, a quem Peter Peter pede que evitem a vitrine do canto esquerdo porque "aquele cara ali está consertando a vitrine e precisa de espaço para trabalhar".

Enquanto esperamos, Peter Peter me pergunta se eu estaria interessado num trabalho na Curios.

— A gente bem que poderia usar um pouco de sangue novo aqui — ele diz.

Apesar da minha ansiedade, pergunto se poderíamos conversar sobre sua oferta de trabalho alguma outra hora. — Agora preciso prestar atenção no meu amigo — digo. Tiro as luvas brancas e as devolvo para ele.

— Sem dúvida — Peter Peter diz. Ele diz para Thelma voltar qualquer dia para um almoço, e depois se despede de todos nós com um aperto de mão, antes de voltar a trabalhar na sua exposição de artêmias salinas.

Da entrada, as meninas e eu continuamos a observar Johnny. Só o vemos pelas costas. Ele não se mexe um centímetro. Não faz um som.

— Daria pra pensar que está rezando no altar de uma igreja — Esther diz. — Como eu costumava fazer quando era mórmon, em Utah, no tempo em que eu caía de quatro por Joseph Smith.

— Quem? — pergunto.

E ela explica que Joseph Smith foi o fundador do mormonismo. Em seu quintal, o homem desenterrou tabletes de ouro que continham escritos invisíveis que apenas o sr. Smith conseguia ler.

— Uma bobagem de m*rda, tenho certeza — ela diz. — Mas, pensando bem, não mais improvável do que este lugar em que a gente veio parar.

Enquanto ouço Esther, mantenho um olho em Johnny, na coroa dupla da parte de trás da sua cabeça. Quando um visitante chega perto demais do meu colega de quarto, grito: — Deixe espaço pra ele trabalhar.

Por fim, Johnny vira-se e caminha até nós. Já não tem os olhos vermelhos. Seu rosto parece curiosamente sereno.

— Está pronto, meu bem? — Thelma pergunta.

— É, estou pronto — Johnny diz. — Não estou mais com medo. Estou pronto pra pegar aquele sacana.

17	35.45
Cl	
Cloro	

— Mostre um mínimo de fibra – Johnny diz. – O Atirador não roubou sua bicicleta. Roubou a sua *vida*.

Mais tarde naquele dia, ao terminarmos nosso almoço de piquenique no parque Jerry Renault, na Dez, Johnny decide que preciso de umas aulas de boxe pra me preparar para nossa batalha contra o Atirador – que, segundo Johnny, juntou uma gangue de imbecis que precisaremos vencer. Meu colega e eu tiramos nossas camisetas. Pareço o frangote de quarenta quilos que eu sou, e Johnny, por causa de sua dieta líquida no hospital, também não é nenhum Atlas. Fica parado à minha frente, maxilar travado, olhando com ferocidade nos meus olhos.

– Faça um ar agressivo – ele diz, e eu franzo a testa.

– Boo, você parece tão agressivo quanto um coelho albino – Esther diz.

Está comendo seu sanduíche de pepinos em um pedaço de grama infestado de pragas, que crescem por toda parte na Cidade. Os dentes-de-leão devem ser a flor oficial do céu. Além disso, aqui a grama é normalmente muito alta, porque não temos cortadores.

Johnny levanta os punhos para treinar, e eu penso na expressão inglesa "*put up your dukes*", que significa "punhos em guarda", e novamente me perco em etimologia: como é que um título da nobreza britânica, "*duke*", se transformou em um punho?

Johnny me acerta no ombro, e eu recuo. Ele vai em frente e me acerta de novo. Olho em volta à procura de Thelma, que deveria voltar logo da lanchonete próxima, onde foi buscar mais algumas frutas para a viagem.

– Thelma não iria querer que a gente lutasse – digo.

– Esqueça a sua mama e me soque de volta – Johnny replica.

– Mas eu não tenho motivo pra bater em você, Johnny.

– Eu não sou o Johnny, p*rra – ele grita. – Sou o Atirador e quero acabar com a sua raça, seu c*zão.

Levanto os punhos para agradá-lo.

Ele dá socos em círculos, e me chama de nomes como imbecil e babaca de m*rda. Acho todo o exercício sem sentido. Estou prestes a responder "quem fala é que é" pra mostrar como ele está sendo infantil, quando ele me acerta no queixo, de leve, mas mesmo assim dói. Percebo que a única maneira de acabar com esta bobagem é vencê-lo.

Fecho a mão em punho e acerto seu queixo com um movimento giratório. *Pouf!* O golpe machuca minha mão. Johnny se desequilibra para trás. Curva-se com as mãos nas coxas, gemendo de dor.

– B*sta – murmura, e depois cospe no chão.

Vejo uma gota vermelha na grama.

– Isto é sangue?

– Mordi a p*rra da língua.

– Bem feito, Rocky – Esther diz.

Os olhos de Johnny se enchem de água. Ele volta a cuspir. Mais sangue. Peço a ele para abrir bem a boca, para que eu possa examinar o machucado. Ele escancara a boca.

– Seus incisivos são afiados como os de um cachorro. Não é de estranhar que você tenha mordido a língua.

Ele revira a língua. O buraco está em um lado da ponta. Preciso verificar o machucado regularmente para poder marcar o tempo de recuperação no meu registro.

Thelma chega com um saco de laranjas e bananas.

— Pelo amor de Zig, o que está acontecendo aqui? — ela grita, sacudindo o saco de frutas para nós. — Cadê as suas camisetas? Por que Johnny está cuspindo sangue?

Esther explica sobre a aula de boxe, enquanto Thelma estala a língua em desaprovação.

— Puxa vida, não posso deixar vocês fora das minhas vistas por cinco minutos.

— Por que você está tentando transformar Boo numa coisa que ele não é? — Esther pergunta a Johnny. — Não vai funcionar. Aqui a gente não muda. Estamos empacados. Empacados aos 13, durante cinquenta anos.

Thelma não concorda.

— A gente cresce de outras maneiras, Esther.

— Eu não me sinto mais amadurecida do que lá em Utah — Esther diz. — Só que lá eu não acreditava no bobo do Jesus, mas não tinha peito de dizer isto.

— Isto é amadurecer, meu bem — diz Thelma. — Ter peito de dizer o que você acredita.

— E vocês, meninos? — diz Esther. — Sentem alguma diferença de lá na América?

— Eu me sinto mais sociável — digo —, mas tenho medo de que isto resulte num quociente de inteligência mais baixo.

— Bom, é melhor ser mais estúpido com amigos ou mais inteligente sem? — Esther pergunta.

— E você, Johnny? — Thelma pergunta.

Johnny dá de ombros. Olha para o céu cinza, talvez procurando beleza nas nuvens cirros.

— A gente devia pegar a estrada — ele diz. — Está ficando tarde.

Enfia sua camiseta pela cabeça, e eu faço a mesma coisa. Vamos para nossas bicicletas paradas perto do trepa-trepa, nós meninos à frente, e as meninas nos seguindo.

— As pessoas na escola o achavam fraco, Boo — Johnny me conta —, mas nada o atingia. Eles lhe provocavam, batiam, roubavam seu almoço, lhe chamavam de excêntrico e v*ado.

Originalmente, um excêntrico era um artista de circo que realizava atos mórbidos, como arrancar com os dentes a cabeça de galinhas vivas, e engolir sapos. Obviamente, considerando minha dieta vegetariana, não sou um excêntrico. Quanto a v*ado, não tenho desejos homossexuais ou heterossexuais, e como terei 13 anos para sempre, e não gosto de tocar nos outros, pode ser que nunca desenvolva nenhum interesse sexual, o que, pelo que ouço a respeito de sexo, é uma vantagem.

Johnny continua:

– Eles passavam rasteira em você e o jogavam no chão, e você ficava ali, olhando para alguma coisa que ninguém tinha notado, como um formigueiro saindo de uma fenda na calçada.

Como sinto falta de formigas! Que criaturas interessantes! Seus feromônios, suas metamorfoses, seu sistema de castas, sua força incrível.

– Você era forte, cara. Mais forte do que eu. Mais forte do que qualquer um de nós.

– Obrigado, Johnny – digo. – Tento não deixar o mundo exterior contaminar meu mundo interior.

Johnny me para na quadra esportiva.

– Você pode me fazer um favor, Boo?

– Um favor?

– Quando a gente pegar o Atirador, você pode ser forte?

Ele assume sua pose de boxeador, os punhos em guarda.

Aceno a cabeça, concordando.

– Porque não tenho certeza de que *eu* vá ser.

18	35.95
Ar	
Argônio	

Naquela noite, ficamos no alojamento Jim Hawkins. Os alojamentos da Cidade sempre têm alguns quartos vazios disponíveis para acomodar visitantes. Estamos na Dez, uma zona que não parece diferente da Onze. Tem os mesmos prédios, que parecem edifícios em miniatura das cidades da América.

Nosso pequeno grupo passou pelas enfermarias das duas zonas, mais cedo, esta tarde, mas seus registros não acusaram passagens em 7 de setembro de 1979, o dia da minha passagem, nem em data próxima.

Gostei de visitar as enfermarias porque pude conversar com as enfermeiras de plantão sobre o tempo de cura de membros e clavículas quebrados e trincados. Na enfermaria Mary Lennox deixaram que a gente explorasse o quarto de renascimento por alguns minutos. Fiquei novamente chocado com a aparência simples, e sinceramente nada mágica, de uma cama de renascimento. Johnny e eu puxamos as cobertas, espiamos debaixo do colchão e entramos debaixo da cama, mas não encontramos nada de extraordinário.

Às 9:30 nós quatro estamos exaustos de pedalar e andar o dia todo, e estamos no quarto de hóspedes de Esther e Thelma, com os pijamas que levamos conosco nas nossas mochilas. Thelma está fazendo um curativo em uma bolha no pé de Esther. Ela nos diz que planeja mandar uma carta por mensageiro aos supras para dizer que estaremos presentes no seu encontro marcado para daqui a alguns dias, na Seis. Enquanto isto, estou escrevendo sobre nossa aventura no meu livro de registros, na escrivaninha, e Johnny folheia um mapa do céu que o conselho de almas caridosas nos deu. Como o céu não tem impressoras, todos os mapas são feitos à mão. Eles ficam presos com espiral, e cada página é dedicada a uma zona. São aproximados, já que o céu não tem helicópteros que possam sobrevoar o terrário e avaliar a topografia correta da área.

Thelma diz a Johnny que ele daria um bom cartógrafo porque ele gosta de desenhar. Ela está sempre tentando arrumar uma ocupação para mim e Johnny. Como novatos, não precisamos trabalhar nos primeiros seis meses que passamos no céu, mas depois disso precisaremos nos decidir por algum trabalho em tempo parcial. Cozinheiro, bibliotecário, enfermeiro, alfaiate, barbeiro, tintureiro, mensageiro, mecânico de bicicleta e limpador de janelas são algumas das ocupações disponíveis. Os citadinos tendem a se alternar entrando e saindo de trabalhos diferentes.

– Quero ser um investigador de portais – Johnny diz. – Quero encontrar um túnel de volta para a América, e virar assombração.

De acordo com os investigadores de portais, um citadino pode voltar para sua cidade natal e "assombrar" seus entes queridos.

– Não seja ingênuo, Johnny – Esther diz. – Não existe essa história de portal.

– Você não sabe – Thelma replica. – Talvez a gente ainda não tenha encontrado um, mas eles podem existir.

– Sei que alguns garotos acharam portais, mas não querem contar pro restante de nós – Johnny diz. – Querem manter suas descobertas em segredo, assim só eles podem ficar assombrando.

Esther diz que um investigador de portais idiota tentou se jogar pelo condutor de lixo do seu alojamento. Estava convencido de que o nosso lixo caía de volta na América.

– Os condutores de lixo são estreitos demais pra que se possa entrar – digo. – Isto é conto da carochinha.

Thelma me corrige: – Aqui, dizemos que é uma lenda urbana.

– Na semana passada, vi um garoto entrar numa secadora de roupas e examinar o filtro, procurando um portal – Esther diz. – Fiquei com vontade de bater a porta e ligar a secadora, mas não fiz isso porque sou uma alma caridosa em treinamento.

– É, querida, você é pura bondade – Thelma diz, dando um tapinha no pé com curativo de Esther.

– Se eu descobrisse um portal – Johnny diz –, visitaria Rover e faria longas caminhadas com ele. Minha irmã deve estar cuidando dele. Ela adora animais. A gente estava pensando em abrir uma loja de animais juntos. Ia se chamar Zoo. Quando eu estava em coma, Brenda ficava falando: "Não morra, Johnny. Temos que abrir a Zoo."

Se fosse para assombrar, Thelma diz que visitaria seus três irmãos, Antoine, Ralph e Shawna.

– Agora eles estão na faixa dos 20 e 30 anos. Devem ter seus próprios filhos. Eu poderia servir de babá pra eles. Uma babá fantasma contaria histórias de fantasmas. As crianças iam me adorar.

– Eu assombraria minha velha igreja – Esther diz. – Voaria por cima do púlpito, e diria a todos aqueles devotos babacas que os álbuns da família Osmond são obra do diabo.

Como fantasma, Johnny diz que assombraria qualquer membro da família Manson[4] que ainda não estivesse preso. Assustaria cada um deles até que se tornassem cidadãos respeitáveis: guardas de trânsito escolar, contadores, bibliotecários, enfermeiras escolares. Thelma e Esther concordam com um gesto de cabeça, já que a notícia dos feitos repugnantes da família Manson espalhou-se pela Cidade através da boca dos novatos.

Johnny decide desenhar Thelma e Esther posando como fantasmas. Ele as cobre com lençóis, os rostos aparecendo, mas como os lençóis têm um acabamento em azul, elas se parecem mais com Madre Teresa do que com fantasmas. Elas se sentam lado a lado em uma cama,

[4] A família Manson, ou o grupo de seguidores de Charles Manson, foi responsável por assassinatos aleatórios, inclusive o da atriz Sharon Tate, nos anos 1960. (N. da T.)

e Johnny se senta na outra, desenhando-as no bloco que trouxe em sua mochila.

Enquanto ele trabalha, Thelma canta músicas de Cole Porter para nós. Quando começa "Miss Otis Regrets", para depois do primeiro verso e diz que esqueceu a letra. Muda para "Too Darn Hot". Thelma está dizendo uma mentira branca; ela não esqueceu a letra. Como vocês sabem, Pai e Mãe, no segundo verso de "Miss Otis Regrets", a srta. Otis saca uma arma e mata seu amante com um tiro. Thelma não quer que Johnny ouça uma história macabra sobre tiro, porque é uma verdadeira alma caridosa e amiga de Johnny de verdade. E minha também, imagino.

Quando Johnny termina seu desenho, nós quatro estamos bocejando. Vamos para os banheiros no corredor e nos prepararmos para dormir.

No banheiro masculino, Johnny escova os dentes depois de polvilhar sua escova com bicarbonato, mantido em uma caixa na beirada da pia. Este é um bom indício de que ele esteja se recuperando; nem sempre ele escova os dentes sem o meu estímulo. Enquanto escova, tiro a roupa e entro num chuveiro. Sempre tomo um bom banho antes de ir pra cama, principalmente considerando o tanto que pedalamos hoje. É importante lavar o suor e a gordura do corpo. Mesmo que no céu não existam coisas como câncer, têm acne, coceira genital, e odores desagradáveis.

Quando saio do chuveiro, tiro minha toalha da mochila e a enrolo ao redor da cintura. Não vejo Johnny e deduzo que ele voltou para o nosso quarto, mas não, está engatinhando sob a fileira de pias. Examina o encanamento e talvez especule de onde vem nosso suprimento de água (frequentemente eu me pergunto a mesma coisa).

— Estou vendo se há portais — ele diz, tentando forçar azulejos soltos na parede debaixo da pia, usando a alavanca de um cortador de unhas.

— Se houvesse um portal aqui, a esta altura alguém já teria descoberto.

— Você não acredita em portais, acredita?

— Acreditar em portais é como acreditar em telecinesia. A não ser que você dobre uma colher com o poder da mente, não posso acreditar.

Enquanto visto o pijama, Johnny diz:

— Você não disse o que faria como assombração, Boo. Iria ver seus velhos?

Esfrego a toalha no cabelo. Sinto o calombo na base do meu crânio, que você, Mãe, chama de minha protuberância matemática. Você afirma que ele me ajudou a aprender a tabuada aos 5 anos.

Digo a Johnny que se eu fosse assombrar, entregaria a vocês o livro que estou escrevendo sobre minha pós-vida. No entanto, não faria uma longa visita, porque seria cruel, não seria? Eu poderia lhes dar esperança, Mãe e Pai, de que voltaria para a vida para sempre, mas seria apenas um fantasma, não um menino de verdade. Nunca cresceria. Nunca iria para o MIT, como o Pai gostaria; nunca trabalharia para a NASA, como a Mãe gostaria.

Explico tudo isso a Johnny, mas ele não responde. Fica debaixo da pia cutucando os azulejos. Volto para o nosso quarto, penduro minhas roupas no armário decrépito, e vou para a cama. Através da parede, ouço a gargalhada de Thelma.

Geralmente não consigo dormir quando estou exausto, mas não nesta noite. Adormeço no piscar de um olho (olhos, na verdade), com o abajur ainda aceso. Isto é um pequeno milagre.

Outro pequeno milagre acontece pouco depois.

Johnny entra voando no nosso quarto, gritando:

— Boo, Boo! — Arranca o meu cobertor, e me puxa pra fora da cama pelo meu paletó de pijama, estourando um botão. — Venha comigo!

— Você descobriu um portal? — resmungo.

— Não, mas uma coisa quase tão boa quanto.

Sigo-o de volta ao banheiro. Ele corre para a última pia, e aponta para dentro da bacia.

— Olhe — sussurra. — Um objeto curioso.

— Zig todo-poderoso!

Pousado ao lado do ralo está um inseto de pelo menos cinco centímetros de comprimento. Suas asas são âmbar escuro, e estão dobradas sobre seu corpo, e ele tem uma mancha preta em seu pronoto (a placa que cobre sua cabeça e o tórax superior).

— É um tipo de barata? — Johnny pergunta, inclinando-se para mais perto da bacia.

Confirmo com a cabeça.

— Zig deve ter um senso de humor esquisito. Sabe como se chama este tipo de barata?

Johnny dá de ombros.

— Cabeça-da-morte. — Aponto para seu pronoto. — Dizem que esta mancha preta parece uma máscara da morte ou uma careta de vampiro.

O rosto de Johnny se anima, como nunca tinha acontecido aqui no além. Ele abre a mão na pia, com a palma para cima, e a cabeça-da-morte (*Blaberus craniifer*) caminha sobre seus dedos e para na sua linha da vida.

19	39.10
K	
Potássio	

Johnny dá à barata o nome de Rover, em homenagem a seu amado basset hound. Como é que Rover, a barata, veio parar no céu? Johnny conclui que a cabeça-da-morte não fez a passagem no sentido de morrer, mas passou por um portal que liga a vida na América com a vida no além. A pia do banheiro pode ser um portal, ele diz, acenando a cabeça, confiante. Não tenho tanta certeza. Preciso de mais provas antes de chegar a essa conclusão.

Estamos no quarto de Thelma e Esther, onde Johnny colocou Rover em uma grande embalagem de margarina que encontrou na cozinha do alojamento. Acrescentou como comida um miolo de maçã, pedaços de pele de laranja, e uma casca de batata.

Thelma conta-nos que apesar de um rato-do-deserto, um gatinho, e uma periquita terem chegado ao céu, pelo seu conhecimento este é o primeiro inseto.

— Peter Peter vai pirar! —diz.

Johnny aproxima o ouvido da embalagem de margarina.

— Dá pra ouvir ela. É como se estivesse cochichando pra mim.

— Devem ser as asas se esfregando uma na outra — digo, embora não ouça coisa alguma.

— Rover vai trazer boa sorte pra gente — Johnny diz. — Vai ajudar na caçada do Atirador.

Esther não gosta de insetos. Soltou um grito quando a gente mostrou a cabeça-da-morte.

— Se quiser a minha opinião — ela diz —, essa sua voadora nojenta de m*rda é um vodu.

Apesar do seu aviso, a sorte nos sorri nos primeiros dias depois que a cabeça-da-morte se junta ao nosso grupo. O sol brilha com força durante este tempo. A pele dos meus companheiros fica mais bronzeada, enquanto que a minha, por falta de melanina, permanece de uma palidez fantasmagórica (a propósito, não existem queimaduras de sol na Cidade).

Fazemos um bom progresso nesses dias e visitamos mais quatro zonas (Nove, Dois, Oito e Sete). No terceiro dia, no livro de renascimento da enfermaria Paul Atreides, na Sete, damos com o nome de uma novata de Chicago que fez a passagem um dia depois de mim. Nina Mitchell. Quando a visitamos em seu alojamento, ela diz que se lembra de pouca coisa do noticiário, além de "Algumas crianças foram mortas em uma escola". Quando Johnny lhe implora para se esforçar mais, ela faz uma observação válida:

— Eu me lembraria mais se um ônibus de dois andares não tivesse me atropelado no dia seguinte.

— Não desanime, filho — Thelma diz a Johnny ao deixarmos o alojamento de Nina. — Estamos avançando. — Ela nos lembra do encontro dos supras, a que compareceremos hoje à noite. — A gente devia ter aliciado os supras desde o começo. Se tem alguém que pode nos ajudar a encontrar um assassino, estes são os sobreviventes de assassinatos.

Pedalamos a tarde toda em direção à Seis, mas vamos num ritmo leve porque as pernas de Esther são curtas demais para pedalar rápido em sua bicicleta, que Johnny chama de "pinkmóvel". Na verdade, Johnny prefere ir devagar para poder checar com facilidade os rostos dos ciclistas que vêm em direção contrária. Já por três vezes em nossa viagem, pensou ter visto o Atirador, mas quando correu atrás do menino de orelhas de abano, descobriu que o ciclista era apenas parecido.

Chegamos à enfermaria da Seis, que se chama enfermaria Deborah Blau. O prédio tem pilares brancos trincados na frente, o que Johnny diz que faz sentido, porque parecem fêmures quebrados, e a enfermaria é o lugar aonde um citadino de perna quebrada iria. Mas ao descer da bicicleta, Thelma o contradiz:

— A Deborah é diferente. Não é pra ossos quebrados, é pra almas partidas.

— Almas partidas? — pergunto, enquanto amarro minha fita na minha bicicleta.

— Casos mentais — Esther diz. — A Deborah é pra crianças com problemas mentais.

— Um hospício? — pergunto.

— Não exatamente — Thelma diz. — Essas crianças não têm múltiplas personalidades, nem pensam que são super-heróis. Só estão um pouco tristes e confusas. A gente até as chama de "triscons".

— *Eu* estou um pouco triste e confusa — Esther diz. — Mas você me vê entrando num lugar destes pra dar uma relaxada?

— Você não está triste e confusa — Thelma diz.

— Às vezes estou — Esther insiste. — Mas eu não me arrasto por aí de pijama o dia todo, como uma triscon.

— O que você faz quando está triste e confusa, Esther? — pergunto.

— Saio pra viajar com vocês, maluquetes.

Johnny está tirando sua embalagem de margarina da mochila, para que Rover também possa visitar a Deborah. Sem olhar para nós, ele diz:

— Eu costumava ir a um psiquiatra.

Depois de uma pausa, em que Thelma, Esther e eu trocamos olhares surpresos, Thelma pergunta;

— Que tipo de psiquiatra, meu bem?

Johnny coça sua cabeça.

— Não consigo me lembrar exatamente. Ele se chamava Harold. Tinha as narinas e as orelhas peludas, o que era puro mau gosto, mas mesmo assim era um cara legal.

— O que você conversava com ele? — Esther pergunta.

— Não me lembro muito bem. Mas eu costumava mostrar meus trabalhos de arte pra ele. Ele era muito chegado nisso, especialmente no material abstrato.

— Mas por que seus pais mandaram você pra ele? — Esther pergunta.

Johnny dá de ombros bruscamente. — Acho que eu era um triscon.

Ele vai para a escada assimétrica da enfermaria, segurando à frente sua embalagem de margarina como se estivesse levando uma tigela para um paciente. Fez furos do lado e em cima da embalagem, para que a cabeça-da-morte pudesse espiar para fora.

Vocês nunca me mandaram a um psicólogo, Mãe e Pai, mas muitas vezes me pediram para falar com o sr. Buckley, um orientador da escola que tinha medo que eu não me adaptasse. Foi por conselho dele que eu pratiquei conversas amigáveis na frente do espelho, em casa ("Oi, Jermaine Tucker. Você assistiu ao jogo dos Cubs ontem? Contra quem eles jogaram?"). O sr. Buckley disse que eu era uma cavilha e todos os buracos no Helen Keller eram quadrados, e ficou exasperado quando lhe expliquei como dividir uma cavilha e torná-la quadrada. — Chega de geometria! — ele gritou, e eu calei a boca porque não gosto que gritem comigo. Agradeço por vocês nunca terem berrado comigo, Mãe e Pai.

Quando eu via Johnny no condomínio Sandpits ou na escola, ele não parecia triste e confuso. Pra mim, parecia qualquer outro menino da nossa escola: seguro, vital, sonhador. Mas, por outro lado, eu evitava prestar muita atenção nos meus colegas.

Entramos na Deborah, e vamos até a recepção. Enquanto Thelma explica nosso caso para a atendente, dou olhadas na sala comum, onde triscons de pijama (como Esther previu) estão conversando ou lendo revistas em quadrinhos. Um menino está com um chapéu feito de bexigas torcidas. Estes triscons não parecem diferentes dos grupos de citadinos na sala comum do andar térreo do Frank e Joe, muitos dos quais também usam chapéus malucos que eles mesmos fazem.

Seguimos pelo corredor para checar o livro de renascimento no escritório central.

— Nesta enfermaria só tem os de 13 anos que nasceram tristes e confusos? — pergunto a Thelma.

— Não, qualquer tipo de pessoa pode nascer aqui — ela me diz. — Os citadinos que entram na Deborah podem ter tido sérios problemas mentais na América. Talvez até esquizofrenia.

— A palavra "esquizofrenia" significa "mente dividida" — digo.

— Alguns deles afirmam que eram esquizofrênicos na América — Esther diz —, mas aposto que estão exagerando só pra se safar do trabalho.

— O Atirador era louco — Johnny diz. — Talvez *tenha* se internado aqui.

Paramos subitamente. Esther diz: — Bem pensado.

Thelma nos dá permissão para perambular pelas áreas dos pacientes, enquanto verifica o livro de renascimento.

— Mas me prometa, Johnny, que você não vai surtar se achar que viu o Atirador.

— Vou ficar feito um anjo — Johnny diz, com um sorriso dissimulado.

Não acredito nele.

— Só se for um anjo com chifrinhos — Esther diz. Para Thelma, ela promete: — Vamos ficar de olho nele.

Thelma lembra-nos que precisamos contatar o conselho de almas caridosas local, se cruzarmos com nosso assassino.

— Não cabe a vocês fazer justiça com as próprias mãos.

— Vou me comportar, juro pela minha remorte — Johnny diz.

Enquanto percorremos os corredores da Deborah, espiamos dentro de quartos onde triscons leem na cama, olham pela janela, ou cochilam com fones de ouvido. Circulamos por um pátio interno cheio de roseiras. Passamos por uma lanchonete (prato do dia: rigatoni), e também por uma aula de artesanato, onde uma dúzia de pessoas faz fantoches de meia. (Esther diz que em vez de fantoches de meia, os triscons só precisam de um "bom soco na cabeça". Às vezes eu me pergunto como ela conseguiu passar nos seus cursos de treinamento para alma caridosa.)

Durante o caminho, Johnny tira seu cartaz de vivo-ou-morto da mochila, para mostrar pras pessoas.

— Você viu este garoto em algum lugar? — Ninguém viu. Passamos por uma triscon agachada num vão de escada que diz:

— Ele se parece comigo. — Bobagem. Ela é ruiva, cheia de sardas.

Johnny também aborda a equipe de almas caridosas, novamente sem sorte. Talvez apenas as almas caridosas mais gentis e atenciosas sejam designadas para um asilo. Provavelmente, elas ouvem com atenção os problemas de um triscon, e dão conselhos úteis e animadores. Eu não conseguiria assumir tal trabalho porque não tenho nenhum conselho bom para oferecer além de: "A tristeza e a confusão podem ser passageiras. Espere um pouco e talvez elas vão embora."

Vamos para lá e para cá nos corredores dos dois primeiros andares, sem resultado. Depois que nos negam entrada no terceiro andar (porque lá estão os casos mentais mais graves), Johnny decide levar Rover até o telhado para ela fazer um pouco de exercício. Vou com ele, enquanto Esther sai para procurar Thelma.

O telhado da Deborah proporciona uma ampla visão da Seis, as escolas, os parques, os depósitos. Tiramos nossas mochilas e nos sentamos no murinho de concreto que circunda a beirada do telhado. Johnny abre a tampa da embalagem de margarina (que começou a chamar de "*motor home* da barata"), e a cabeça-da-morte sai e corre pelo muro.

— Está esquentando — Johnny diz.

— Acho que está fazendo 27 graus — respondo, entrecerrando os olhos para o amarelo indistinto do sol escondido atrás de uma nuvem. — Mas também, sempre faz 27 graus à tarde, na Cidade. Acho que vou sentir falta das estações. Lá em Hoffman Estates, as folhas agora estarão caindo das árvores.

— Não estou falando das estações, Boo. Estou falando do Atirador.

Olho para ele. Suas íris estão da cor das antigas moedas de centavos.

— Como você sabe que estamos chegando perto?

— Sinto na pele. — Ele esfrega seus joelhos ossudos. — Talvez eu seja uma espécie de forquilha de achar água, que sente coisas que outros não conseguem. Talvez eu seja diferente dos outros meninos.

Como ele parece muito sério, pergunto se ele tinha este sexto sentido na América.

— Provavelmente. Vai ver que é por isto que eu era triste e confuso.— Depois de uma pausa, ele acrescenta: — Você se lembra de tudo da sua vida antiga, Boo?

— Acho que sim, a não ser que Zig tenha apagado coisas que eu não perceba que ele apagou — digo. — Em geral, tenho uma memória fotográfica. Até me lembro de palavra por palavra das páginas do nosso livro de matemática. A página 72 explicava o teorema de Pitágoras, e como encontrar o comprimento da hipotenusa.

— Minha memória está um pouco prejudicada — Johnny diz com um olhar ansioso. — Mas também, levei um tiro na cabeça, então pode estar faltando uma parte do meu cérebro. Um pouco do meu passado também. Como o verão antes de eu vir pra cá. Não me lembro muito dele. Só de um ou outro fragmento.

Embarcamos nesta viagem baseados na memória de Johnny. Talvez isto não tenha sido muito esperto, se sua memória estiver abalada.

Rover volta do seu passeio e sobe no ombro de Johnny.

— Polly, quer biscoito? — ele pergunta, como se a barata fosse um papagaio. Depois, seu rosto se abre num sorriso. — Ela está cochichando de novo.

Olho a barata no seu ombro, para ver se ela está esfregando as asas ou as pernas uma na outra. Parece que não.

— O que você quer dizer com ela está falando? — pergunto.

— Posso ouvir sua vozinha resmungando.

— Ela não está falando, Johnny.

— Estou ouvindo alguma coisa.

— Você deve ter os ouvidos do Rover, o basset hound.

— Minha nossa, isso é um *inseto*? — uma voz diz.

Johnny e eu viramos a cabeça e vemos uma menina de pijama, chegando atrás de nós. É a triscon sardenta do vão da escada, que se acreditava a imagem do Atirador. Johnny tira Rover do ombro e aninha a barata nas mãos para mostrá-la para a menina. Explico que o inseto é uma espécie de barata conhecida como cabeça-da-morte.

— Cabeça-da-morte! — a menina diz, os olhos redondos enquanto encara Rover. — Bom, este é o maior sinal que Zig já me mandou.

A menina se senta entre nós, no muro que circunda o telhado. Tem íris cor de avelã — verde, amarela, salpicos marrons —, os olhos profundos e agitados que me lembram de planetas gasosos de uma galáxia distante.

— Zig lhe manda sinais? — Johnny pergunta.

— Ele manda sinais para *todos* nós, mas nem todo mundo sabe como lê-los.

— Qual é o sinal da minha barata?

A menina dá a Johnny um meio sorriso insidioso.

— Um portal — ela diz.

— O Rover saiu de um portal!— Os olhos de Johnny se acendem. — O cano de uma pia que leva de volta para a América.

— Uma pia não é um portal! — ela exclama. — Você é maluco?

— Então onde é que fica o portal? — Johnny pergunta, ainda aninhando a cabeça-da-morte.

A menina ignora-o. Alisa o inseto com a ponta do dedo.

— Você tem asas — diz para Rover. — Então você é um *verdadeiro* anjo, não uma fraude como o restante de nós, babacas.

— Apesar das asas, a barata-cabeça-da-morte não pode voar, nem mesmo planar — digo —, ao contrário da barata-americana, a *Periplaneta americana*.

A menina me olha, piscando. A parte de cima do seu pijama tem uma mancha alaranjada na frente, talvez molho de macarrão do almoço. Os punhos da calça do pijama estão encardidos.

— Você está triste e confusa? — pergunto a ela. Johnny sacode a cabeça para me deter.

— Hã?

— Triste e confusa.

Ela olha para cima.

— Zig no alto, faça com que eu ganhe asas. Deixe-me voar — ela diz em voz alta, a testa franzida.

— Eu me pergunto por que as pessoas acham que seus deuses estão circulando ali no alto, nas nuvens — digo. — Eles não poderiam, com a mesma facilidade, estar escondidos nas moléculas, digamos, de uma pedra, de uma árvore, ou mesmo de uma barata?

Noto que as unhas dos pés da menina estão pintadas de roxo, com o que parece ser giz de cera. A cabeça-da-morte rasteja para fora das mãos de Johnny e vai para o colo dela.

— Que gracinha — ela murmura, inclinando a cabeça para estudar a mancha da máscara da morte em seu pronoto. Um ponto perto da sua coroa está quase careca. Ou ela tem tido um corte irregular, ou vem arrancando fios de cabelo daquele lugar.

Subitamente, a menina levanta os olhos, atônita.

— Esta sua barata pode falar — diz.

Johnny diz: — Você também a ouve.

— Não consigo ouvir o que ela está dizendo, mas está dizendo alguma coisa.

— Algumas espécies de barata podem fazer um som sibilante — digo. — Talvez seja isto o que vocês estão ouvindo.

Ouve-se um assobio, um trinado como o canto de um melro de asas vermelhas, marca registrada da Esther. Olho para baixo e vejo

Esther e Thelma esperando no estacionamento, ao lado das nossas bicicletas. Thelma acena.

– Hora de ir, Johnny – digo, acenando com a cabeça para as meninas.

Johnny tira Rover com delicadeza da coxa da menina, e a coloca em sua *motor home*. Fecha com a tampa.

– A gente se vê – ele diz para a menina.

Ela resmunga: – Não tenha tanta certeza.

Johnny e eu caminhamos para a escada. Ao abrirmos a porta para sair, a menina triscon grita: – Vão com Zig!

Enquanto descemos a escada, Johnny diz: – Aquela menina não se parecia nem um pouco com o Atirador.

Ao chegarmos ao andar térreo, ele se vira para mim: – P*ta m*rda! – ele grita, o rosto se desintegrando. Ele volta a subir a escada, correndo.

Eu deveria ir atrás? Seus tênis de corrida batem nos degraus à medida que ele sobe. Deduzo que esqueceu alguma coisa no telhado – seu bloco de desenho, seus lápis –, mas por que tanto pânico?

Atravesso o hall de entrada (um cartaz em estêncil diz "MEU PROBLEMA TRISCON NÃO É DA SUA CONTA"), e depois deixo o prédio por uma porta lateral, e atravesso um gramado até o estacionamento. Thelma e Esther já estão montadas nas bicicletas. Aceno, mas elas não me veem. Estão olhando para cima. Thelma solta um grito e joga sua dez marchas no chão. Corre para a Deborah.

Olho para cima justo quando a menina ruiva mergulha de cabeça do telhado. Não faz um som ao cair. Seus braços e suas pernas não se agitam. Seu corpo não se endireita. Ela cai como se já estivesse morta. Seguro o fôlego e estremeço, esperando um baque horroroso, e o impacto do seu crânio atingindo o chão. Mas não há baque. Nem impacto. Em vez disso, seu corpo passa pela terra sólida como se acabasse de mergulhar num lago calmo.

Thelma chega ao lugar onde a menina desapareceu. Cai de joelhos. Está arfando e repetindo em tom agudo: – Senhor! Senhor! Senhor!

Um pijama embolado com uma mancha alaranjada acha-se num canteiro de amarelinhas murchas. Thelma arranha a terra como se pudesse escavá-la e trazer a menina de volta. Esther trota até nós em sua corrida desajeitada.

Olho para cima e vejo Johnny debruçado na borda do telhado. Tenho medo de que ele também pule. Nunca gritei na minha vida, mas agora grito: – *Não!*

20 40.08
Ca
Cálcio

"Descanse em paz" é uma expressão comum em nosso céu para os que têm 13 anos. Serve para tudo; pode significar "se cuide", ou "a gente se vê", ou "tudo de bom". Uma citadina janta na lanchonete, e, antes de sair para uma noite na biblioteca, diz para seus colegas de mesa: "Descansem em paz."

Não sei há quanto tempo esta prática é usada, mas nunca usei esta expressão. Afinal de contas, não estamos descansando aqui no céu, e não estamos, na maioria do tempo, mais sossegados do que estávamos na América. (Reparem que eu não disse "aqui em cima no céu", e "lá embaixo na América", como muitos citadinos dizem. Quem vai saber que direção é qual?)

"Descanse em paz" também é uma expressão que os citadinos usam quando alguém refaz a passagem.

"Descanse em paz, Willa Blake", dizem os triscons e as almas caridosas da Deborah, ao se reunir ao redor do canteiro onde a menina do telhado desapareceu. Eles apenas enterraram seu pijama no canteiro e enfiaram um cata-vento colorido no lugar. De vez em quando o cata-vento gira, e ainda que hoje haja uma leve brisa, uma paciente chama atenção para dizer que a própria Willa o está fazendo se mover.

Meus companheiros e eu ficamos de lado com nossas bicicletas. Thelma quer que fiquemos um tempinho em sinal de respeito.

Johnny nos diz que teve um súbito pressentimento de que Willa ia se machucar.

— Corri de volta para o telhado, mas cheguei tarde demais — diz.

O diretor da Deborah, um baixinho chamado Albert Schmidt, cujas faces rechonchudas fazem com que pareça dez anos mais velho, quer saber o que Willa Blake disse no telhado.

— Não que isso faça muita diferença — ele admite. Ele nos conta que Willa vinha falando em suicídio há meses.

— Ela falou sobre criar asas de anjo — digo. — E descobrir um portal.

O diretor do hospício sacode a cabeça.

— Minha nossa — diz. — Willa era uma investigadora de portais. Ela achava que o portal de volta para a América era o suicídio. Os anjos que se matam no céu, ela dizia, voam de volta para a América como fantasmas.

— Então, como é que vocês deixaram ela ir pro telhado? — Johnny pergunta, enraivecido. — Por que não amarraram aquela maluca na cama?

Albert diz que, na verdade, Willa não tinha licença para ir ao telhado, mas que a equipe não pode ficar de olho nos pacientes o tempo todo.

— Se eu fosse você, meu bem, manteria a teoria de Willa sobre o portal na calada — Thelma diz a Albert. — Se a notícia se espalhar, poderemos ter outros investigadores de portais pulando dos telhados.

Quando o diretor do hospício vai embora, Esther me conta que é raro haver um suicídio no céu. — É, nós temos idiotas, cretinos, e malucos aqui em cima, mas surtados que se atiram de prédios? Não, são mais raros do que um tubo de pasta de dente.

É difícil se suicidar no céu. Quando uma pessoa cai de um telhado, normalmente não morre. Sofre sérios danos, pernas e costelas quebradas, traumatismos, e coisas do gênero, mas sobrevive e acaba se recuperando em uma enfermaria. Mas, às vezes, nem todas as rezas do mundo (me perdoem pela carolice) podem curar um citadino. A pobre Willa Blake provavelmente morreu na mesma hora porque aterrissou bem de cabeça. Aqui no céu, uma pessoa morta desaparece num piscar de olho. *Puf!*

Fico me perguntando onde estará a menina sardenta agora. Será que finalmente morreu para sempre? Ou está em outro nível do céu, com encanamento pior, prédios mais feios, e uma papa mais empelotada, xingando sua má sorte por não ter voltado para a América, no fim das contas?

– Sinto muito, mas se presume que Zig cure os triscons mais graves antes de chegarem aqui – Thelma diz, parecendo atordoada. Reparei que ela pede desculpas sempre que Zig faz alguma coisa embaraçosa ou descuidada, como se fosse culpada pelos erros dele.

– Se Zig *for* um sr. Conserta-Tudo – Johnny diz –, ele faz uns erros animais. – Ele está olhando para cima, como se Zig estivesse planando no alto e observando a boa bagunça que fez.

– E se Zig tiver curado o Atirador? – pergunto. – E se o Atirador não for mais um zureta? Vai ver que agora ele é um menino normal, voluntário na lanchonete, que joga softbol no time da sua zona, e espera um dia servir como alma caridosa.

Johnny me encara. Encaro de volta, e, quando finalmente pisco, ele diz:

– Você quer livrar a cara dele? É isso? Se estiver se afinando, pode voltar pro Frank e Joe, certo?

Ele olha para Thelma e Esther, e vê em seus rostos que elas também devem ter se feito a mesma pergunta. Provavelmente até discutiram isso entre elas.

– F*dam-se todos vocês – Johnny vocifera. – Eu mesmo vou achar o Atirador, e estou me lixando se agora ele é um anjo que dá aula de harpa pras almas caridosas. Vou esmagar a cabeça dele com um tijolo. – Agora ele está gritando: – *Vocês me ouviram?*

Os enlutados ao redor da tumba de Willa Blake nos lançam olhares nervosos, porque estamos sendo desrespeitosos. Duas meninas de penhoar xadrez, que estavam abraçadas uma na outra, param de chorar e olham para nós, horrorizadas.

As faces de Johnny ardem, enquanto ele enfia sua mochila e monta na bicicleta. Thelma diz:

– Querido, vamos nos aconselhar hoje à noite no encontro, está bem? Vamos ver o que os supras acham que devemos fazer.

Johnny não responde. Sai pedalando furioso, sem olhar para trás. Quase tromba com mais triscons da Deborah, que estão vindo prestar sua homenagem.

Vejo-o correr pela rua, passar por uma escola de tijolos à vista, e se juntar a outros ciclistas, citadinos normais, que não estão procurando vingança.

Thelma aperta meu braço e diz:

– Não se preocupe, Oliver. Tudo vai ficar nos conformes.

Esther resmunga:

– Não aposte sua pós-vida nisso.

21 44.96
Sc
Escândio

"VOCÊ NÃO TEM QUE PERDOAR", diz um cartaz pendurado na sala onde os supras estão se reunindo, na escola Ponyboy Curtis. Os dizeres estão em purpurina vermelha, salpicada sobre cola. Outro cartaz, também cintilante, acha-se colocado abaixo do primeiro. Nele se lê: "MAS SE VOCÊ QUISER, PODE."

Eu meio que ouço Thelma explicando a história do Atirador, enquanto fico sentado em um sofá detonado, com o enchimento saindo pelos braços. Esther está sentada ao meu lado. À nossa volta, estão reunidos 22 supras, alguns dos quais podem ter perdoado seus assassinos, e outros não.

Eu perdoei o Atirador? Não tenho certeza. Para mim, ele é tão misterioso quanto Zig. Os dois me são invisíveis. Zig trabalha nos bastidores. O Atirador também fez seu trabalho nos bastidores (ou no mínimo por trás de mim), então acho difícil invocar ódio ou acalentar animosidade contra meu assassino. Se o Atirador tivesse atirado em vocês, Mãe e Pai, eu poderia ser impiedoso. Poderia pegar um tijolo, como Johnny sugeriu, e acertar a cabeça do Atirador repetidas vezes até que sua mente perturbada espirrasse do seu crânio. Mas, com relação à minha própria passagem, é mais difícil despertar ódio, porque cá estou eu num novo mundo que é fascinante.

E, como já disse, e se Zig realmente tiver modificado o Atirador? Então, minha empunhadura do tijolo teria menos convicção.

Gostaria que Johnny estivesse aqui para contar nossa história, mas ele não apareceu no alojamento Jack Merridew, na Seis, onde devemos passar a noite, mesmo tendo nosso itinerário com ele. Deixei um bilhete pra ele no nosso quarto, para o caso de ele aparecer mais tarde. Está escrito: "Caro Johnny, quando encontrarmos o Atirador, prometo ficar em guarda. Por favor, venha para o encontro dos supras (veja o mapa que desenhei atrás). Seu amigo, Oliver (vulgarmente conhecido como Boo). P.S. Deixei uma laranja pra você, caso esteja com fome."

Meu colega de quarto não gosta de escolas, então, provavelmente não virá. Para ele, entrar em todas estas escolas no céu é como se um menino que morreu num acidente de avião embarcasse em jumbos para sempre em sua pós-vida.

Como sempre, Thelma está usando sua braçadeira roxa esta noite, como sinal de sua benemerência. Gesticula muito enquanto fala, fazendo ondulações com a mão como uma energética líder de torcida.

— Portanto, Oliver e Johnny estão numa maldita enrascada. — ela diz. — O assassino deles pode estar na Cidade. Se estiver, nós citadinos temos que decidir o que fazer. Eu mesma, como supra, acho que um conselho de vocês seria bom.

Os supras, sentados em sofás, poltronas e colchões espalhados pelo chão de tacos de madeira, mal mexeram um músculo ou piscaram enquanto Thelma contava nossa história. Eles ainda parecem em transe. Alguns estão de boca aberta. Eles me lembram, na sua calma excitação, Rover, o basset hound, enquanto esperava do lado de fora que seu dono entregasse o *Tribune* em Sandpits.

Uma menina magrela, de cabelo lambido, fala primeiro:

— Encontre o Atirador — ela diz simplesmente —, e afogue ele num lago.

Por um momento, ninguém fala. Então um menino diz:

— Enfie uma faca na barriga dele.

São sugeridos vários tipos de finais diferentes para o Atirador, inclusive: "Atire-o de uma ponte", "Envenene-o com arsênico" e "Empurre-o na frente do metrô".

Dada a falta de lagos, pontes, arsênico, e trens de metrô na Cidade, deduzo que os supras estão sugerindo penalidades de remorte de acordo com suas próprias mortes. Olho para Thelma, sentada ao meu lado, esperando que fale, mas ela não fala; apenas esfrega as mãos para cima e para baixo nas coxas, como se estivesse enxugando suor.

Olho para os cartazes cintilantes de "perdoe, não perdoe". Estou prestes a responder com ironia, dizendo: – Ei, vocês podem perdoar, se quiserem –, mas Esther fala primeiro:

– E se Johnny identificar o menino errado?

A líder do grupo supra, a menina que presumivelmente foi empurrada na frente de um trem de metrô, pergunta:

– Por que ele culparia um menino inocente?

Esther aperta uma almofada do sofá em seu colo, e tenho medo de que vá agredir um supra com ela.

– Ele nem mesmo *viu* o assassino! – ela grita. – Ele só vê esse moleque nos seus malditos pesadelos!

O menino que provavelmente foi esfaqueado insiste que os pesadelos de um supra são sempre muito reveladores.

– São uma prova, no que me diz respeito – ele diz.

O menino da ponte grita: – Ouça, ouça! –, ecoado por outros supras.

Esther ignora-os e se volta para mim.

– Talvez Johnny seja um tanto louco, Boo, e não tenha noção do que está fazendo.

A menina do metrô interrompe:

– Os assassinados estão sempre um tanto loucos, assim que chegam aqui. Você não pode entender. Você não é uma de nós.

Esther diz com um suspiro exasperado:

– Ah, dá um tempo.

Agora, todos os supras olham para ela enfurecidos. Seus rostos estão assustadores, quase diabólicos, como se tivessem acabado de se transformar em seus próprios assassinos.

Thelma diz:

— Esther, não seja grosseira.

Esther bufa e depois avisa: — Vou mijar. — Levanta-se do sofá e me convida: — Você também não precisa mijar?

Thelma sempre nos incentiva a ir ao banheiro antes de pegarmos a estrada, então concordo com a cabeça, ainda que não tenha vontade de urinar.

Esther e eu contornamos os supras, que continuam a lhe enviar olhares desafiadores. Quando chegamos ao corredor, ela me diz para segui-la. Vai para o banheiro dos meninos (por ser uma feminista, e considerar banheiros separados para meninos e meninas uma forma de segregação), depois entra num reservado e fecha a porta. Enquanto urina, espero perto das pias e lavo as mãos com uma barra de sabão de glicerina.

— Estou falando sério quanto a Johnny ser um tanto louco — Esther diz do compartimento. — Ele sempre foi tão esquisito?

Esquisito? Que estranho Esther achar que *Johnny* seja o esquisito. Se perguntassem aos alunos do oitavo ano do Helen Keller que menino era mais esquisito, Johnny Henzel ou Oliver Dalrymple, eu ganharia de lavada. Só um aluno estranho escolheria Johnny; por exemplo, uma menina como Jenny Vasquez, que guarda na sua bolsinha um conjunto de animais de fazenda de plástico, com os quais frequentemente conversa.

Digo a Esther que não me lembro de muita esquisitice de Johnny, mas por outro lado, ele e eu tínhamos pouco contato. Posso afirmar que não era dado a lutas de socos, comportamento agressivo, ou brincadeiras de mau gosto, como atirar bolinhas de papel mascadas.

Esther sai do reservado e lava as mãos. Sua altura é suficiente para que se veja no espelho pendurado sobre a pia.

— É melhor encontrarmos Johnny logo, antes que ele acabe fazendo besteira.

— Ele não vai fazer besteira — garanto-lhe.

Ela pega uma toalha de papel de uma pilha na pia, seca as mãos, e depois amassa a tolha, jogando-a em mim.

— Como é que posso confiar nos seus instintos? — ela pergunta. — Você é tendencioso porque ele é seu amigo.

Pego a toalha embolada do chão, e a jogo na cesta de lixo.

— Como cientista e pesquisador júnior, juro pra você que sempre ficarei imparcial.

Ela levanta as sobrancelhas.

— Neutro e objetivo.

— Seu amigo está sedento de sangue.

— Ele só está um pouco nervoso.

— Nunca houve um assassinato aqui, Boo. Se Johnny ou os supras matarem o Atirador, sabe-se lá o que vai acontecer. Sabe-se lá qual será a reação de Zig.

— Você acha que ele vai punir a gente? — Essa ideia não tinha me ocorrido.

— Não estou dizendo que o chão vai se abrir e engolir nós todos, mas com certeza haverá uma retaliação.

Fico pensando nisso, porque se Zig também estiver supervisionando a América, não parece estar planejando dias de retaliação, apesar da injustiça, da violência e das penas de morte que existem ali.

— Boo, cabe a *nós* impedir Johnny — Esther diz. — Se não fizermos isto, nossas mãos ficarão manchadas de sangue.

22	47.87
Ti	
Titânio	

Depois que a reunião dos supras termina, estou sentado sozinho na escada da escola Ponyboy Curtis, quando o menino esfaqueado na barriga se senta ao meu lado com um skate surrado nas mãos.

— Fala, meu — ele diz, num arrastado sotaque sulista.

Era de se pensar que na mistura de culturas do nosso céu, os citadinos acabassem perdendo seus sotaques, mas não: o sotaque que trazemos pra cá é o sotaque que teremos durante todos os cinquenta anos.

O supra se apresenta como Benny Baggarly. Embora loiro, não é pálido como eu. Na verdade, está bronzeado, como se tivesse importado sol da América do Sul.

Ele se inclina mais para perto:

— Rastreei meu assassino e agora estou à caça daquele p*to.

— O quê?

— Estou à caça dele. Já ouviu falar em assombrar?

— Você está querendo dizer que é um investigador de portais?

— Investigador de portais? Estou mais pra descobridor de portais.

Puxa uma tira de papel do bolso.

— Não mostre isto pra ninguém. Isto aqui é única e exclusivamente pra você.

Benny olha em volta, mas não há ninguém num raio de escuta. Os outros supras saíram pedalando noite adentro.

Thelma e Esther estão discutindo na quadra de basquete iluminada ao lado da escola. Sinto certa tristeza porque parece que nosso grupinho está se desfazendo.

Desdobro a tira de papel que Benny me passou. Nela, há um mapa da Seis desenhado à mão. No meio do parque Buttercup há um *X*, o que vem a ser na beirada da zona norte, onde a Seis se encontra com a Cinco.

Benny cochicha:

— A gente vai se encontrar nesse parque amanhã, às três da madrugada.

— Quem é a *gente*, Benny?

— Assombradores, meu caro. Vamos numa assombração e você pode fazer algumas investigações. Descobrir se seu assassino está lá na América ou aqui no céu. Raios, você pode até descobrir o verdadeiro nome do menino. Porque com certeza não é Atirador.

Devo parecer cético, porque Benny oferece um atrativo a mais:

— Você também pode visitar seus velhos. Dar um abraço no seu pai, um beijo no rosto da sua mãe. Isso faria um bem danado pra eles.

Enfio o mapa de Benny no bolso e agradeço o convite. No entanto, tenho minhas dúvidas quanto à segurança dessa história de assombração. Penso na pobre da maluca Willa Blake e seu mergulho estranho.

Benny levanta-se da escada e espana os fundilhos.

— Se quiser saber mais, venha amanhã à noite. Não se atrase. E preste atenção pra vir sozinho. Este é um clube exclusivo. Não convidamos qualquer zé-mané.

Enquanto Benny sai de skate pelo pátio da escola, penso, *qualquer zé-mané estaria mais de acordo*.

23	50.94
V	
Vanádio	

Quando eu e as meninas voltamos para o alojamento Jack Merridew naquela noite, corro para o quarto para o caso de Johnny ter voltado. A laranja intacta ainda na mesa me diz que não, que ele não passou por lá. Desapontado, sento-me na colcha de chenile quando Thelma entra. Fico me perguntando em voz alta se Johnny teria voltado para o Frank e Joe.

A opinião de Thelma é de que ele esteja por aí, mostrando seu cartaz de vivo-ou-morto, para ver se consegue encontrar o Atirador sozinho.

— Espere um dia ou dois, querido, e ele vai aparecer — ela diz, sentando-se na cama em frente.

— Se Johnny encontrar o Atirador, será que ele vai mesmo macetar a cabeça dele com um tijolo?

— Ah, Oliver, isto é só uma bravata. Johnny está assustado. Está tão assustado quanto qualquer supra novato. Superar um assassinato não é uma coisa que se faça da noite pro dia.

Seu comentário também é dirigido a mim. Ela acha que não estou afetado o suficiente em relação ao meu assassinato. Eu ainda não deveria tê-lo superado.

— Você acha que o Atirador merece ser espancado? — pergunto.

Thelma olha as palmas das suas mãos, como se suas linhas da vida pudessem revelar alguma coisa.

— Sinceramente, não sei, meu doce.

Ela se levanta entre as duas camas, enquanto deito a cabeça no meu travesseiro. Esta noite, ela canta "Lullaby of Birdland". Sua voz percorre o quarto e flui pela janela. Espero que outros citadinos venham bater à minha porta para ouvir melhor a linda voz de Thelma. Quando canta sobre um velho salgueiro lacrimoso que sabe como chorar, fecha os olhos e então eu fecho os meus. Terminada a canção, Thelma se inclina e dá um beijo na minha testa. Embora eu sempre recue perante um beijo desses, desta vez não faço isso, então talvez eu esteja mudando. Só um pouquinho.

— Durma bem, e não sonhe com a cabeça-da-morte — ela brinca, antes de ir para o quarto que divide com Esther.

Espero que Johnny e Rover estejam cuidando um do outro.

Quando Thelma se vai, olho em volta. As paredes parecem nuas, sem os desenhos a lápis que Johnny cola para tornar nossos aposentos mais aconchegantes. Meu desenho favorito até agora mostrava Esther correndo pela rua em sua pinkmóvel, o cabelo e as fitas do guidão voando horizontalmente. Johnny desenhou-a fantasiada de Mulher-Maravilha. Ele me disse que todos nós éramos super-heróis em busca do nosso inimigo, o Atirador. Quando perguntei que super-herói eu era, ele disse: — Brainboy.[5]

Ultimamente, não tenho me sentido tão inteligente. Aqui, o conhecimento que tenho sobre amebas, nebulosas e fórmulas é inútil. O que eu preciso é o tipo de inteligência que me ajude a entender por que um menino deveria entrar numa escola e começar a disparar uma arma, por que uma vítima deveria perdoar esse menino, e por que outra jamais o faria.

Às 4:30, acordo de um pulo, pulso acelerado, porque ouço Johnny gritando em seus sonhos, mas quando acendo a luz, está tudo quieto e a outra cama ainda está vazia. Os gritos devem ter acontecido nos

[5] Super-herói americano com poderes mentais, criado no começo da década de 1960, capaz de controlar mentes e fazer telepatia. Brainboy significa literalmente menino-cérebro. (N. da T.)

meus sonhos. Arrasto a cadeira da escrivaninha até a janela, e me sento, observando a lua cheia e a aglomeração de estrelas.

Quando eu tinha insônia na América, lia meus livros de escola até ficar claro o suficiente lá fora para eu sair para uma caminhada bem cedo. Gostaria de estar de volta ao Helen Keller, memorizando o mapa da África, estudando formações glaciais, e conjugação de verbos em francês (*je meurs, tu meurs, il meurt, nous mourons...*).

Quando o pontilhado de estrelas se esvai, e as nuvens dos cordeiros de Deus aparecem, tiro o pijama e visto minhas roupas de ginástica. Enfio minhas meias brancas com listras azuis e vermelhas em cima (talvez mais sobras do Bicentenário) até os joelhos, e amarro meus tênis de corrida.

Lá fora, o dia está parado. Nenhum ciclista circulando, e eu imagino como seria vir para um céu não apenas dividido por idade e nacionalidade, mas tão segregado que eu seria seu único habitante. Em outras palavras, passar minha vida no além verdadeiramente sozinho. Estremeço. Posso me virar com o que falta no céu: animais, carros, telefones, livros de ciências, e tudo mais, mas a falta de pessoas seria insuportável, até para um solitário como eu.

Lembro-me de uma conversa que tive com Johnny durante uma corrida matinal, quase um ano atrás. Embora eu, normalmente, seja um corredor compassado, naquele dia estava dando meu máximo em um gramado nos fundos dos prédios do Sandpits. De início, não notei Johnny e seu amigo inseparável, Rover, sentados no gramado, e lendo o *Tribune*. (Tudo bem, o cachorro não estava de fato lendo, mas estava olhando o jornal com interesse.)

– Você deveria fazer parte da equipe de corrida, Boo – Johnny gritou. – A gente poderia treinar você.

Diminuí o passo e voltei, empurrando os óculos para o nariz. Disse a Johnny que não gostaria de correr com os outros. Não queria ouvir a respiração e os passos deles. O som da minha respiração ofegante e o bater dos meus pés eram calmantes; o som deles seria perturbador e dispersivo.

Johnny disse que dava pra entender.

– Eu também gosto de ficar um tempo sozinho – ele me contou. – É por isso que entrego jornais às 5:30 da manhã.

Depois, ele acrescentou algo que não entendi:

– Além disso, também detesto gente.

Fiquei surpreso.

– Ah, mas eu não *detesto* gente – repliquei. – Às vezes elas são um fardo, principalmente quando interferem nos meus experimentos e interrompem a minha leitura, mas não acho que isso chegue a ser ódio.

– Acha sim. E tudo bem dizer isso.

Não quis discutir, então não disse nada. Johnny mudou de assunto. Perguntou:

– Alguém lá na escola sabe que você corre?

Sacudi a cabeça, enquanto Rover bocejava sobre a sessão de esportes.

– Seus velhos sabem?

Outra sacudida de cabeça.

Mãe e Pai, vocês deduziram que eu saía para dar longas caminhadas de manhã. Não quis que soubessem que eu *corria* porque ficariam preocupados com o meu coração frágil. Vocês já tinham mandado um bilhete pro meu professor de ginástica pedindo-lhe que não me fizesse me esforçar demais.

Johnny pareceu intrigado.

– Ninguém sabe?

– Você sabe – eu disse.

Johnny sorriu e me estendeu uma mão manchada de tinta.

– Então, é o nosso segredo – ele disse.

Apertei sua mão rapidamente, esperando que a tinta do jornal não passasse para a minha pele.

Agora, enquanto troto pelas ruas da Seis, fico de olho em busca do espírito perturbado que é Johnny. Talvez ele também tenha saído cedo. Talvez tenha dormido mal e já tenha se levantado.

Poucos citadinos estão em pé, além de alguns madrugadores empunhando carrinhos em um depósito, as portas abertas mostrando prateleiras lotadas com uma variedade de produtos. Esperemos que a entrega inclua um curioso e valioso objeto, como um telescópio.

Continuo trotando até chegar ao parque Buttercup. Apesar do portal que talvez possua, o parque parece tão comum quanto as camas de renascimento. Consiste em um campo gramado para esportes, algumas árvores espalhadas, mesas de piquenique, e um trepa-trepa levemente enferrujado. Tenho uma queda por trepa-trepas. Eles foram inventados pelo filho de um matemático como uma forma de ajudar as crianças a entenderem o espaço tridimensional. Este aqui é um engradado em tridimensional, com cinco metros de comprimento, cinco de largura e cinco de altura.

Dou uma olhada no parque, mas não vejo nada de extraordinário, a não ser um álbum do Elvis Presley em vinil azul trincado, provavelmente usado como *frisbee*. Não sei o que esperava encontrar. Que aspecto teria um portal? Seria uma espécie de escotilha de máquina de lavar? Uma grelha de bueiro? Uma tampa de entrada subterrânea?

Se eu encontrasse de fato um portal, será que teria coragem de entrar nele? Penso em irmãos destemidos, Frank e Joe Hardy, lanternas na mão, enquanto se esgueiravam por uma passagem escura e misteriosa, como na capa de *O segredo das cavernas*. Talvez, se Johnny estivesse aqui, eu entrasse num portal. Iria até o fim de *O mistério do atirador perdido*.

24	52.00
Cr	
Cromo	

A próxima enfermaria que eu e as meninas visitamos, a Sal Paradise, na Cinco, não é um hospital para doentes mentais. Isto vem como um alívio, porque ossos quebrados e traumatismos são mais fáceis para um pesquisador estudar do que tristeza e confusão. Minha assistente de pesquisa, Esther, e eu checamos o tempo de cura com as almas caridosas enfermeiras. Em uma das camas está uma menina em coma, que caiu de um telhado num acidente de skate. Ao contrário de Willa Blake, ela não desapareceu em um canteiro de amarelinhas.

– Revoguem os privilégios de todos à cobertura dos telhados – diz Esther. – Nós, anjos desajeitados, não somos confiáveis lá em cima.

Depois, vamos para o escritório central, onde encontramos Thelma em uma mesa, folheando um livro de renascimento encadernado em couro sintético vermelho.

– Bingo – Thelma diz.

Ela chegou ao nome de uma menina que fez a passagem em Illinois, não muito depois da passagem de Johnny.

– Schaumburg fica perto de Hoffman Estates? – ela pergunta.

– São praticamente cidades gêmeas – respondo.

Olho o registro por cima do ombro de Thelma. Na página, estão datilografados os nomes de novatos, juntamente com seus locais de origem, dia da passagem, causa da passagem, e código postal na Cidade. Thelma mostra o nome Sandy Goldberg. Na coluna de Causa da Passagem está escrito a palavra "amendoim".

"Sandy Goldberg |Schaumburg, IL |28 out. 1979 |amendoim |GIZ

— Ela foi vítima de uma situação absurda, Boo — Esther diz. — Vocês têm isto em comum.

— Os amendoins não são motivo pra brincadeira — respondo. — Se você for alérgica, até uma lambida em uma pasta de amendoim pode provocar um choque anafilático. A sua garganta incha até fechar, e você se sufoca.

Levo às mãos à minha garganta.

— Descanse em paz, pobre menina meiga — Thelma diz, enquanto anota os dados de Sandy numa tira de papel.

— Como é que você sabe que ela é meiga? — Esther pergunta. — Pode ser que ela seja uma v*ca. Vai ver que ela comeu um amendoim de propósito, só pra chamar atenção.

Thelma bufa e diz:

— Por que você sempre pensa o pior das pessoas?

— Porque as pessoas *são* o pior — Esther diz.

Thelma olha para cima: — Zig, dá-me força — diz, como se ele estivesse rodando em uma lâmina do ventilador de teto.

— Você acha que Zig ouve? — pergunto.

— Espero que sim — Thelma diz, fechando o livro. — Mas provavelmente ele tem mais no que pensar.

— Ele não é nosso pai, pra vir correndo quando a coisa pega — Esther diz. — Ele quer que a gente resolva as coisas por nossa conta.

Ela pega da mesa um peso de papel em formato de globo de neve, e o sacode. Dentro há um menino e uma menina minúsculos, sentados lado a lado em um trenó, com protetores de ouvido combinando.

— A gente espera certas coisas dele — Esther continua. — Um lugar pra morar, comida pra comer, roupas pra vestir. E ele espera certas coisas da gente.

– Que tipo de coisas? – pergunto.

– Que a gente se vire com o que tem; que demonstremos um pouco de respeito um pelo outro; que não deixemos à solta o pior de nós.

Enquanto Thelma devolve o livro de renascimento para um arquivo, Esther pisca para mim, e enfia o globo de neve na mochila de Thelma.

Depois que saímos da enfermaria, sugiro almoçarmos no parque Buttercup, que fica perto. Pedimos comida para viagem em uma lanchonete local, e depois entramos no parque. Thelma e Esther sentam-se cada uma de um lado de uma gangorra. Dada a diferença de seus pesos, a extremidade onde Thelma está permanece no chão, e a de Esther fica erguida no ar. Comemos sanduíches de pasta de amendoim, escolhidos em homenagem a Sandy Goldberg.

Apesar da discussão que tiveram no outro dia, na reunião com os supras, Esther e Thelma parecem ter voltado a ser amigas. Estão brincando e rindo juntas, e Thelma fica até comovida ao descobrir o globo de neve.

– A Carolina do Norte nunca teve muita neve, e a Cidade nunca teve nenhuma, então esta neve é o máximo que eu terei.

Ainda assim, ela pensa que deveríamos devolver o globo roubado à enfermaria, mas Esther insiste em que nunca sentirão falta dele.

Não estou acostumado com a arte da amizade: as provocações, as brigas e as reconciliações. Por exemplo: Por quantos dias uma pessoa deve ficar alterada se um amigo solta um comentário insensível ou demonstra deslealdade? Esses são números que eu deveria anotar no meu registro.

Por quantos dias Johnny ficará zangado comigo?

Depois de comer meu sanduíche, os damascos secos e os biscoitos integrais, finjo estar apanhando lixo no parque e jogando numa lixeira. Na verdade, estou procurando um portal. Até chego a puxar a lixeira para um lado, para ver se existe um portal escondido por debaixo. Não acho nada.

A tarde é passada numa busca inútil por Sandy Goldberg. Usando seu código postal, localizamos o alojamento que lhe foi designado, onde sua colega de quarto nos diz que ela está tendo uma aula de pintura de natureza-morta na escola Charlie Gordon, mas na escola o professor diz que ela desistiu da aula por um seminário de badminton no ginásio Marcy Lewis. No Marcy, uma professora de ginástica diz que Sandy se destacou no saque vertical, e foi mandada num torneio com a equipe local de badminton. Voltará mais para o final da semana.

Durante todas essas idas e vindas, a corrente da minha bicicleta cai duas vezes.

Agora eu realmente sinto falta de Johnny, porque ele entende muito de bicicletas, enquanto que eu acabo com as mãos e a camiseta sujas de graxa.

Naquela noite, no meu quarto no alojamento, tento desenhar um retrato do meu amigo, um cartaz de procura-se *vivo*, pra mostrar na reunião de assombração dos investigadores de portais, hoje à noite. Não sou retratista, então meus esboços no meu caderno parecem amadores. Estão parecidos com qualquer menino de cabelo castanho. Poderia até ser o Atirador.

É frustrante que a imagem que vejo em minha mente não seja recriada na página. Amasso desenho após desenho, e depois vou até o corredor para arremessar todos no condutor de lixo.

Agora são 11:45. Em duas horas, vou para a assombração, e não dormirei esta noite. Não importa. Já fiquei sem dormir inúmeras vezes na minha vida, e desta vez também vou me sair bem. No entanto, ao me deitar na cama e olhar para a rotação do ventilador de teto, sinto uma pontada de ansiedade no estômago. Embora não acredite que Zig esteja prestando atenção em mim, me vejo repetindo as palavras de Thelma: – Zig, me dê forças.

25 54.94
Mn
Manganês

No céu, precisamos procurar magia nas pequenas coisas. Nas lanternas, por exemplo. Os citadinos podem não ficar pasmos ao acender uma lanterna e um raio de luz surgir à sua frente, mas quando desatarraxam a extremidade do tubo mágico de metal e descobrem que não contém baterias, sua reação deve ser de surpresa.

É, acreditem ou não, nossas lanternas funcionam bem sem uma fonte de energia aparente. Mas a luz vem de algum lugar, não vem? Qual é a fonte de energia? Talvez partículas invisíveis flutuem no ar para fazer funcionar nossas lanternas, os abajures e a iluminação pública. Um dia, dedicarei minha atenção a tais enigmas.

Enquanto isso, tenho uma confissão: assim como Esther apanhou um globo de neve, roubei a lanterna que tenho nas mãos. Ela vem de uma sala das almas caridosas no alojamento. Espero que vocês não fiquem decepcionados comigo, Mãe e Pai, mas estamos vivendo tempos de desespero. Eu poderia ter registrado a retirada de uma lanterna com a ajuda de Thelma, mas não queria alertá-la para minha besteira desta noite. Ela desaprovaria. Afinal de contas, quem não é alma caridosa está proibido de ficar perambulando depois da meia-noite, a não ser que haja uma emergência.

Vou me aventurar depois do toque de recolher, quando a iluminação pública está apagada e a Cidade parece assustadora e sinistra. Não vou me deparar com fantasmas (ou *só* vou me deparar com fantasmas, dependendo de como vocês nos veem, ha, ha). Nunca tive medo do escuro. Como vocês sabem, mesmo quando era mais novo, não precisava de uma luz noturna no meu quarto. Nunca fiquei deitado na cama petrificado por um tigre-dentes-de-sabre pronto para saltar do meu armário. Nunca acordei à noite gritando feito louco.

Enquanto caminho pelas ruas com minha lanterna, me pergunto se Johnny aparecerá nesta reunião de investigadores de portais. Tenho uma boa notícia para ele: nossa descoberta de Sandy Goldberg de Schaumburg (a quem Esther começou a chamar de "amendoim"). Depois que encontrarmos Sandy, ela poderá nos fornecer pistas do Atirador, e de sua verdadeira identidade.

Se eu avistar outra lanterna a distância, desligarei a minha para o caso de a pessoa ser um monitor noturno verificando os passes que os citadinos que saem após o toque de recolher precisam levar. Contudo, não vejo nenhuma outra lanterna por perto. Aqui, a noite é um negrume, especialmente quando nuvens pesadas encobrem a lua. É também mortalmente quieto (ha, ha). Não há sirene de ambulâncias, trens que passam, ou carros buzinando. Infelizmente, também não existem grilos cantando. O único som vem do farfalhar das folhas sempre que passa uma brisa.

Ao me aproximar do parque Buttercup, verifico meu relógio de pulso que brilha no escuro, do *Gasparzinho, o fantasminha camarada* (presente de Esther). São 2:50. Uma luz pisca no parque, então desligo minha lanterna e vou em direção a ela. Ao atravessar o campo de futebol, vejo que a luz vem de cima do trepa-trepa. Alguém está empoleirado ali, atuando como um sinal. Parece ser um menino, mas não é Benny. Benny é baixo, e esse menino parece ser alto. Seu braço com a lanterna está esticado acima da cabeça, como se estivesse imitando a Estátua da Liberdade.

Paro a alguns metros.

— Oi, você aí — chamo.

— Cale a boca! — o menino retruca.

Abaixo a voz:

— Benny Baggarly está por aqui? Ele me convidou pra uma assombração.

— Entre na p*rra da sua jaula, cão.

Uma segunda figura desce do trepa-trepa e vem em minha direção. Conforme a luz se acende, vejo que este segundo menino é Benny.

— Venha se sentar comigo — ele cochicha, dando um tapinha no meu ombro. — Mas não fale. — Leva um dedo aos lábios.

Sigo Benny pelas barras do trepa-trepa, uma subida desajeitada sob a luz cintilante. Depois que estou dentro da armação, olho em volta. Há outros aqui. Posso ouvi-los respirar, e vê-los rapidamente, quando a luz se acende. Estão sentados em grupo, nas barras mais baixas. Todos estão desagradavelmente perto. Quero perguntar aos outros se viram Johnny, mas é proibido falar. Os minutos transcorrem em silêncio. Para matar o tempo, percorro a vista pelo parque, mas não tem nenhuma outra lanterna se aproximando.

O menino que está acima das nossas cabeças — deve ser o líder do grupo, o chefão da assombração — finalmente desce pelas barras e se senta bem no meio do grupo.

— Hora da chamada — o menino anuncia. — Lembrem-se de que aqui usamos pseudônimos. Não os verdadeiros nomes.

Ele passa sua lanterna ao redor, com golpes de mão em mão. Cada caçador declina seu pseudônimo, e depois segura a lanterna debaixo do queixo, acendendo-a por um segundo para mostrar o rosto.

— Ace.

— Doug.

— Shelly.

— Funk.

— Jack Sprat.

— Cristal.

Benny diz: — Cara-de-Rato —, e algumas pessoas riem.

O líder do grupo fustiga: — Silêncio!

Iluminados por baixo, nós todos parecemos fantasmagóricos, e então, na minha vez, dou meu verdadeiro apelido: Boo.

Entrego a lanterna ao líder. Ele diz seu pseudônimo: – Czar – e também acende a luz e a vira em sua direção. Na fração de segundo antes que a luz se apague, vejo de relance um menino de rosto amargo, com feições angulosas, orelhas de abano, e cabelo castanho revolto.

O cartaz vivo-ou-morto ganha vida.

O Atirador! O Atirador em carne e osso! Uma dor apunhala meu peito. O Atirador está tão perto que eu poderia esticar o braço e tocá-lo.

Lembro-me de minha promessa a Johnny de ser forte, mas estou tão petrificado quanto uma criança com um tigre-dentes-de-sabre rosnando em seu armário.

Na escuridão de breu, ouço Benny Baggarly cochichar:

– Posso ir primeiro, Czar?

– Já disse pra vocês, babacas, fecharem a matraca. Vocês não falam a não ser que eu fale com vocês. Entendido?

Ninguém fala.

– *Entendido?*

– Sim, Czar – meia dúzia de vozes sussurra de volta.

Não respondo. Estou sem fala. Meu coração está golpeando no seu ritmo irregular, mas pelo menos a dor aguda está diminuindo. Internamente, entoo: *Hidrogênio, hélio, lítio, berílio, boro, carbono, nitrogênio, oxigênio, flúor.*

Será que o Atirador me reconheceu, quando iluminei meu rosto? Talvez eu não estivesse tão visível. Ou talvez ele não tenha dado uma boa olhada em mim, lá no Helen Keller.

– A maioria de vocês conhece o procedimento – o Atirador diz. Sua voz é rouca, como se ele, assim como Johnny, gritasse durante o sono. – Vou levar um de cada vez até o campo de beisebol, e colocá-los no portal de volta para casa. Enquanto esperam a sua vez, não quero ouvir um pio. Se ouvir, vou cancelar esta assombração, *capisce*, c*zões?

– Sim, Czar.

Neônio, sódio, magnésio, alumínio, silício.

Há um arrastar de pés em nosso pequeno círculo, quando o Atirador passa pelos assombradores e atravessa as barras do trepa-trepa. Agora ele está parado do lado de fora, e o restante de nós permanece em nossa jaula.

— Jack Sprat, você é o primeiro — ele diz.

Ele liga sua lanterna e a dirige ao chão, enquanto um menino perto de mim se contorce para fora do trepa-trepa. O Atirador e Jack Sprat vão para o campo de beisebol, e eu sigo a luz com meus olhos, esperando a qualquer momento ouvir o grito aterrorizante de Jack Sprat.

Digo a Benny:

— O que está acontecendo? O que ele vai fazer com Jack Sprat?

A mão de Benny tampa a minha boca.

— Shhh! O Czar vai ter um ataque!

Empurro a mão dele.

— Preciso saber. É uma questão de vida ou morte!

Alguém bate na minha cabeça.

— Cale a boca, bobão — sussurra a menina de apelido Cristal.

Arrasto-me pelas barras do trepa-trepa, enquanto alguém puxa a ponta da minha camiseta, mas dou um safanão e a pessoa solta. Preciso cair fora. Não tenho o nome verdadeiro do Atirador, mas talvez com a pouca informação que tenho, Thelma possa rastrear o menino. Estou prestes a correr de volta para o nosso alojamento para acordar as meninas, quando vejo um raio de luz movendo-se pelo campo de beisebol. O Atirador está voltando! Maldição! Por um momento, fico paralisado, mas me livro do medo e me ponho em guarda. Se ele acender a luz em mim e partir pro ataque, vou me defender. O raio de luz aproxima-se ainda mais. Meus nervos se preparam. Meu sangue dispara.

Justo antes de a luz incidir em mim, uma voz grita:

— Tem um encontro de investigadores de portais aqui, esta noite? Estou um pouco atrasado.

A voz me é imediatamente familiar.

– Johnny Henzel?

O cone de luz passa por mim. Abaixo a guarda.

– Que raios você está fazendo aqui, Boo?

Atrás de mim, os investigadores de portais sibilam: – Shhh!

Não vejo meu colega de quarto há um dia e meio, mas parece mais.

– Procurando você, Johnny! – respondo. – Estava procurando você.

– Calem a boca – Cristal grita.

– Qual é o maldito problema dela? – Johnny pergunta.

Lá do campo vem um clamor de frustração. Depois, isto:

– Vocês não conseguem obedecer a uma simples ordem, seus pent*lhos filhos da p*ta retardados?!

No campo de beisebol, um círculo de luz está ficando maior e mais ameaçador. Nosso assassino está correndo em nossa direção.

– Que vá tudo pro inferno! – diz Benny Baggarly.

– Agora eu nunca vou chegar em Tampa – Cristal geme.

Nosso assassino grita:

– Imbecis! Cretinos!

Johnny diz:

– Que p*rra está havendo?

– O Atirador – explodo.

– Hã? – Johnny exclama, acendendo sua luz nos meus olhos.

Duas galáxias colidindo. É isto que espero, quando Johnny desvia seu cone de luz de mim para o menino que vem correndo em nossa direção pelo parque.

Por um momento, ninguém fala. Os investigadores de portais devem estar tremendo em sua jaula. Na luz fraca, Johnny parece atônito. Sua boca escancara-se. Ele recua um passo.

O Atirador para a poucos metros de Johnny. O menino parece alucinado, furioso. Seus olhos estão incandescentes. O cabelo se arrepia.

– Vou matar vocês, seus f*dões – ele ameaça.

– Tenha piedade de nós, Czar – Cristal, de Tampa, diz. – Sou uma espectadora inocente.

– Eu mandei você falar? – o Atirador diz.

No instante que leva para nosso assassino virar-se para Cristal no trepa-trepa, Johnny avança e levanta sua lanterna mágica. Depois a bate na cabeça do menino.

Um estalido seco e nauseante.

O Atirador desmorona. Sua própria lanterna rola pela areia e para aos meus pés, iluminando parcialmente a cena de Johnny festejando sua vingança, gritando feito louco, enquanto desce seu cassetete contra o corpo de um menino inconsciente.

Na escuridão, o sangue parece negro.

26	55.85
Fe	
Ferro	

Corremos pela noite, Johnny e eu, os raios das nossas lanternas se entrecruzando, nossa respiração ofegante se sobrepondo, as batidas dos nossos pés sincronizadas.

Somos demônios da velocidade, frenéticos, assustados, tentando escapar de um ato terrível que temo que possa custar nossas pós-vidas.

27 58.93
Co
Cobalto

28 58.69
Ni
Níquel

29 63.55
Cu
Cobre

O verdadeiro nome do Czar é Charles Lindblom. Não parece um nome inocente? Como o de um honesto gerente de banco, ou um herói de aviação galante, fazendo um voo transatlântico. Quando disse isso a Johnny, ele respondeu que, para ele, o nome Charles Lindblom não soava menos inocente do que o de Charles Manson.

Estou visitando Czar na enfermaria Sal Paradise. Vim disfarçado, se é que um boné de beisebol pode ser considerado um disfarce. Johnny e eu encontramos o boné em nosso esconderijo. Temos nos refugiado em uma sala de zelador sem uso, no porão do ginásio Marcy Lewis, ao lado do Muro Oeste, na Cinco. O dia todo ouvimos o bater de bolas de basquete acima das nossas cabeças. O som teria nos deixado loucos, Johnny meio que brincou, se já não o fôssemos.

Outro item encontrado em nosso esconderijo é um romance dos irmãos Hardy, na verdade, *O mistério do aeroporto*. Finjo ler o livro durante a minha visita. O livro é curiosamente adequado. Afinal de contas, como no romance, um tipo de luz – de uma lanterna – levou Czar à estadia na Sal.

Aqui, todos os pacientes estão se recuperando no mesmo quarto, um saguão comprido com cubículos separados por cortinas, que podem ser puxadas para se ter privacidade. Pelo que entreouvi, sete pacientes machucaram-se em acidentes de bicicleta, e um, funcionário de uma lanchonete, sofreu queimaduras de uma panela de linguine que virou.

Embora eu esteja contando pra vocês que estou visitando Czar, Mãe e Pai, estou, na verdade, sentado ao lado da cama de uma menina chamada Nilaya Singh. Finjo que sou seu amigo. Ontem, quando apareceu um amigo dela de verdade e me perguntou quem eu era, menti que era um dos seus companheiros de skatismo. Nilaya é a menina que estava andando de skate na cobertura de um telhado, perdeu o controle e viajou para fora do telhado. Está em coma, e não se espera que acorde por mais uma semana.

Esta é a minha terceira visita à cabeceira de Nilaya. A cada vez, fico cerca de vinte minutos. Hoje, eu lhe trouxe um buquê de flores silvestres que apanhei do lado de fora do nosso esconderijo no ginásio. Ela está com o rosto inchado e contundido, e seu cabelo escuro está preso acima da cabeça. Seus braços estão cheios de arranhões dos galhos do arbusto onde ela caiu. Fico observando-a e anotando seu tempo de recuperação no marcador de livro que está dentro do meu livro dos Hardy Boys. Gostaria de ser de fato seu companheiro de skatismo, e não ter uma segunda intenção. Em vez disso, minha segunda intenção está na cama ao lado: Charles Lindblom. Ele também está em coma, como Johnny ficou em Illinois.

— Olho por olho — Johnny disse a esse respeito.

Dois seguranças estão de cada lado da cama do Czar para protegê-lo, caso a pessoa ou as pessoas que bateram no paciente até ele virar uma pasta voltem para terminar o serviço (digamos, sufocá-lo com um travesseiro).

O menino que está deitado ali não é mais reconhecível pelo cartaz vivo-ou-morto de Johnny. Seu rosto está tão massacrado que ele mais parece morto do que vivo. Tem o crânio fraturado, as maças do rosto destruídas, e seus olhos estão circundados como os de um bandido, com o símbolo do infinito. Seus lábios inchados se projetam grotescamente.

Vocês se perguntam como uma simples lanterna fez tal estrago, principalmente uma sem baterias? Pedras. Johnny encheu o corpo vazio da sua lanterna com pedras. Ele tinha uma cisma de que precisaria de uma arma na noite da assombração.

Johnny insiste em que eu visite a enfermaria diariamente, para verificar se Czar fez a passagem. Mas apesar dos machucados graves, ele não fará. O menino está se recuperando lentamente. Mas não conto isto a Johnny.

— As chances são de que o Atirador morrerá e desaparecerá — minto.

Este é o resultado esperado por Johnny. No entanto, a cada dia os hematomas diminuem e os inchaços regridem um pouco mais. A cada dia, Czar fica mais perto de acordar.

Uma enfermeira chamada srta. Heidi chega para lavar Czar e trocar seus curativos. Ela diz aos guardas para fazerem uma pausa e depois puxa as cortinas parcialmente em volta da cama, mas ainda posso espiar por uma fresta. A enfermeira limpa os machucados de Czar com chumaços de algodão mergulhados em uma bacia com água morna, que lentamente vai se tornando rosa. É uma menina grande, ainda mais pesada do que Thelma. Também é uma tagarela. Deve imaginar que o comatoso ouve e entende as vozes ao seu redor (exatamente como Johnny ouvia sua irmã e seus pais durante o coma).

— Sei o que você estava fazendo, menino Chucky — ela diz, passando um esfregão pelos seus membros. — Estava hipnotizando citadinos e confundindo suas cabeças. Convenceu-os de que uma elevação do arremessador era um portal, onde eles poderiam viajar de volta para a América. Bom, eu pararia com essas suas assombrações. Nada de bom pode vir delas, como você percebeu do jeito mais difícil.

Um rumor que se espalhou é que Czar não conseguiu hipnotizar um citadino, que ficou enraivecido e acabou com ele. Um segundo rumor é que existe um assassino ensandecido vagando pela Cidade. Ontem, entreouvi outras enfermeiras da enfermaria aludindo às duas possibilidades.

— Nunca pretenda ser tão mágico quanto Zig — a srta. Heidi aconselha. — A magia dele não é perfeita, e se você fingir ser ele está fadado a cometer uma porção de erros.

A srta. Heidi embola seu esfregão e esfrega os sovacos de Czar.

— Não se preocupe — ela diz. — Logo, logo, você estará em pé e atormentando eles, menino velho.

Menino velho? Por que ela chamaria Czar assim?

Tão logo a srta. Heidi sai com sua bacia de água, me enfio entre as cortinas e corro para a beirada da cama de Czar. Ali pendurada está uma prancheta com uma folha de papel discorrendo sobre as características do paciente. Pego o papel e dou uma lida.

Putz! Charles Lindblom morreu em 11 de julho de 1933!

30 65.38

Zn

Zinco

Antes de voltar para nosso esconderijo, paro numa escola local para pegar um jantar pra viagem na lanchonete. Peço à atendente para encher os recipientes de plástico com cozido de batata-doce, salada de milho e feijões-pretos.

— Porção para dois, por favor — digo.

Estou com o meu boné de beisebol e óculos escuros. A atendente diz:

— Belos óculos, meu bem. O modelo combina com você.

Isto é pura ironia. Os óculos são rosa e têm cristais incrustados na armação. Johnny achou-os na sala do zelador, e insiste para que eu os use fora do nosso esconderijo, para que ninguém me reconheça. Mas eu não fico com eles na enfermaria, porque tenho medo que pareça suspeito.

Quando estou me preparando para sair, uma alma caridosa com uma braçadeira roxa sobe no pódio da lanchonete, com um megafone em uma mão e um aviso por escrito na outra.

— Sua atenção, por favor. — ele anuncia. — Considerando os recentes acontecimentos, muitos de vocês demonstraram preocupação quanto a estar fora depois de escurecer.

As pessoas que estão comendo nas longas mesas da lanchonete param de conversar, e prestam atenção no garoto alma caridosa, algo raro porque normalmente elas não dão a mínima para avisos especiais (exatamente como os alunos do Helen Keller).

— O conselho de almas caridosas garante a vocês que o ataque covarde em um citadino local há alguns dias não foi ao acaso. Visava um menino específico. Alguns de vocês temem que um assassino enlouquecido esteja à solta. Nossas informações nos dizem outra coisa.

Um menino ruivo acena sua faca e seu garfo e grita:

— Confesso que fui eu! Eu sou o assassino!

Ele finge esfaquear a menina que está sentada ao seu lado. Muitos dos que estão jantando explodem em gargalhada. Conforme examino as mesas, no entanto, vejo um menino que não está rindo. É Benny Baggarly. Está olhando para dentro do seu prato de cozido.

— Portanto, sintam-se à vontade para circular depois de escurecer — continua o alma caridosa. — Mas se lembrem de que qualquer um que for pego após a meia-noite será detido. Obrigado.

Empurro os óculos para cima do nariz, apanho alguns guardanapos, e me apresso a sair da lanchonete para pedalar de volta para nosso esconderijo.

Preciso contar a Johnny sobre nosso engano. Charles Lindblom é um menino velho, não é o Atirador.

Aceito uma parcela de responsabilidade pelo que aconteceu, porque avisei Johnny que o Atirador estava chegando quando Czar surgiu furioso das sombras. Se eu tivesse ficado quieto, Johnny poderia não ter confundido Czar com o Atirador. No entanto, Johnny está convencido de que Czar é o Atirador. Meu colega de quarto afirma que atualmente está dormindo como um bebê, mas está mentindo; ouço-o resmungando durante o sono. Nós nos revezamos para dormir num velho sofá cheio de calombos, na sala do zelador; em noites alternadas, um de nós dorme no chão, em cima de umas almofadas.

Minha própria insônia está pior do que nunca. Ontem à noite, até saí depois do toque de recolher. Voltei para a cena do crime com uma lanterna na mão. Voltei a subir no trepa-trepa, e me sentei na jaula improvisada por mais de uma hora. Tinha levado comigo um estilete do nosso esconderijo, e o usei para fazer cortes rasos ao longo das minhas pernas e braços. Enquanto fazia isso, pensei em vocês, Mãe e Pai. Em como eu sentia falta das suas conversas simples sobre coisas banais, como o melhor xampu azul para tratamento de caspa. Como eu queria poder atravessar um portal de volta para a América para ver vocês, mesmo que fosse só por um instante. No entanto, desde o começo eu sabia que Czar e os caçadores eram uma fraude. Sabia que eles não me ajudariam a viajar de volta para o número 222 da Hill Drive.

Senti-me muito só naquele trepa-trepa. Não chorei, mas suspirei profundamente.

31 69.72

Ga

Gálio

— Não chore — era isso que Johnny cochichava para mim no sétimo ano, depois que eu fui isolado no corredor e levado socos de Kevin Stein, Fred Winchester e Jermaine Tucker. Enquanto ficava deitado no chão, sentindo dores por causa do ataque, Johnny Henzel ajoelhava-se ao meu lado e me dizia para não chorar. — Só vai piorar as coisas — dizia.

Repeti essas frases para Johnny em nossa primeira noite na sala do zelador. Ele estava agachado, nu, na grande pia enferrujada instalada nos fundos da sala. Chorava porque tinha sangue do Czar por todo o rosto e cabelo.

— Tire isto de mim! Boo, tire isto!

A gente não tinha xampu, só uma barra de sabão, então eu a usei para ensaboar seu cabelo e lavar seu rosto. Acho que nós dois estávamos em choque. O resultado disso é que eu conseguia tocar outra pessoa sem sentir a repulsa que normalmente sentia. O tempo todo ele chorava em silêncio.

Enquanto eu esfregava minhas unhas na sua cabeça, ele tremia, mesmo com a água estando quente. Enchi um balde de água e despejei sobre a sua cabeça para tirar o sabão.

— Não tive escolha. Tinha que fazer isso — ele disse. Tinha entrado sabão nos seus olhos, e ele os esfregava com força. — É igual quando uma pessoa tem que atirar num cavalo, quando ele quebra uma perna.

– Um cavalo?

– O que o Atirador tem é pior do que uma perna quebrada. – Ele bateu os dedos na têmpora. – Ele tem um cérebro avariado.

As roupas sujas de sangue de Johnny estão ao lado da pia. Pensei em esfregá-las, mas em vez disso enfiei-as numa lata de lixo. Quanto à lanterna cheia de pedras, esvaziei-a e limpei o tubo com guardanapos de papel.

Uma toalha de praia decorada com lagostas de desenho animado estava pendurada num gancho na parede. Enrolei Johnny com a toalha, e o ajudei a sair da pia. Ele escorregou em uma poça d'água, e quase caiu, mas eu o segurei. Levantei-o e ele me lançou um olhar que dizia: "Você é mais forte do que parece."

Mas eu não me sentia forte. Sentia como se meu cérebro também estivesse avariado.

32	72.63
Ge	
Germânio	

A sala do zelador é parcamente mobiliada, com o sofá detonado e cinco cadeiras de escola capengas, adaptadas com carteiras do tamanho da paleta de um pintor. Em um canto tem uma pilha de caixas de papelão, cheias de uma miscelânea de produtos esquecidos. Nelas, Johnny e eu encontramos o boné de beisebol, os óculos, o estilete, e o livro dos Hardy Boys. Na verdade, eu estava atrás de roupas porque já não tinha uma muda comigo, e Johnny também não tinha muitas roupas com ele. Na minha segunda noite aqui, depois que o Marcy fechou, fui lá para cima no vestiário dos meninos, e procurei roupas deixadas nos armários. Os achados eram pequenos para um menino tão delgado quanto eu (ha, ha). Estou nadando nos shorts cortados e na camisa que encontrei. Não importa. Vou fazer funcionar.

Poucas pessoas descem ao porão do Marcy. Quando o fazem, normalmente só usam o banheiro ao pé da escada, e não ficam perambulando pelas outras salas mais distantes no corredor. Há pouco motivo para fazerem isso, já que as salas estão estocadas com descartes.

Na primeira noite em que Johnny nos abandonou, ele descobriu a sala do zelador enquanto explorava o centro depois de fechado. Entrou no Marcy, se contorcendo por uma janela destrancada do porão. Disse que seu objetivo era encontrar um lugar onde ninguém pudesse atacá-lo durante o sono. Por "ninguém", queria dizer o Atirador.

Quando volto da lanchonete com o nosso jantar, me enfio pela mesma janela e caio no chão. Sigo pelo corredor até a sala do zelador, onde Johnny está com as roupas de ginástica que achei para ele no vestiário. Está fazendo flexões militares no chão de concreto. Bate palmas entre as flexões. Sua camiseta está suada, e seu cheiro de cebola fede pela sala.

Digo a ele que seus esforços não servem de nada. – Nossos corpos não mudam. Os músculos e a gordura com que chegamos aqui são os músculos e a gordura que teremos para todo o sempre.

– Isto não é justo – ele diz, ofegante.

– O pós-vida não é justo – respondo. Isto é algo que Esther sempre diz.

Coloco nosso jantar no chão, usando toalhas de papel como jogos americanos. Até arrumo um lugar para Rover, porque Johnny gosta de colocar uma colher de comida em um descanso de copo para sua barata de estimação mordiscar.

– A voz dela está ficando mais forte – ele me diz, enquanto alimenta Rover. – Ouço palavras de vez em quando. Hoje, ouvi a palavra "suicídio".

– Suicídio?

– Parecia a voz de uma menina. Aposto que é Willa falando sobre pular de cima da Deborah.

Nunca ouvi um pio dessa criatura.

Preocupo-me com o estado mental de Johnny.

Ele nota os cortes nos meus braços e pernas.

– Você entrou numa briga com canivete?

– Um estilete – digo. – É um experimento de cura de cortes.

Ele sacode a cabeça. Agora é ele quem está preocupado com meu estado mental. Depois, me pede novas informações do Atirador. Digo a ele que Czar está estável, e que pouco mudou desde ontem. Johnny imagina que o atirador viverá mais um mês antes de sucumbir aos ferimentos. – Afinal – diz –, eu fiz a passagem depois de cinco semanas em coma.

— Vocês dois estão percorrendo o mesmo caminho?

Johnny corre um dedo pelas asas da sua cabeça-da-morte, enquanto ela come.

— Nós temos muito em comum, o Atirador e eu — diz.

— O quê, exatamente?

— Somos esquentados. Somos os dois uns p*tos furiosos.

Relembro o Helen Keller e Sandpits. Não me lembro de Johnny sendo esquentado. Eu o vejo sentado calmamente em um canto da biblioteca, desenhando em seu bloco. Lembro-me dele correndo tranquilamente na pista externa que circundava o campo de futebol. Todo mundo gostava do Johnny. Pelo que eu me lembre, nossos colegas não pareciam caçoar dele, intimidá-lo ou atacá-lo pra valer na queimada, como faziam comigo.

Depois que eu e Johnny terminamos de jantar, lavo nossos recipientes e talheres plásticos na pia, e os enxugo com a toalha da lagosta. Depois, me viro para Johnny que está jogando Jacks no chão, com um velho jogo que achou numa caixa de tralhas.

Não digo: "Tenho uma coisa importante pra lhe contar" (ele vai perceber que é importante). Não digo: "É melhor você se sentar" (ele já está sentado) ou "Prepare-se que aí vem bomba". Só digo:

— Czar tem 46 anos.

Johnny erra a bola, quando está tentando pegar cinco jacks de uma vez. Levanta os olhos:

— O que você quer dizer com 46?

— Ele é um menino velho. Chegou aqui há décadas.

Ele franze a testa e exclama: — Não f*da comigo.

— Por que eu iria f*der você? Assumi um compromisso pro resto da vida de nunca f*der ninguém, hora nenhuma.

Sento-me com ele e seus jacks. Conto sobre um grupo de visitantes que veio ver Czar hoje, pouco antes de eu sair da enfermaria. Eles falavam sobre suas habilidades como mágico, e os espetáculos que havia apresentado. Cortava sua assistente ao meio, livrava-se de nós complicados, e hipnotizava membros da plateia de modo que eles ca-

carejavam como galos e pulavam feito coelhos. Os espetáculos a que essas pessoas se referiam aconteceram anos atrás.

Tiro do bolso a folha de informações do paciente que roubei da enfermaria. Entrego-a para Johnny, e ele lê em voz alta a data da passagem de Czar: — Onze de julho de 1933. — Depois, dá uma olhada para cima: — Aqui diz que ele foi pisado por um cavalo em Nevada.

Ele fecha os olhos, abaixa a prancheta, e esfrega as têmporas como se seu cérebro também estivesse se avariando.

Não digo mais nada. Espero. Penso nos cavalos machucados que são sacrificados com uma bala no cérebro. Os minutos se escoam. Com o canto do olho, vejo Rover correndo pela parede mais distante.

— Johnny — digo, por fim —, está tudo nos conformes?

Seus olhos arregalam-se.

— Sei o que deve ter acontecido, Boo — ele diz, a voz mais grave do que o normal. — Em setembro, esse menino Czar viajou pra Hoffman Estates em uma assombração. Invadiu a casa de alguém, roubou uma arma, e depois saiu caçando os meninos de 13 anos.

Ah, Zig que estás no céu, ajude a todos nós.

— Você não acredita mesmo nisso, acredita? — pergunto.

Ele parece irritado.

— É totalmente possível! — insiste. — Talvez até tenha matado outros meninos em outras assombrações. Talvez a gente não seja os únicos! Deveríamos contatar os supras, fazer com que participem de uma investigação. Poderíamos achar outras vítimas.

Suspiro e digo: — *Czar* é a vítima, Johnny.

Ele levanta a mão e fala asperamente: — Não! — Depois, fica em pé com um pulo e escancara a porta do nosso esconderijo. Geralmente ele anda sorrateiro pelo corredor, para evitar fazer barulho e atrair atenção, mas desta vez ele corre. Vou atrás dele. Ele passa pelo banheiro, e sobe a escada dois degraus de cada vez até o hall. Quando chego lá, ele já está correndo por um corredor até a quadra de basquete. O Marcy ainda está aberto, e há citadinos fazendo hora. Vou até a quadra, e ao chegar, Johnny está subindo uma escada interna até a pista construída ao longo da circunferência do espaço. Lá em cima, ele começa a correr, não simplesmente trotar, mas correr a toda velocidade. Dá voltas e voltas. Não há mais ninguém lá. Alguns meninos estão praticando arremessos na quadra. Deixo-o em paz. Sento-me num banco, esperando que o Speed Demon desça.

Enquanto observo Johnny, brinco com a ideia de deixá-lo aqui e pedalar até a Onze. Talvez Thelma esteja no Frank e Joe; ela saberá o que fazer. Não me importa mais quem tenha me matado, ou por quê, e sinceramente não acho que algum dia isso tenha me interessado. Prefiro investigar algo menos chocante, por exemplo, como as lanternas funcionam sem baterias. Este é o único tipo de mistério que quero solucionar.

Meia hora depois, um garoto alma caridosa entra na quadra de basquete com um megafone. — Fechamos em dez minutos — avisa. — Vamos encerrando, gente.

Os meninos na quadra vão para o vestiário tomar uma ducha e se trocar. Eles se socam nos ombros, chamam uns aos outros de "escroto", riem amistosamente. Fazem parte de um mundo em que Johnny costumava viver. Ele precisa voltar para aquele mundo. Quando ele finalmente para de correr e desce da pista suspensa, tenho uma sugestão. Quase imploro a ele:

— Vamos esquecer tudo o que diz respeito ao Atirador, Johnny. Amanhã de manhã, a gente pode pedalar de volta para o Frank e Joe, e começar tudo de novo. Podemos arrumar um trabalho. Eu posso trabalhar na Curios, e você pode dar aula de desenho com modelo vivo. Vamos fingir que a gente morreu de outras causas. Eu de um problema no coração e você, sei lá, de uma alergia a noz.

Minha própria sugestão me surpreende. Não é comum eu fingir. Vocês se lembrarão, Mãe e Pai, de que quando eu era pequeno eu fingi brevemente ser o biólogo evolucionista Richard Dawkins, mas depois resolvi que fazer de conta era desonesto.

O rosto de Johnny está tenso. Ao redor da cabeça, ele está usando uma bandana atoalhada que deve ter achado jogada na pista.

— Uma alergia a noz — ele diz, ofegante. Olha para mim como se eu fosse pirado.

Esclareço: — Choque anafilático.

Ele me encara por um momento: — Ah, tudo bem — resmunga finalmente. Depois, sai da quadra de basquete e vai até um bebedouro no hall.

Fico surpreso. Estava preparado para ele me dar uma bronca por desistir.

— Então está bem — grito. — Muito bem.

Vou até ele. Coloco-me em guarda e dou um leve soco no seu ombro, quando ele se endireita, saindo do bebedouro.

Em vez de descer para o porão, ele sai pela porta da frente do Marcy. Sigo-o contornando a lateral do prédio. Ele se deita na grama e contempla o céu que escurece.

Lembro a Johnny o dia do seu acidente pegando banguela, lá em Hoffman Estates, enquanto ele olhava para as nuvens, estupefato. Ele franze a testa.

— Ah, é, eu meio que me lembro disso.

— Você disse que viu uma coisa linda, Johnny. O que era?

— Sei lá.

Deito-me ao lado dele e olho para o céu. Pontinhos de estrelas salpicam o céu. Logo devo começar a mapeá-las.

— Vai ver que eu estava falando do céu — Johnny diz. — A beleza que nos esperava aqui.

Viro-me para ele na grama: — É mesmo?

Ele se vira para mim. Uma lágrima solitária escorre do seu olho, e desce pelo nariz.

— Não — ele diz.

Depois, solta uma risada e eu emito vários ha-has. Zig sabe do que estamos rindo.

33	74.92
As	
Arsênio	

Depois que o Marcy fecha, entramos pela janela do porão e vamos para a sala do zelador. Johnny quer jogar jogos de tabuleiro em nossa última noite aqui.

— Como os meninos normais fazem — diz.

Outro dia, ele achou uma caixa cheia de jogos como Segura Feijão, Monopólio, Operando, e o jogo da Família Dó Ré Mi. Detetive também está entre os guardados, mas não vamos jogar isso porque como vocês podem imaginar, Mãe e Pai, não estamos no clima para o professor Black acertar o sr. Pessoa no salão de jogos com um candelabro.

Johnny lê as regras para Operando. Usando pinças, os jogadores têm que agir como cirurgiões e remover partes cômicas do corpo de um sujeito chamado Sam Cavidade: maçã de adão, osso da sorte, costela frita, coração partido. No cérebro de Sam há um sorvete de casquinha, aludindo a cérebro congelado, a dor de cabeça que as pessoas sentem quando tomam sorvete rápido demais.

— Não existe nada como dano cerebral no céu, então com certeza o cérebro de Czar vai se recuperar totalmente — conto a Johnny. — Você sabia que alguns citadinos perderam dedos dos pés e das mãos, e eles cresceram de volta perfeitos? Como os membros das salamandras.

Johnny levanta os olhos das instruções.

— Não vá arrancar um dos seus dedinhos pra ver quanto tempo eles demoram pra crescer de volta — adverte.

Tenho que reconhecer que a ideia passou pela minha cabeça.

— O Czar vai se recuperar e nós vamos receber nossa punição — continuo. — A Thelma vai ajudar para sermos tratados com justiça. Talvez a gente tenha que limpar privadas durante muitos meses, mas que seja. — Talvez, como resultado, eu aprenda mais sobre a verdadeira natureza do sistema hidráulico da Cidade. — A gente deveria pedir desculpas pro Czar — digo. — Foi um caso de confusão de identidade, como no livro dos irmãos Hardy, *Os amigos desaparecidos*. — (Outro livro encontrado em nosso esconderijo.)

— Por favor, Boo, não vamos falar sobre este cara esta noite — Johnny murmura, sem tirar os olhos das instruções. — Que jogo idiota — diz então, jogando as instruções de lado.

Em vez de Operando, jogamos Monopólio. Johnny é o cavador, eu sou o maria-fumaça. Rover corre pelo tabuleiro como uma terceira peça do jogo. A certa altura, Johnny segura uma carta "SAÍDA LIVRE DA PRISÃO". Nela está desenhada a caricatura de um sujeito vestido com as listras de presidiário.

— Eu deveria me agarrar nisto — Johnny diz com um sorriso de desdém.

Ele fala muito pouco. Parece triste e confuso, mesmo quando compra Boardwalk. Estamos ambos cansados, exaustos demais para nos concentrarmos na compra de estradas de ferro, hotéis e serviços, então não terminamos o jogo. Decidimos ir para a cama.

Johnny coloca Rover em sua *motor home*, mas sem colocar a tampa, para que a barata possa vagar à vontade, caso queira.

Antes de ir para a cama, me banho na grande pia; ensaboo o cabelo e jogo um balde de água sobre a cabeça. Enxugo-me com a toalha da lagosta. É minha vez de dormir no sofá, mas o ofereço a Johnny, afirmando que prefiro as almofadas jogadas no chão. Tenho medo de que seus pesadelos possam voltar a visitá-lo esta noite. Pode ser que no sofá ele durma mais descansado.

Depois que apagamos as luzes, Johnny diz:

– Você conhece alguma canção de ninar, Boo?

Não tenho a voz de Thelma, mas me arrisco com a conhecida "Friendship" de Cole Porter, música que diz que, nas amizades mais íntimas, as pessoas combinam suas qualidades e forças individuais para formar uma "mixzade". Eu me lembro de que vocês, às vezes, cantavam esta música em dupla, Mãe e Pai, para divertir os clientes na Clippers. Canto uma versão mais lenta e melancólica do que a de vocês. No escuro, minha voz soa mais melodiosa e, ouso dizer, mais angelical do que a lembrança que tenho dela antes da minha passagem. Talvez, para contrabalançar um quociente de inteligência mais baixo, Zig tenha ajustado minha voz quando canto.

Quando termino, Johnny diz sonolento: – Mixzade?

– É o que se entende por um neologismo – digo. – Significa uma palavra que combina duas palavras diferentes. Neste caso, as duas são mix e amizade. Por isso a gente pode dizer mixzade. Neologismo é como criar palavras novas, derivadas de outras já existentes, na mesma língua ou não...

– Boo.

– O quê, Johnny?

– Cale a boca, por favor.

34 78.97
Se
Selênio

— É só um pesadelo – grito em meu sono porque ouço Johnny gritar. Um grito rápido, apavorado. Pisco e abro os olhos no escuro. Círculos de luz varrem as paredes e o chão. A luz do teto se acende. Minhas pupilas se contraem. Meus olhos se apertam. Tem gente no quarto. Meia dúzia de pessoas. No meu torpor, tenho a ideia absurda de que os zeladores estão aqui pra tomar sua sala de volta. Então, eles estão em cima de mim. Três zeladores. Arrancam meu lençol, agarram meus braços e pernas, e me viram de lado. Estão, ao mesmo tempo, com os rostos severos e excitados. Meu rosto se esmaga contra uma almofada. Avisto Rover frenética pelo rodapé. Os zeladores também investem contra Johnny. Ele reage aos gritos. Um zelador sobre ele pega um objeto curioso: algemas. Quando meus braços são torcidos atrás das minhas costas, sinto uma pressão nos pulsos e ouço um clique. Os zeladores me algemaram. Fico largado, do mesmo jeito de quando os meninos se empilharam em cima de mim no Halloween. É coisa demais para me manter forte. Johnny não se rende. Dá golpes de tesoura com as pernas, para cima e para baixo. Com os pés nus, chuta um zelador na cabeça. Outro zelador esbofeteia Johnny com força no rosto, com o dorso da mão. Johnny para de gritar quando um zelador corta um pedaço de fita adesiva de um rolo e a gruda na sua boca.

Finalmente percebo que esses zeladores estão usando braçadeiras roxas.

35	79.90
Br	
Bromo	

Esta noite, Zig está jogando jacks com milhares de estrelas cintilantes pelos céus. Posso até ver a Via Láctea, ou pelo menos a cal que Zig usa para pintar o céu noturno. Concentro-me na beleza acima para me distrair da minha provação.

Estou amarrado com cordas de pular em uma maca da enfermaria, que as almas caridosas arrastam agora por um gramado como se fosse um trenó. Antes de ser amarrado, fui enrolado num cobertor, então me sinto como um bebê índio americano confinado em um porta-bebê, só que um bebê não teria suas mãos algemadas e a boca lacrada, por mais que seus pais fossem rígidos. Se minha boca não estivesse amordaçada, eu gritaria para a segunda maca que está sendo levada pelo campo. Diria para Johnny não entrar em pânico. Afinal de contas, as almas caridosas são gentis e compassivas, portanto, além de um ligeiro queimado de corda, não deveremos sair machucados.

Duas almas caridosas puxam uma corda que está amarrada na minha maca como uma guia de cachorro. Portam lanternas para indicar o caminho. Uma terceira alma caridosa segue atrás para garantir que eu não caia. Repetindo, se minha boca não estivesse amordaçada, eu diria a esses meninos que esta captura dramática não tem sentido, porque Johnny e eu planejávamos nos entregar assim que amanhecesse.

Todas as noites anteriores na sala do zelador, Johnny e eu colocávamos carteiras em frente à porta, porque não tinha fechadura para impedir a entrada de invasores. Esta noite, contudo, não nos preocupamos. Imagino que Johnny esteja se xingando por isso. Viro a cabeça para localizar a maca do meu colega de quarto, e seu próprio trio de acompanhantes. Vejo as lanternas do outro grupo cintilando na extremidade oposta do campo. Eles parecem estar indo numa direção diferente. Zig poderoso, as almas caridosas estão me separando do Johnny!

Para onde o estão levando? Talvez Czar tenha acordado, e eles vão levar Johnny para a enfermaria para que sua vítima possa apontá-lo numa espécie de acareação policial. Ou talvez ele esteja indo diretamente para a prisão (Vá para a prisão, como no Monopólio). Mas por que não vou com ele? Também sou culpado. Tive um papel-chave neste fiasco.

Depois que o meu grupo deixa o campo, meus acompanhantes arrastam minha maca por uma rua vazia. A noite está silenciosa, exceto pelo som de raspagem da madeira contra o calçamento, o que me lembra dos limpa-neves em Hoffman Estates. Como estou no nível da sarjeta, as construções escuras por onde passamos parecem maiores e mais ameaçadoras do que o normal. Assomam sobre mim como se estivessem me julgando. Se tivessem cabeças, estariam sacudindo-as; se tivessem dedos, estariam agitando-os.

Meus três acompanhantes ainda não disseram uma palavra, então fico surpreso quando um deles diz:

– Ah, v*ado, pegamos a travessa errada. A gente devia estar na rua Phoebe Caulfield.

Eles dão meia-volta com o meu trenó, voltamos e pegamos outra rua.

Fico agradecido por ser de noite. Se fosse dia, e os passantes estivessem me olhando, ficaria envergonhado. Então, obrigado almas caridosas por sua consideração.

Paramos em frente ao que parece um alojamento. Dois dos meninos levantam a maca na altura da cintura, e me levam por um caminho pavimentado com pedras, passando por uma sebe de abetos vertiginosos. Na placa acima da porta de entrada está escrito "ALOJAMENTO RHODA PENMARK". A porteira do alojamento encontra nosso grupo na entrada. Dá uma olhada em mim, o porta-bebê gigante, e diz:

– Isto não está certo.

Uma das almas caridosas diz:

– Só segure a porta, Inez.

Inez segura a porta, enquanto as almas caridosas e eu passamos. Sou levado por um saguão vazio, e pelo corredor até uma porta marcada 106, como meu antigo armário no Helen Keller. Inez remexe num conjunto de chaves, e finalmente insere a certa e vira a fechadura.

– Vocês tinham que amordaçá-lo? – ela diz, ao entrar no quarto e acender a luz. – Ele é um novato. Vocês tinham que ter piedade.

– Cale a boca, Inez, ou vamos amordaçar *você*.

A querida Inez bufa e sai do quarto.

As almas caridosas colocam a maca na cama. Olho para o ventilador de teto girando. Por algum motivo, penso no Czar hipnotizando os assombradores. Imagino-o girando um cata-vento na frente dos seus rostos, dizendo: "Vocês estão se sentindo *sonoleeeeentos*, muito *sonoleeentos*", mas não estou sonolento. Estou bem desperto, ainda que devam ser quatro horas da manhã.

As almas caridosas desamarram as cordas. Viram-me de lado e soltam as algemas. Meus pulsos são magros, então não foram feridos pelas algemas, que noto serem de plástico. Algemas de brinquedo! Johnny ficará mortificado.

Sento-me e uma das almas caridosas, um menino de narigão, diz que vai retirar a fita adesiva. Seu sotaque tem um toque britânico. Ele puxa a ponta da fita da minha boca.

– Pode ser que isto doa um pouco. Vou devagar.

Ele tira a fita, arrancando os minúsculos pelos loiros que crescem acima do meu lábio. Faço uma careta e pergunto:

– Cadê o Johnny Henzel?

— Não estamos autorizados a dizer — responde o menino britânico.

— Foi um acidente infeliz — digo-lhe. — Confundimos Charles Lindblom com outra pessoa; na verdade, com o nosso assassino.

As duas almas caridosas entreolham-se.

Tento ganhar sua simpatia.

— Somos supras, mas ainda não conseguimos superar nossos assassinatos.

Meu segundo captor, que tem um sotaque americano, diz:

— Preciso levar a maca de volta.

Então, me levanto, vestindo apenas minha cueca boxer, o cobertor sobre os ombros, e deixo o menino puxar a maca da cama. Ele a leva do quarto sem dizer uma palavra.

— Você vai dormir aqui esta noite — o britânico diz. — De manhã, o presidente das almas caridosas da sua zona virá conversar com você.

Reginald Washington virá me salvar.

— Estarei sentado do lado de fora, cara, caso você precise de alguma coisa. Meu nome é Ringo.

— Como nos Beatles.

— Não é meu nome de verdade — diz o menino de narigão. — É só como as pessoas me chamam. Sou da Inglaterra, mas minha família se mudou para Detroit um ano antes da minha passagem.

— Você é meu carcereiro, Ringo?

— Na verdade, sou. Também trabalho na Gene Forrester, na Nove.

— É lá que o Johnny está?

— Não tenho autorização para dizer.

— Olhe, você precisa me levar até o Johnny agora mesmo. Ele é um espírito muito sensível.

Ringo sacode a cabeça.

— Ele é um pouco instável — digo.

Ringo me olha sem expressão.

— É, ouvi falar.

Em seguida, ele sai do quarto, fechando a porta.

Vou até a janela e puxo as cortinas empoeiradas. Tento levantar a janela, mas ela não se mexe. De qualquer modo, mesmo que eu escapasse deste quarto, para onde iria? Não posso sair correndo por aí de cueca, procurando Johnny no escuro.

Ao lado da janela há uma escrivaninha. Eu me sento. Não consigo dormir agora. Vou só esperar que o céu clareie e que Reginald venha. Tento estudar as estrelas no céu, mas minha concentração está um desastre. Eu mesmo me sinto instável. Zig do céu, se eu tivesse uma faca de desossar, poderia amputar um dedo mindinho do pé.

36	83.80
Kr	
Criptônio	

— Ei, Oliver — diz uma voz. — Está na hora de se levantar, mãos à obra. Mãos à obra.

Uma mão dá uma pancadinha na minha cabeça.

Por um instante, acho que a voz e a mão pertencem a você, Mãe. Posso praticamente sentir o cheiro do tônico capilar cítrico que se infiltra nas suas roupas por causa das horas que você passa na Clippers.

Não estou morto, penso. *Afinal de contas, não estou morto*.

Mas, quando abro os olhos, o rosto que vejo não é rosado e magro como o da Mãe. É moreno e rechonchudo.

— Thelma — digo, levantando a cabeça. — Ah, é tão bom ver você, mesmo que você não cheire a tônico capilar.

Ela parece confusa, mas diz:

— Também acho bom ver você, querido. — Ela sorri, revelando o espaço entre os dentes.

Estou com torcicolo porque adormeci sentado na cadeira.

Thelma olha para os rabiscos sobre a mesa: — O que é isso que você desenhou?

Olho o rabisco. — Um cavalo.

Ontem à noite, para matar o tempo, mapeei as estrelas e criei uma nova constelação, não um cavalo alado como o Pégaso, mas um cavalo normal. No entanto, meu cavalo só tem três pernas porque não havia estrelas para formar uma quarta. Para aqueles que acreditam em presságios, um cavalo com três pernas é muito provavelmente um mau sinal. Por sorte, não acredito em presságios.

— Eu lhe trouxe algumas roupas limpas, sapatos, e até uma escova de dente. — Thelma aponta para os itens que deixou sobre a cama.

— Cadê o Johnny? Pra onde ele foi levado?

Thelma desvia o olhar.

— Por que você não se veste, querido? Depois, nós dois vamos ter uma conversinha. Preciso lhe contar algumas coisas.

Existe algo de diferente em relação à Thelma. Levo um tempinho para detectar isto.

— Você não está usando sua braçadeira — digo.

Ela olha para a parte superior do seu braço, como se estivesse imaginando onde foi parar a braçadeira roxa. Depois, se senta na cama, e me passa um jeans com leves manchas de grama nos joelhos.

— Bom, Oliver, não sou mais uma alma caridosa.

— Você desistiu? — pergunto, vestindo a calça.

— Não, me expulsaram.

— Você foi demitida?

— Eles estão chamando isto de "afastamento". O conselho não ficou muito feliz com as nossas escapadas.

Ela se refere à escapada de Johnny e à minha. Nosso ataque contra Charles Lindblom lhe custou o trabalho.

— Ah, Thelma, sinto muito.

Que confusão horrorosa eu fiz! Vocês ficariam com vergonha de mim, Pai e Mãe! Fraturas de crânio, empregos perdidos, amigos tristes e confusos. Sem contar que a pobre Rover, a barata, foi deixada abandonada no Marcy. Johnny ficará devastado se a gente perder seu animal de estimação!

Por acaso, visto minha camiseta do avesso, sinal de como me tornei estúpido.

— Aceitarei qualquer castigo que o conselho julgue adequado — digo a Thelma, e ela dá um tapinha nos lençóis ao seu lado, então eu vou até ali e me sento.

Seus olhos estão ansiosos e vermelhos.

— Você não será punido, querido. O conselho decidiu que você não fez nada de errado.

— Mas a culpa foi minha, Thelma. Sou o que pode ser chamado de um *incitador*. Disse a Johnny que Charles Lindblom era o Atirador. Ele se parecia com o menino do cartaz de vivo-ou-morto.

Thelma move a mão no ar, como se estivesse apagando palavras no quadro-negro.

— Ouça, Oliver. Preciso que você conheça alguém.

Ela olha para a porta. Então se levanta, vai até lá, e a abre ligeiramente. Acena com a cabeça para quem quer que esteja no corredor.

A porta se escancara e um menino e uma menina entram. Eu me levanto. Reconheço o menino: é Reginald Washington, com seus braços, rosto e até joelhos manchados (está usando shorts, e um joelho é rosa; o outro, marrom). Ele sorri e diz:

— Oi, meu caro.

Quanto à menina, nunca a vi. É muito magra, ainda mais esquálida do que eu. Duas tranças projetam-se diretamente de cada lado da sua cabeça. Reginald empurra-a na minha direção. Ela tem um olhar atônito, como se tivesse visto um fantasma. Para quebrar o gelo, quase digo: — Boo!

Ela avança um pouco mais, me olhando de maneira estranha, como se estivesse analisando cada traço: meu nariz, meus lábios, minha testa.

— É ele — ela diz.

Thelma prende o fôlego bruscamente.

— Tem certeza? — Reginald pergunta.

A menina confirma com a cabeça.

— Numa escala de um a dez — Reginald diz —, sendo um, pouco certa, e dez absolutamente certa, o quanto você está certa?

Um espectro de certeza. Que esquisito.

A menina diz: — Nove e meio.

— Posso saber o que está havendo? — pergunto.

— Querido, gostaria de lhe apresentar Sandy.

— Oi, Sandy. Prazer em conhecê-la. Meu nome é Oliver.

— É, foi o que me disseram — Sandy diz, ainda me encarando.

Reginald faz um aceno de cabeça para Thelma. Depois diz:

— Bom, agora Sandy, temos que ir. Temos um dia longo pela frente.

Sandy finalmente desvia a atenção do meu rosto, mas na hora de sair do quarto, vira-se e me dá uma última olhada.

— Pobrezinho — diz.

Não respondo. Não sei por que ela tem pena de mim.

Depois que eles saem, Thelma enxuga a testa e o rosto com as palmas das mãos.

Finalmente me vem à cabeça quem deve ser a menina de tranças. Como fui estúpido!

— Aquela era a menina de Schaumburg, Illinois — digo, e Thelma concorda com a cabeça.

— Ela morreu depois de mim e de Johnny. Ela sabe quem matou a gente, não sabe? Ela conhece o Atirador. — Sinto uma injeção de ânimo. Sem falar na dorzinha aguda no meu coração furado.

O branco dos olhos de Thelma estão mais rosa do que jamais vi. Seu rosto se enruga.

— Não existe Atirador, Oliver.

— O quê? Você quer dizer que no fim das contas nós não fomos baleados?

— Não, bebê, *tinha* um menino com uma arma.

Estou confuso.

— Não havia Atirador. Havia um Atirador. Como é que as duas coisas podem ser verdade? Você não está falando coisa com coisa, Thelma.

Thelma me pega pelos ombros, e olha diretamente nos meus olhos. Sua voz vem num sussurro rouco:

— Ouça-me, Oliver. O menino que atirou em você foi o Johnny.

Ela está me fazendo de bobo. Afasto-me, soltando um ha-ha, pra mostrar que gostei da piada, embora de fato a tenha achado péssima.

Agora Thelma Rudd está chorando, lágrimas tão grandes e gordas quanto as contas de madeira que usa no cabelo.

– Só havia dois meninos, não três – ela soluça. – O assassino era um caso de problema mental, Oliver! Um triscon, exatamente como Johnny disse que costumava ser.

37	85.47
Rb	
Rubídio	

Hidrogênio, hélio, lítio, berílio, boro, carbono, nitrogênio, oxigênio, flúor, neônio, sódio, magnésio, alumínio, silício, fósforo, enxofre, cloro, argônio, potássio, cálcio, escândio, titânio, vanádio, cromo, manganês, ferro, cobalto, níquel, cobre, zinco, gálio, germânio, arsênio, selênio, bromo, criptônio, rubídio, estrôncio, ítrio, zircônio, nióbio, molibdênio, tecnécio, rutênio, ródio, paládio, prata, cádmio, índio, estanho, antimônio, telúrio, iodo, xenônio, césio, bário, lantânio, cério, praseodímio, neodímio, promécio, samário, európio, gadolínio, térbio, disprósio, hólmio, érbio, túlio, itérbio, lutécio, háfnio, tântalo, tungstênio, rênio, ósmio, irídio, platina, ouro, mercúrio, tálio, chumbo, bismuto, polônio, astatínio, radônio, frâncio, rádio, actínio, tório, protactínio, urânio, netúnio, plutônio, americício, cúrio, berquélio, califórnio, einstêinio, férmio, mendelévio, nobélio, laurêncio, rutherfórdio, dúbnio, seabórgio.

38 87.62
Sr
Estrôncio

Pai, foi você quem fez realmente o último corte de cabelo em Johnny, antes da cabeça dele precisar ser raspada, no Centro Médico Schaumburg, durante sua estadia ali. O corte de cabelo aconteceu alguns dias antes do início das aulas. Como sempre, a Clippers estava concorrida naquela época do ano. Já tinham aparecido Jermaine Tucker, Kevin Stein, Fred Winchester e Henry Axworthy, todos pedindo franjas repicadas que lembravam penas. Você ficou fazendo a mesma brincadeira boba sobre penas: "Todos eles teriam virado índios de uma hora pra outra?" "Estariam Iron Eyes Cody e Touro Sentado na maior moda entre os meninos de 13 anos?"

Você gosta de brincadeiras bobas, Pai. Vai daí o cartaz na parede de um homem careca, com os dizeres: "HOJE COM CABELO, AMANHÃ SEM".[6] Ou o aviso que diz: "NÃO, NÃO ARRANCO DENTES", porque os barbeiros da Idade Média faziam pequenas cirurgias, como arrancar dentes. Como você contou pra todo mundo, a faixa vermelha na espiral do poste de barbeiro originalmente significava sangue, e a branca, ataduras.

[6] No original, os dizeres eram "Hair today, gone tomorrow", fazendo um trocadilho com a expressão "Here today, gone tomorrow", que alude à efemeridade das coisas. (N. da T.)

No verão e nos finais de semana, eu gostava de ajudar na Clippers. Varria o chão, espanava os vidros de xampu e tônico capilar que ficavam na vitrine, e servia limonada aos fregueses, que você, Mãe, afirmava ter sido feita em casa (embora viesse de um concentrado congelado). Vocês dois me mandavam buscar almoço em restaurantes. Queriam frango frito, pizzas, e hambúrgueres, refeições que eu desaprovava porque encurtam a vida. Para mim mesmo, eu trazia uma salada e uma batata assada, explicando a vocês como o colesterol se acumula nas artérias até que a placa obstrua o fluxo sanguíneo para o coração ou o cérebro.

Eu estava descrevendo a arteriosclerose no sábado à tarde no final de agosto, quando Johnny Henzel entrou, o cabelo despenteado e chegando aos ombros. Eu não o tinha visto durante todo o verão. Henry Axworthy, que morava no nosso prédio, tinha assumido a rota de entrega de jornais de Johnny. Às vezes, eu via a irmã de Johnny, Brenda, passeando com Rover, o basset hound. Ela se parecia muito com Johnny: a mesma coroa dupla, a mesma covinha em um lado do rosto. Um dia, perguntei onde tinha ido parar o seu irmão, e Brenda fechou a cara. Por que tantas pessoas fechavam a cara quando eu tentava jogar conversa fora? Ela respondeu com um breve: "Ele está no acampamento", e foi embora apressada.

Johnny não pediu franja repicada. Pediu que tirassem trinta milímetros (imaginei que seus pais o tivessem mandado para um corte de cabelo que ele não queria). Pai disse:

– Trinta milímetros? Não fiz colegial, meu menino. Nem sei medir uma coisa tão pequena.

Johnny e Pai chegaram a um acordo: um centímetro. Johnny não falou durante o corte, nem se olhou no espelho. Simplesmente ficou encarando seu colo. Usava munhequeiras atoalhadas ao redor dos pulsos, como as usadas pelos tenistas, e eu achei que provavelmente ele andara jogando tênis no acampamento.

Quando lhe ofereci limonada, achei que ele mal me reconheceu, como se eu tivesse mudado durante o verão, e não ele.

Pai, você cortou o centímetro, e depois tirou o avental de barbeiro. (Sempre admirei como você fazia isso com um floreio, e sem deixar nenhum resto de cabelo no colo do seu cliente.)

Depois que Johnny pagou a Mãe seus cinco dólares, fui até ele e tentei falar qualquer coisa:

– E aí, Johnny, gostou da sua experiência no acampamento?

– Acampamento? – ele perguntou.

– É, a Brenda me contou que você foi pra um acampamento de verão.

Ele me olhou com olhos de aço. Depois de uma pausa, disse:

– É, fui pro acampamento Squeaky Fromme.

– Foi divertido?

Finalmente ele sorriu, ou pelo menos os cantos da sua boca levantaram-se.

– Foi o maior barato, Boo, o maior barato.

Depois, ele abriu a porta da Clippers, e os sinos tocaram à sua passagem.

Mãe, você me perguntou o que havia de errado com o Johnny. Ele parecia um pouco ausente naquele dia, você disse. Respondi que não sabia se havia algo de errado.

– Ele passou o verão todo no acampamento Squeaky Fromme – eu disse.

Mãe perguntou: – Squeaky Fromme?

– Nome esquisito pra um acampamento – eu disse. – Parece o nome de um camundongo de desenho animado.

– Oliver, Squeaky Fromme é a maluca da Califórnia que tentou assassinar o presidente Ford.

– Isso não tem sentido. Por que um acampamento teria o nome dessa senhora?

Mãe me deu um sorriso irônico: – Esse menino está brincando com você.

Pensei: *Por que Johnny Henzel brincaria comigo?* Jermaine Tucker, Kevin Stein, Fred Winchester e Henry Axworthy poderiam fazer isso. Mas Johnny Henzel não. Ele era diferente. Ele via beleza num céu cor de ardósia. Via o atrativo da solidão do amanhecer.

E, ao contrário dos meus outros colegas, via algo de bom e de valoroso em mim.

39	88.91
Y	
Ítrio	

Johnny está preso na cadeia de Gene Forrester, junto ao Muro Leste, na Nona. Reginald Washington e Sandy Goldberg estão indo para lá agora, para identificar Johnny. Sandy alega ter os fatos lá da América, mas a verdade é que eu não acredito naquelas verdades desde esta terra onde vivo agora. As verdades da América não se aplicam aqui. O fato é que uma lâmpada desatarraxada não deveria acender. O fato é que as pessoas de 13 anos não deveriam ter 13 anos décadas a fio. O fato é que as pessoas não deveriam sumir de uma hora pra outra quando morrem. Então, preciso de mais provas da culpa de Johnny do que os supostos fatos de uma menina de Schaumburg que acabou de fazer a passagem.

— Ouça a voz da razão — Thelma diz, quando sugiro que as lembranças da menina amendoim podem ser falhas.

— Mas nada aqui faz sentido — replico. — Se fizesse, o céu não existiria.

— Ah, Oliver, se você pensar bem no que ela diz, verá que tudo faz sentido — insiste Thelma.

Sempre penso bem. Estou pensando bem e nada de nada neste lugar esquecido por Zig faz sentido.

Segundo Thelma, Sandy Goldberg inteirou-se dos fatos por meninos da sua própria escola, em Schaumburg. Sandy jura que o tiroteio no Helen Keller envolveu apenas dois meninos, e não três. Ela não se lembra dos nomes, mas se lembra dos rostos, e viu os nossos nos jornais. Um menino era "maluco" e o outro era "desequilibrado mental", Sandy disse. O desequilibrado era suicida e tinha passado o verão num "pavilhão de malucos". Quanto aos disparos, ela não conseguia se lembrar de um motivo, ou mesmo de qualquer outro detalhe além do fato de que "um menino era esquisito e o outro era maluco".

Thelma me conta que havia um alerta geral sobre Johnny no céu. Benny Baggarly, amigo do hipnotizador comatoso avistou Johnny e a mim no ginásio, e nos entregou. Foi Reginald Washington quem teve a ideia de prender Johnny no meio da noite.

— Reginald queria vocês dois separados — Thelma me conta. — Ser amigo de Johnny, ele disse, danificaria a *sua* saúde mental.

— Isto tudo é uma m*rda — grito, e Thelma parece surpresa porque normalmente eu não grito, e normalmente não xingo. — Minha saúde mental está nos conformes — minto.

— Mas, Oliver, seu amigo Johnny ... — ela faz uma pausa, tentando encontrar a palavra certa, mas não existe palavra certa, então simplesmente diz: — Ele matou você.

— O júri ainda não chegou a uma conclusão.

Thelma e eu estamos sentados na cama do meu quarto temporário. Ela abraça com força um travesseiro. O travesseiro é meu substituto.

— Reginald e as almas caridosas estão planejando um julgamento.

— Um julgamento?

— Estão todos possessos porque nunca houve um assassinato no céu. Acham que Zig deu uma mancada. Querem consertar seu erro terrível.

— Você acha que Zig fez um erro terrível, Thelma?

Meu rosto, provavelmente, ficou ainda mais pálido, mais cadavérico, porque ela me olha com uma mistura de piedade e preocupação, exatamente como Sandy Goldberg me olhou. Thelma me passa o travesseiro para que eu o abrace. Seguro-o frouxamente sobre o colo.

— Oliver, você sabe como Zig muda alguns citadinos? Como alguns meninos retardados chegam aqui um pouco mais espertos, certo? E os meninos cegos podem ver. Bom, talvez Zig tenha deixado Johnny menos louco, para que ele pudesse viver em paz aqui na Cidade. Seria este um erro terrível? Talvez seja, talvez não.

Ela está dizendo que assim como Zig pode ter baixado meu quociente de inteligência em um ou dois pontos, pode ter subido o nível de sanidade de Johnny o suficiente para que ele consiga funcionar aqui.

— Talvez Zig tenha mudado as lembranças de Johnny do que aconteceu — Thelma sugere. — Ou vai ver que Johnny apagou os acontecimentos quando atirou em sua própria cabeça, ou sua irmã mentiu para ele quando ele estava na cama do hospital. — Thelma coloca a mão sobre o coração. — Minha nossa, não sei no que acreditar, Oliver, mas não acredito no que Reginald e algumas das almas caridosas acreditam. Eles acham que Johnny está fingindo sua amnésia, e se lembra do que fez.

Coloco o travesseiro de lado e me levanto. Minhas pernas estão inseguras, como se eu tivesse pedalado o dia todo.

— Tenho que ver Johnny — digo.

Thelma não quer que eu vá até a Gene.

— Você está exausto e em choque — ela diz. — Além disso, Reginald e as almas caridosas não o deixarão ver Johnny. Não deixarão nem a *mim*. Esther foi até a Gene, mas também não vai conseguir permissão.

— Ninguém vai me impedir — digo.

Ela cede, mas só depois de me forçar a comer um bolinho integral, uma banana e um punhado de amêndoas. Então, ela me dá seu mapa das zonas, deseja-me sorte, e me diz para encontrá-la no Frank e Joe, amanhã.

Saio correndo do alojamento Rhoda Penmark, pulo numa dez marchas, e pedalo feito louco, desejando ter trinta velocidades para poder chegar à prisão antes de Reginald e Sandy.

Primeiro, faço um rápido desvio para o Marcy, à procura da *Blaberus craniifer*. Gasto 15 minutos dando uma busca na sala do zelador, até checando a caixa do jogo Monopólio, mas sem sorte. Rover desapareceu. Espero que a barata não tenha sido esmagada na confusão de ontem à noite.

Corro de volta para fora, e pulo na minha bicicleta. O percurso à frente será longo, exigindo que eu circule por um labirinto de ruas e atravesse quatro zonas (Cinco, Um, Dois, Nove). Digo a mim mesmo para me concentrar na rua. Não posso me descuidar e ir de encontro a um poste ou a outro ciclista. Não quero acabar numa enfermaria com uma contusão que, segundo minhas notas, leva de quatro a seis dias para sarar.

Mesmo assim, minha mente vagueia. Fico visualizando o corredor do Helen Keller nos primeiros segundos depois do tiro, e todos que estavam no hall – exceto o menino que puxou o gatilho, e o menino que foi atingido pela bala – se viraram em direção ao estampido. O que meus colegas e os professores viram?

Meu olho da mente imagina todos e tudo congelado no momento. Henry Axworthy inclina-se no bebedouro, um arco de água suspenso à sua frente. Jermaine Tucker larga seu livro de matemática, mas ele não chega ao chão. Os lábios de Patsy Hyde afastam-se num grito, expondo o aparelho que normalmente ela esconde. Cynthia Orwell solta uma bola de basquete que paira a trinta centímetros da sua mão. O professor de arte, sr. Huston, segura um desenho de natureza-morta, que pretende colar na parede do lado de fora da sua sala. Helen Keller, como sempre, posa com seu barrete de formatura no retrato pendurado do outro lado do armário nº 106.

Todos os olhos estão voltados para a mesma direção.

Parece haver um ponto cego na minha imaginação, porque embora eu veja tudo mais perfeitamente, até meu corpo encolhido aos pés do meu armário, existe uma coisa que o olho da minha mente não consegue discernir no hall: o rosto do menino que segura a arma.

40 91.22
Zr
Zircônio

A prisão Gene Forrester é o prédio mais feio da Cidade. Sua fachada de concreto está coberta de fuligem negra, como se a Gene tivesse sido engolfada pelo fogo, mas não houve fogo porque não irrompem fogos aqui. Nem mesmo temos fósforos. No meu primeiro mês no céu, muitas vezes tentei pôr fogo numa folha, usando uma lente e um raio de sol, mas o experimento não deu resultado. Saiu apenas uma tênue fumaça.

As janelas na Gene têm grades, então é uma sorte que os prédios não peguem fogo. Outra coisa inusitada com relação a esta construção de quatro andares é sua forma: um cubo perfeito. A maioria das construções que tenho visto é retangular. Além disso, a Gene não tem detalhes arquitetônicos externos. Nenhuma marquise, ou cornija, por exemplo.

Fico pensando em quem seriam seus ocupantes. Têm que ser citadinos que cometeram transgressões, como atos sérios de vandalismo, perturbações da paz e violência que tenha causado danos. Mas aqui tais transgressões são raras. Talvez Zig subjugue certos citadinos, para tornar os mortos americanos de 13 anos mais perversos um pouco mais bondosos, e para evitar conflitos sangrentos na Cidade.

Desço da bicicleta e amarro uma fita vermelha ao redor do guidão. O dia está ensolarado, e o céu de um azul que você, Pai, chama de o fantástico azul da eternidade. É o tipo de dia em que você, Mãe, me lembraria de usar um chapéu pra me proteger do sol.

Como disse, nossa pele nunca se queima no céu. Mesmo assim, depois das minhas duas horas de pedalada, me sinto queimado de sol. Talvez esteja sofrendo de insolação e devesse procurar um bebedouro. Subo a escada do prédio aos tropeços, entrando no hall da Gene, onde numa longa mesa de madeira meninos gêmeos idênticos estão a postos. Suas etiquetas dizem: "TIM LU" e "TOM LU". Os dois usam camisetas com um decalque de yin-yang. Deduzo que morreram em um acidente, como num incêndio de uma casa ou num desastre de automóvel. O fato de terem feito a passagem ao mesmo tempo é uma sorte, de uma maneira estranha; afinal, perder um irmão gêmeo deve ser como perder uma parte de si próprio.

Os gêmeos Lu estão lendo cópias gêmeas de *A família do Robinson suíço*.

— Saudações. Meu nome é Oliver Dalrymple. Estou aqui para visitar um preso — digo a eles. — Um menino chamado Johnny Henzel.

— Ele disse Johnny Henzel? — Tim comenta com Tom.

— Foi, ai, ai, ele disse — Tom confirma. — Foi isso *mesmo* que ele disse, Johnny Henzel.

Confirmo com a cabeça.

— O menino que chegou ontem à noite — Tim diz a Tom, enquanto os dois baixam seus livros.

— O Grau F.

— A gente *nunca* tem ninguém Grau F. Quando foi o último, Tom?

— Antes do nosso tempo, tenho certeza. Décadas atrás.

— O que significa Grau F? — pergunto.

— Oliver Dalrymple não sabe o que significa Grau F.

— Claro que não. Ele não é daqui. Grau F é um termo interno. Significa que Johnny Henzel fez alguma coisa muito, muito ruim.

— Abominável, se poderia dizer.

— É, abominável ou até mesmo monstruosa.

Os gêmeos não olham para mim enquanto conversam. Olham e conversam entre si.

— Fico pensando o que ele poderia ter feito — Tom diz.

— Vai ver que raptou alguém — Tim replica. — Há muito tempo a gente não tem um raptor, não é, Tom?

— É. Não me lembro de quem foi o último.

— Mas os raptores normalmente são Grau D.

— Vai ver que foi uma série de raptos.

— Ai, ai, um raptor em série — Tim diz. — Que desprezível.

Interrompo:

— Johnny Henzel não é um raptor serial. Ele acertou a cabeça de um menino com uma lanterna.

— Uma lanterna? — Tim diz a Tom. — Isso não é Grau F. É Grau B, no máximo C, dependendo dos ferimentos.

— Além disso, dizem que ele matou alguém com um tiro lá na América.

— *Assassinato!!!* — Tom grita.

— Fique frio, Tom! Você não está sendo muito profissional.

— Assassinato é com certeza Grau F.

— Posso ver Johnny Henzel? — pergunto.

— Oliver Dalrymple quer visitar um Grau F!

— Nem os Graus D podem receber visitas. Até os Graus D estão em celas solitárias no quarto andar. Então, imagine os Graus F!

— Mas eu sou o menino que Johnny supostamente matou.

— Oliver Dalrymple é a vítima! Minha nossa! Deus do céu! Uma vítima de tiro!

— Bom, isto é tremendamente incomum, não acha, Tim?

— Sem precedentes, é a expressão que vem à minha cabeça.

Tim e Tom Lu ficam nessa conversa de vaievém até decidirem que um deles verificará com as autoridades se Johnny pode receber uma visita do menino que ele baleou.

— *Supostamente* baleou — digo, enquanto Tim empurra sua cadeira para trás e sai.

Enquanto Tim está fora, sento-me num banco num canto distante, e fico olhando as lajotas coloridas do chão, que formam uma espécie de mandala circular, como aquelas que os monges budistas criam com areia. As mandalas deveriam trazer paz, mas meu estado de espírito é qualquer coisa, menos tranquilo.

As pessoas que acreditam num deus, geralmente pensam, em períodos difíceis de suas vidas, que ele as está testando. Será que Zig está realizando algum tipo de experimento aqui na Cidade, apesar de sua costumeira atitude de isenção?

Passam-se dez minutos e Tim Lu não volta. Enquanto isso, as portas de entrada da Gene se abrem e entram Reginald Washington e Sandy Goldberg. Têm um andar decidido, seus calçados de corrida rangendo pela mandala. Reginald tira seu distintivo oficial de presidente do conselho de almas caridosas. Falam com Tom Lu, que diz:

– Puxa, nosso Grau F está popular hoje. Tem uma fila esperando pra vê-lo.

Tom acena em direção ao banco onde estou sentado. Levanto-me, enquanto Reginald e Sandy viram-se para mim.

Reginald estreita os olhos. Parece irritado.

– Que os céus nos ajudem – diz, alto o bastante para que eu ouça.

Atravessa o saguão para vir falar comigo:

– Oi, Oliver – diz, com um sorriso forçado. – Que surpresa ver você aqui.

– Quero ver Johnny – digo.

Seu sorriso desaparece. – Foi Thelma quem o mandou? O que aquela menina estava pensando?

– Quero que Johnny receba a notícia de mim.

Reginald sacode a cabeça lentamente.

– Sem condições, irmão. Sem condições.

– Por que não? Sou amigo dele. Um dos poucos amigos que ele tem aqui.

Reginald dá um tapinha no meu ombro.

— Você teve um choque — diz. — Precisa descansar em paz. Na verdade, pedi para Thelma colocá-lo na Deborah.

— O asilo? — Visualizo Willa Blake e seu revoltante mergulho do telhado. — Este é o último lugar onde preciso estar!

Reginald me diz que posso esperar no hall, até que ele e Sandy acabem seus assuntos lá em cima, com Johnny e as autoridades.

— Depois disso, gostaria de conversar com você sobre participar de um julgamento como testemunha — ele diz.

Ele volta a falar com o gêmeo Lu. Sinto-me exausto. Pressiono as palmas das mãos nos olhos, exatamente como costumava fazer na América, quando meus olhos ficavam vermelhos de tanto ler livros de matemática horas a fio. Quando as retiro, Sandy está à minha frente.

— Oi de novo, Oliver. Você foi bem rápido. Reginald e eu paramos no caminho pra comer panquecas de mirtilo. Mas não tinha manteiga. Sinto muita falta de manteiga, e gostaria que Zig nos mandasse um pouco, mas pelo menos a gente tem calda, certo? Imagine se Zig decidisse: "Nada de doces pras minhas crianças!" — Ela faz a voz de Zig baixa e ríspida. — "Os dentes delas vão apodrecer e cair!" Isso seria uma tragédia e meia, não acha? Estou me referindo a não ter doces, não aos dentes podres. Você gosta de manteiga?

Tenho o pensamento grosseiro de que seu cérebro é do tamanho do amendoim que acabou com ela.

— Posso lhe perguntar uma coisa? — digo.

— Claro, manda ver. Sou um livro aberto.

— Johnny Henzel mirou em mim no colégio Helen Keller? Quando ele disparou a arma, seu plano era *me* acertar?

Não posso deixar de perguntar, mesmo que minha pergunta implique eu acreditar que Johnny é culpado.

Sandy dá de ombros.

— Mal me lembro de alguma coisa, só que o outro menino estava numa clínica psiquiátrica. Me lembro disso porque uma vez quase fui mandada pra uma clínica psiquiátrica. Minha mãe achava que eu era anoréxica, dá pra acreditar? Mas o motivo de eu não comer muito era porque eu sempre tinha medo de engolir um alérgeno. Eu tinha alergia a um montão de coisas: nozes, morangos, trigo-sarraceno, tomates. Mas as nozes eram definitivamente o pior. Eu não podia nem...

— Você mal se lembra de alguma coisa? — digo, minha voz subindo e começando a desafinar. — Uma pessoa tem que ter certeza absoluta em acusações como a sua, srta. Goldberg!

Ela volta a dar de ombros, e eu finalmente entendo a frase "atire no mensageiro", porque quero estapear seu rosto idiota.

Reginald volta.

— Temos que ir agora, Sandy — ele diz.

— Digam a Johnny que estou aqui — peço a eles. — Deem a ele um recado meu. Digam a ele...

O que dizer a ele? *Não perca a esperança. Não surte.*

— Digam a ele, "*If you're ever in a jam, here I am*".[7]

É uma frase da música "Friendship".

Tim Lu voltou e diz em altos brados para o irmão:

— Até segunda ordem, é negado ao sr. Dalrymple o direito de visitar o Grau F.

Por causa do seu distintivo de presidente do conselho, no entanto, Reginald não tem seu direito de visitas negado. Tom Lu acompanha-o, juntamente com Sandy, até a escada que dá para os pisos superiores.

Depois que eles se vão, digo a mim mesmo que preciso ser tão corajoso quanto Joe e Frank Hardy, da Coleção Jovens Detetives. Preciso conceber um plano para resgatar Johnny deste lugar. Sento-me de novo. Estou tão exausto que meu corpo, aparentemente sem consentimento do meu cérebro, deita-se no banco. Thelma me deu um blusão com capuz para usar por cima da camiseta, que eu tiro e uso como travesseiro. Tim e Tom me lançam olhares reprovadores por trás de seus livros, mas estou me lixando pra isso, como diria Johnny (expressão cuja etimologia não consigo nem imaginar).

---

[7] Referência à música que Oliver cantou para embalar Johnny. Traduzindo literalmente, a frase seria: "Se alguma vez você estiver numa fria, conte comigo." (N. da T.)

Ninguém mais entra ou sai. A prisão parece ser o prédio mais subaproveitado do céu. Está tão quieto que me pergunto se poderia ouvir a reação de Johnny quando souber das acusações contra ele.

Para mim, é incompreensível que Johnny fosse o Atirador no quarto dia do oitavo ano do Helen Keller. É simplesmente impossível. Mas mesmo que fosse verdade, digo a mim mesmo, não deveria importar. O que deveria importar é se Johnny fosse o Atirador agora, aqui no nosso céu, reservado para os americanos de 13 anos.

A porta de entrada da prisão abre-se. Entra Esther, usando uma boina cor-de-rosa. Eu me sento. Ela me vê de imediato e acena. Encho-me de esperança ao vê-la. Aceno de volta.

41 92.91
Nb
Nióbio

42 95.95
Mo
Molibdênio

43 (97.91)
Tc
Tecnécio

44	101.07
Ru	
Rutênio	

É véspera de Ano-Novo, o último dia da década de 1970. Faz três semanas que vi Johnny pela última vez. Quando passo pelos fundos da Gene, olho para as janelas do quarto andar, mas elas são minúsculas, um pouquinho maior do que a capa de um gibi. Não dá para ver se alguém está olhando para fora. Nem mesmo tenho certeza do quarto onde Johnny está preso.

Pode ser estressante vir aqui, porque um grupo de manifestantes frequentemente se junta no pátio. Não sei por que os carcereiros permitem isso. Talvez eles vejam as manifestações como uma forma de punição justa. Os manifestantes, em grande parte supras, pelo que deduzo, trazem cartazes onde estão escritas mensagens cruéis, como "JOHNNY HENZEL, VOCÊ É UM ERRO".

No entanto, o pior cartaz que eu já vi, foi empunhado por Benny Baggarly, o supra que entregou Johnny e a mim para as autoridades das almas caridosas. Seu cartaz continha três palavras em letras grandes: "PENA DE REMORTE!".

Como hoje é feriado, os manifestantes não estão aqui quando Esther e eu aparecemos na Gene. Trago um cartaz feito com um cabo de vassoura e um pedaço de placa. Esther sugeriu que eu me comunicasse com Johnny assim. Não sei o que dizer. No meu cartaz, escrevo finalmente: "A BUSCA DA VERDADE E DA BELEZA É UMA ATIVIDADE QUE NOS PERMITE SER CRIANÇAS A VIDA TODA."

É uma citação de Albert Einstein. Espero que não seja muito obscura. Só quis dizer que manterei a mente aberta, e irei até o fundo do mistério que nos circunda.

Esther veio comigo, mas foi até o hall falar com Tim e Tom. Aos sussurros, eles a atualizam em relação ao menino a quem ainda se referem apenas como "o Grau F". Recusam-se a me dar notícias. Desconfiam de mim. Chamam-me de a vítima. – Ah, a vítima está de volta – Tim poderia dizer. E Tom poderia responder: – Quando é que esse menino vai entender que não é bem-vindo aqui?

Enquanto espero Esther, fico no pátio atrás da prisão, o cartaz levantado. As janelas dos andares mais baixos são de tamanho normal. Em uma janela, noto um prisioneiro com um boné de beisebol alaranjado. Ele acena para mim, e aceno de volta com meu cartaz.

Nuvens encarneiradas estão rolando pelo céu esta tarde. São as preferidas de Johnny, então talvez ele esteja espiando por sua janela minúscula neste exato momento.

Estou tão absorto nessa ideia, que não reparo de imediato que Esther voltou. Está com a testa franzida.

– O quê? – pergunto.

Ela morde o lábio superior, e sacode a cabeça gravemente. Então diz:

– Faz uma semana que aquele p*to estúpido não toca na comida.

– Johnny não está comendo?

– Está em greve de fome.

Olho para a Gene.

– Ele só vai voltar a comer com uma condição – ela diz. – Se deixarem que você faça uma visita.

45	102.91
Rh	
Ródio	

Os citadinos podem parar de comer tanto quanto quiserem, mas nunca vão ficar mais magros. No começo de sua estadia na Cidade, Thelma entrou numa dieta drástica, mas ela diz que simplesmente ficou tão fraca que começou a ter alucinações (bandos de tucanos nas árvores, e golfinhos nadando nas nuvens). Ninguém parece saber se podemos morrer por deixar de comer, porque ninguém, nem mesmo um triscon na Deborah, deixou de comer por tempo suficiente.

O hipnotizador Charles "Czar" Lindblom saiu do coma, e quando começou a se recuperar foi alimentado com os tipos de comida que um bebê come: purê de batatas, purê de maçã, papa. Agora, está forte o suficiente para servir de testemunha no julgamento de Johnny, que vai acontecer daqui a uma semana.

Estar sozinho no meu quarto me dá uma sensação de solidão. Estou feliz que Johnny tenha deixado muitos dos seus desenhos enfeitando as paredes. Fez uma série chamada Desejos que se tornam realidade. Por exemplo, tem um desenho da Thelma usando pérolas e um vestido comprido cintilante, como o que uma cantora de jazz poderia usar no palco.

Ele me pediu que escolhesse um tema para o meu retrato. Pedi-lhe que me desse tempo para decidir por um desejo adequado. Se ele estivesse aqui, agora, eu lhe pediria para desenhar nós dois deitados na neve em Hoffman Estates, olhando a lua vaga. Naquele momento, nós estávamos realmente descansando em paz.

Por volta de sete horas, Thelma e Esther batem na minha porta porque temos planos de ir a uma peça juntos. Uma porção de peças, concertos, shows de mágica, coreografias e acrobacias se apresentarão esta noite. Na véspera de Ano-Novo, os citadinos apresentam o que de mais bonito em arte foi criado no ano que passou. Por toda Cidade, pintores exibem suas melhores pinturas, e escultores, suas melhores esculturas. Guitarristas tocam as composições de que sentem mais orgulho; harpistas dedilham suas peças mais angelicais; cantores cantam suas canções mais tocantes; poetas sobem em caixotes e recitam seus poemas mais elegantes; e escritores leem em voz alta seus trabalhos mais inspirados. Os citadinos afirmam que fazem todas essas coisas para agradecer a Zig, mas acredito que também estejam tentando provar que estão se saindo bem, apesar da caixa (ou seja, o terrário) onde seu deus os confinou.

Assim que saímos do Frank e Joe, Esther vira-se para mim e para Thelma na rua. Está usando uma falsa estola de marta, a que ela chama de sua "pele divertida".

— Vamos fazer um pacto — diz. — Hoje à noite não vamos tocar no assunto.

Thelma concorda com a cabeça: — Precisamos de uma pausa, pelo menos por algumas horas.

— Tudo bem — digo, ainda que me sinta como um traidor.

A peça que vamos ver se chama *Os efeitos dos raios gama sobre as margaridas-do-campo*. Thelma diz que é sobre uma menina impressionada com a ciência e maltratada por sua mãe louca. Tem tudo a ver com a gente, porque gosto de ciência e Esther tinha uma mãe dominadora (que a apelidou de Li'l, nome que Esther abominava).

Seguimos pela rua, que está cheia de bicicletas e pedestres. Parece que todo mundo saiu esta noite. Citadinos cantam em voz alta, e fazem passos de dança na calçada. Um menino faz uma tripla parada de mão no gramado do seu alojamento, e depois dá um salto-mortal.

Almas caridosas sobem em árvores num parque, para pendurar balões e serpentinas nos galhos.

Mesas de exposição estão montadas ao longo das calçadas. Em uma delas, está um menino que faz criaturas de origami: tigres, gafanhotos, girafas, pterodátilos; e colares prateados como aqueles que as crianças fazem na América, com papéis de embalagem de chicletes. (A Cidade não tem chicletes, então ele usa papel de alumínio). Ao lado dele, está uma menina que faz dioramas de cenas de romances, com caixas de sapatos (por exemplo, uma cena da mata de *Tarzan, o filho das selvas*). Ao lado dela, está um menino que faz máscaras de papel machê, uma das quais tem um narigão como o do tio Seymour.

Uma menina, com um cabelo que parece ter sido cortado com um cortador de grama, chega até mim na rua.

– Você é o Boo, certo? – ela diz. – O menino assassinado?

Ultimamente as pessoas me reconhecem, embora aqui não haja reportagens em jornais ou televisão para exibir a minha fotografia.

– Só queria dizer – ela diz com um sorriso tímido – que estou torcendo por você.

– Torcendo por mim? – digo. – O que você quer dizer?

– Bom, o menino que atirou em você, acho que ele mereceria receber...

Thelma intervém: – Estamos atrasados pra uma peça.

A menina vai em frente: – A sua fatia do bolo.

Não sei como responder, então me concentro na etimologia:

– A expressão "fatia do bolo" não significa o bolo que a gente come num café da manhã, ou numa festa. Significa o que a pessoa merece por justiça.

A menina pisca para mim.

– É, eu sei. E seu assassino merece ser "enforquido".

Ela faz uma mímica de apertar um laço ao redor do seu próprio pescoço.

Thelma põe a mão no coração.

– O particípio passado correto é enforcado – digo.

— Nós não vamos tocar neste assunto esta noite — Esther grita para a menina, gesticulando loucamente com os braços. — Então, feche esta sua boca grande, gorda e ignorante!

A menina recua como se Esther fosse um cão raivoso.

O breve encontro parece arruinar qualquer pretensão de um clima festivo. No restante da nossa caminhada até o teatro, nós três mal falamos. Por sorte, no entanto, a peça acaba sendo excelente. Nela, uma menina chamada Tillie Hunsdorfer expõe margaridas à radioatividade. Algumas das flores murcham e morrem, enquanto outras se modificam para criaturas estranhas, mas magníficas.

Thelma preveniu-nos que frequentemente ela chora no teatro e, de fato, isso acontece durante a cena final, quando a mãe de Tillie mata o coelho de estimação da filha. Esther passa para Thelma uns lenços de papel que tirou da bolsa, estampados com girassóis de feltro.

Eu, é claro, não choro. Não estou acostumado a assistir peças. Na América, como vocês sabem, Mãe e Pai, eu não ia ao teatro. Não assistia a séries de humor, nem dramas policiais na televisão. Não lia romances. Não fazia nenhuma das coisas que exigem um salto num mundo ficcional. Eu não entendia a necessidade da ficção, quando eventos da vida real — os verdadeiros dramas que ocorrem no nível das células em nossos corpos, e no nível astrofísico em nosso universo — eram tão fantásticos e fascinantes.

Somente no mundo real do céu, descobri um uso para o faz de conta. Um benefício da ficção: leva sua mente para fora da realidade, quando a sua realidade é perturbadora. Gostaria de ter feito esta descoberta aí na América. Talvez *O senhor das moscas* me ajudasse a sobreviver ao final do ensino fundamental.

Quando a peça acaba, e estamos discutindo os méritos do seu mundo ficcional no hall da escola, somos chamados de volta à realidade por um cartaz pregado num quadro de avisos de cortiça. O título do cartaz é: "O FILHO DO FILHO DE SAM".

É sobre Johnny. Seus crimes. Seu próximo julgamento. O grupo local de supras está convocando os citadinos a se manifestarem fora da Gene durante o julgamento. Leio em voz alta: "Um assassino sedento de sangue está em nosso meio, e pode atacar novamente se não..."

Esther arranca o cartaz e o amassa, antes que eu leia até o fim.

— Malditos supras — ela diz, estreitando os olhos para Thelma.

Na verdade, Thelma foi expulsa do grupo de supras local por oscilar quanto à necessidade de se punir crimes anteriores cometidos por um citadino que passasse para o céu. O que dizem na Cidade é que se Johnny for considerado culpado, os supras vão pressionar por um apedrejamento público.

— Gostaria que a gente pudesse fugir do céu — Thelma diz. — Gostaria que pudéssemos sair numa assombração até a casa da minha avó, na Louisiana. A gente poderia colher pêssegos e fazer uma torta. Poderíamos guardar um pedaço pro Johnny, pra acabar com sua greve de fome.

Esther revira os olhos perante essa ideia.

— Ah, p*ta que pariu — diz, adotando a expressão de Johnny.

Thelma parece deprimida e, provavelmente, eu pareço triste e confuso.

— Ah, seus dois inúteis, vocês precisam se animar — Esther diz. — É véspera de Ano-Novo.

— Estou com medo do que vai acontecer — Thelma sussurra. — Os supras pressionando por um apedrejamento; Johnny sem comer.

— Nosso pacto! — Esther grita, as mãos no quadril.

Vamos nos sentar debaixo de um salgueiro em um parque. À nossa volta, foliões tocam flautas, gaitas e berimbaus de boca. Pessoas cantam canções de musicais, música de discoteca e jazz tradicional. Pergunto às meninas quais são os seus planos para o Ano-Novo.

Thelma vai montar um musical sobre a vida da srta. Otis, da música de Cole Porter. Vai escrever, dirigir e atuar. Como Otis era louca, Thelma chamará o musical de *Fora da casinha*.

Esther desenhará roupas para outros citadinos descolados, usando a máquina de costura do seu quarto. Seus gostos tendem à alta moda, então fará peças como saias pregueadas, e blusas de babados. Tricotará coletes com fio acrílico. Ela também tem um "lado hippie, *groovy*", e desenhará dezenas de símbolos da paz com uma caneta mágica num cinto de lona, e buquês de margaridas em uma bolsa de vinil.

Conto às meninas que planejo escrever um guia de gramática e pontuação intitulado *Lhe ou O?*. Também posso frequentar algumas aulas de literatura. Os estudantes aprendem sobre a história do sul dos Estados Unidos lendo *As aventuras de Huckleberry Finn* e *As aventuras de Tom Sawyer*. Aprendem sobre os fantásticos anos 1920 lendo *O grande Gatsby* e *O sol também se levanta*. Aprendem sobre justiça lendo *O sol é para todos*. Aprendem um pouco de francês lendo *As aventuras de Tintin*.

Também vou começar a trabalhar meio período na Curios, logo depois dos feriados. Peter Peter quer que eu o ajude com uma nova exposição, destacando citadinos diferenciados, os falecidos de 13 anos que fizeram fama por conta própria de maneiras peculiares, em sua pós-vida.

Por exemplo, o falecido Frederick Koenig era um menino de panturrilhas grandes que, por nove anos seguidos, ganhou o Tour do Paraíso, uma corrida de bicicleta ao longo das ruas que bordejam os quatro Grandes Muros.

O falecido Diego Alvarez, filho de padeiro, tornou-se o *chef* mais celebrado da Cidade. Ele preparava rapidamente receitas de dar água na boca que a maioria dos citadinos nunca havia provado, como pimentões recheados grelhados, sopa de noz-moscada de bordo, e risoto de cogumelo Portobello. Deixou um livro de cozinha chamado *O jantar de Diego*.

A falecida Lesley Gapper foi uma funcionária dos correios que criou o código postal designado para os diferentes quarteirões nas 13 zonas. Cada código é uma palavra pronunciável com três letras, como PAU, RIO, SAL e LUA. Como resultado, as pessoas que moram nos diferentes blocos às vezes chamam a si próprias de pauladas, riachos, salitres e lunáticos.

No que diz respeito a neologismos, a falecida Monica Schneider criou um glossário de "céusismos", palavras inventadas aqui, ou usadas de maneira diferente da América. Ela datilografou dezenas e dezenas de cópias do seu glossário para distribuir. As palavras incluem "citadino", "supra", "alma caridosa", "triscon", "menino velho" e outra que aprendi recentemente, "contador regressivo".

Um contador regressivo é alguém que fica num telhado na véspera do Ano-Novo, e faz a contagem regressiva dos minutos e segundos, enquanto os citadinos se juntam ao redor para gritar "Obrigado, Zig!" simultaneamente, quando o relógio bate meia-noite.

Na verdade, vou ser o contador regressivo no Frank e Joe esta noite, então eu e as meninas voltamos para o meu alojamento. Subimos para o telhado, onde uma dúzia de citadinos perambula com lanternas nas mãos. Por toda parte estão espalhados colchonetes, então podemos nos deitar e olhar o céu de Zig, enquanto esperamos o momento espiritual em que todos nós daremos graças ao nosso deus e à sorte que ele nos deu.

Na meia hora seguinte, surgem mais e mais citadinos no telhado do Frank e Joe; não apenas residentes, mas também convidados de outras repúblicas. Ao meu redor, as pessoas escolhem um colchonete e se deitam. Esther e Thelma fazem a mesma coisa, uma de cada lado de mim. Como contador regressivo desta noite, sou a única pessoa autorizada a ficar em pé. Também sou a única pessoa que pode falar antes de chegar a hora de dar graças. Levanto-me entre Esther e Thelma, com um megafone na mão, e meus olhos no meu fantasma camarada que brilha de noite. Quando a pequena mão do Gasparzinho aponta para o norte, e sua grande mão chega no dez, grito no megafone:

– *Dez minutos!*

Um eco passa sobre nós, porque todos os contadores regressivos da Cidade estão gritando a mesma coisa, nossos relógios de pulso sincronizados.

Olho para o firmamento e visualizo você, Mãe, com seu sorriso que expõe as gengivas, e você, Pai, com suas pálpebras que pendem quando você está cansado.

Perco-me nos meus pensamentos, e esqueço a indicação do meu Gasparzinho.

— Cinco minutos! — vem o chamado dos prédios vizinhos.

Minha nossa! Dou meu aviso, mas com alguns segundos de atraso.

Olho para o alto, para o meu cavalo de três pernas suspenso nas estrelas. Enquanto contemplo minha constelação, as estrelas que formam sua cauda começam a se mexer. Pisco várias vezes, mas elas continuam indo para lá e para cá, como se o cavalo estivesse abanando a cauda como um cachorro. Meus braços se arrepiam. Será este um momento espiritual?

— Zig? — sussurro na noite.

Dou uma olhada em Esther e Thelma. No momento, as lanternas estão apagadas, então não posso verificar suas expressões. Estariam vendo as estrelas em movimento? Será que alguém vê? Ninguém à minha volta parece surpreso ou alarmado. Todos olham para o céu. Mal se escuta um barulho, a não ser uma tosse ou espirro ocasionais, e a pele dos membros das pessoas se desgrudando do colchonete de vinil de vez em quando.

Checo Gasparzinho bem na hora.

— *Um minuto!* — grito, juntamente com os contadores regressivos no alto de todos os alojamentos ao redor.

Olho de volta para o cavalo, mas sua cauda parou de se mover, novamente fixa nos céus. Meus olhos devem estar me pregando peças esta noite.

Por toda Cidade, centenas e centenas de renascidos de 13 anos preparam-se para agradecer a Zig suas vidas pós-morte. Na verdade, nós, citadinos, formamos uma espécie de Via Láctea, sendo cada um de nós uma estrela numa galáxia concebida por Zig. Esther Haglund, Thelma Rudd, Peter Peterman, Reginald Washington, Tim e Tom Lu, Charles Lindblom, Sandy Goldberg e, é claro, Johnny Henzel.

A contagem final tem início. Grito no meu megafone:

– Dez Mississípi![8] *Nove Mississípi! Oito Mississípi! Sete Mississípi! Seis Mississípi! Cinco Mississípi! Quatro Mississípi! Três Mississípi! Dois Mississípi! Um Mississípi!*

Todas as luzes das ruas se apagam, enquanto um urro sobe aos céus noturnos. Uma emoção explodindo da boca de cada menino e menina por todos os cantos. Um grito que pretende ser de gratidão, mas que soa estranhamente como raiva.

– OBRIGADO, ZIG!

[8] Maneira como os americanos contam os segundos, quando não dispõem de relógio ou cronômetro. O tempo de pronunciar a palavra Mississípi corresponde a aproximadamente um segundo. (N. da T.)

46	106.42
Pd	
Paládio	

Dois dias depois do Ano-Novo, estou em minha nova sala, no terceiro andar da biblioteca Guy Montag, quando ouço uma batida na porta. Deduzo que seja o curador, Peter Peter.

Peter Peter atravessou a puberdade, consegue cultivar alguns pelos faciais, e fala com uma voz profunda. Pode parecer o tipo de menino musculoso que costumava me atormentar no Helen Keller, mas, na verdade, é gentil e paciente. Às vezes, almoço com o menino velho e o questiono sobre os 46 anos que ele passou no céu. Peter Peter é um verdadeiro antropólogo, conhecedor da evolução da Cidade e dos objetos mandados para cá. Chama-me de filho. É mais velho do que você, Pai.

No primeiro dia do ano, ele convidou Thelma para um concerto de cravo no Canto Nordeste (na junção dos muros Norte e Leste). Thelma diz agora que eles assumiram o namoro, ainda que Esther diga que, para ela, um encontro não pareça um namoro.

Abaixo o objeto que estou estudando, um isqueiro de prata com uma cascavel gravada do lado, e vou abrir a porta. No fim das contas, não é Peter Peter. Para minha surpresa, são Tim e Tom Lu. Por cima das camisetas, estão usando gravatas contrastantes: a de Tim é azul com bolinhas vermelhas, a de Tom é vermelha com bolinhas azuis.

— Tom, você tem um recado para entregar para a vítima, não tem?

— Com certeza, Tim. Uma carta particular, selada, de Lydia Finkle, a diretora da prisão.

— Fico me perguntando o que diz a carta — replica Tim.

— Perguntei pra srta. Finkle, mas ela fingiu não ter ouvido a pergunta — diz Tom.

— Talvez a vítima abra a carta e leia em voz alta, assim a gente vai saber o que a srta. Finkle queria com ele.

Como de costume, eles não olham diretamente para mim enquanto falam. Tim passa um envelope pardo a Tom, que o devolve para Tim. Eles ficam passando o envelope de um para outro, até que estendo o braço e o agarro.

— Fico me perguntando se dói levar um tiro nas costas.

— Se seu amigo for o atirador, imagino que doa muito.

— Daria para usar a palavra "torturante".

— Eu chegaria a ponto de dizer "excruciante".

Vou até a minha mesa e uso meu abridor de cartas de casco falso de tartaruga para abrir o envelope. Tiro a carta, desdobro-a, e leio em voz alta para satisfazer os gêmeos.

Caro Oliver Dalrymple,

Na função de diretora da prisão Gene Forrester, estou lhe escrevendo para requerer sua presença em nossas dependências, nesta quarta-feira, às dez da manhã.

Fui informada de que você deseja visitar um de nossos prisioneiros, Johnny Henzel, que, sob circunstâncias normais, não teria permissão a uma visita, dada a seriedade das acusações que pesam contra ele. No entanto, como tenho certeza de que você esteja bem ciente, as circunstâncias neste caso em particular estão longe de serem normais.

O sr. Henzel embarcou estupidamente numa greve de fome, com a aproximação do seu julgamento. Ele nos informou que voltará a comer se lhe for permitida uma visita sua. Depois de muito refletir, o conselho aqui do presídio, juntamente com o conselho de almas caridosas da sua zona, concordou em aceitar o pedido do sr. Henzel.

Por favor, note, no entanto, que sua visita será supervisionada pelo presidente do seu conselho, sr. Reginald Washington, e limitada a dez minutos.

Sinto que todos nós devemos trabalhar juntos para assegurar que o sr. Henzel permaneça suficientemente saudável e lúcido para comparecer a seu julgamento. Posso contar com sua presença, então, na próxima quarta-feira? Por favor, mande-me uma resposta imediata pelos meus mensageiros.

Atenciosamente,
Lydia Finkle
Prisão Gene Forrester – Diretora

Vou até a máquina de escrever na minha mesa e retiro a descrição de butano (C_4H_{10}) que estava escrevendo. Enfio uma folha de papel em branco, e respondo a Lydia Finkle:

Cara Lydia Finkle,

Agradeço seu convite para visitar Johnny Henzel. Pode contar com minha presença na quarta-feira, sem sombra de dúvida.

Antes de conhecê-la pessoalmente, no entanto, quero informá-la de certos fatos, não sobre as acusações que pesam sobre Johnny (tenho certeza de que está a par delas), mas com relação à minha própria reação quanto à possibilidade de ele ter acabado com a minha vida na América.

Os amigos que fiz aqui no céu (e até mesmo estranhos que ouviram a minha história) querem saber como me sinto agora, em relação a Johnny.

Senhorita Finkle, posso lhe garantir que não me sinto vingativo ou rancoroso. As pessoas perguntam se posso perdoar a Johnny, mas "perdoar" e "perdão" não são palavras que eu usaria neste caso, porque nunca senti raiva dele.

O que sinto é compaixão. Sinto compaixão por ele porque, caso ele tenha cometido o crime em questão, ele o fez durante um surto psicótico que não tem relação com o menino que está agora sentado na cela do seu presídio.

A maioria dos supras espera que eu compartilhe seus desejos de olho por olho, dente por dente. Eles acham que se eu não me sentir vingativo em relação à minha própria morte, pelo menos eu deveria me sentir vingativo pela morte deles (muitos dos seus assassinatos foram, de fato, horrorosos). Em outras palavras, querem pegar emprestado meu olho e meu dente para poderem se sentir livres para acabar com Johnny. Não considero que isto seja uma reação justa para ninguém.

A morte muda uma criança. Nós, citadinos, não somos necessariamente as mesmas crianças que deixamos para trás em nossas vidas pregressas. Eu mesmo sou ligeiramente menos inteligente, e ligeiramente mais sociável do que o menino que deixei encolhido no chão do corredor de uma escola em Hoffman Estates, Illinois. Graças a essa mudança de personalidade, posso sentir empatia por outro ser humano, algo que, admito, tinha dificuldade em fazer na América.

Posso sentir amizade e compaixão.

Senhorita Finkle, a senhorita também deve estar diferente hoje da pessoa que já foi. Talvez na América a senhorita fosse uma menina egoísta e arrogante, ocupada em colecionar suéteres de cashmere, e distintivos de bandeirantes. (Esta é apenas uma imaginação da minha parte, baseada em meninas que conheci em Illinois.)

De qualquer modo, espero que a senhorita seja mais sábia do que a menina de 13 anos que deixou para trás. Imagino que, para ser responsável por um presídio, a senhorita deva ter uma enorme sabedoria. Posso contar com sua sabedoria para tratar Johnny Henzel com compaixão?

Sinceramente,
Oliver "Boo" Dalrymple

Quando termino de datilografar, Tim e Tom estão sentados no chão da minha sala, jogando rouba-monte com um baralho enfeitado com imagens de mulheres de seios nus (objeto curioso que chegou na Dois, ontem). Entrego minha carta datilografada e lhes digo que leiam, caso queiram. Eles fazem isso, ombro a ombro, os lábios movendo-se silenciosamente em uníssono.

Quando terminam, Tim diz a Tom:

– Você demonstraria compaixão por mim, se eu matasse você?

Tom responde:

– Ficou maluco? Nem pensar!

47	107.87
Ag	
Prata	

Os prisioneiros têm que vestir camisetas alaranjadas, shorts de ginástica alaranjados e tênis alaranjados, para serem reconhecidos com mais facilidade, caso escapem. Os citadinos tendem a não se vestir totalmente com a cor alaranjada, para evitar parecer um prisioneiro, mas Esther me trouxe vestimentas alaranjadas semelhantes, para usar em solidariedade durante minha visita à Gene. Quando Tim Lu vê como estou vestido, diz:

— Ah, que gracinha, a vítima identifica-se com o Grau F.

Tom Lu destranca a porta que dá para dentro do presídio, e me leva por uma série de corredores. Estou levando uma torta de pêssego, que Thelma fez para Johnny para tentá-lo a comer.

O interior do prédio parece que sofreu um terremoto de pelo menos seis graus na escala Richter. Normalmente, os prédios podem se refazer sozinhos, mas com certeza a Gene parece menos eficaz neste aspecto. As entradas das salas são tão desniveladas que as portas têm um corte enviesado para que fechem direito; rachaduras profundas correm pelas paredes; faltam placas de gesso nos tetos; as tábuas do chão estão soltas e rangentes, e cabeças de prego projetam-se delas para nos fazer tropeçar.

— Veja onde pisa — Tom diz, apontando um prego ou dois.

Ele me conduz pelas salas dos guardas da prisão, que usam suas braçadeiras roxas. No final de outro corredor, há uma porta com a palavra “DIRETORIA”.

Tom bate e fala:

— Senhorita Finkle, o sr. Compaixão está aqui.

Ele me leva para dentro da sala, mas não sai até que a diretora lhe dê um passa-fora. Lydia Finkle é uma menina de rosto ingênuo, cabelo liso e loiro. Está usando um moletom do avesso, de modo que o lado macio, parecendo cashmere, está exposto. Pregado no seu suéter tem um distintivo com uma fogueira. Não sei como interpretar literalmente essas referências explícitas. Ela está sendo displicente ou simpática? Está sentada em uma cadeira giratória, erguida ao máximo, de modo que seus pés não tocam o chão. Está balançando-os, e eu gostaria que parasse.

Reginald Washington também está aqui. Digo a mim mesmo para não olhar para sua pele manchada, mas é difícil porque acho seu vitiligo lindo. Ele me lembra um quebra-cabeças, ou um país que fica numa ilha, como a Malásia. O presidente do conselho está usando uma gravata listrada sobre uma camiseta "$E = mc^2$". Também traz um pequeno pente cor de limão enfiado no seu cabelo afro.

Está sentado na ponta de um sofá esgarçado, e faz um gesto para que eu também me sente. Escolho o canto oposto e seguro a torta no colo. A torta contém uma lixa de unhas, porque Esther insistiu que Johnny poderia exercitar um pouco de humor. Esther e Thelma estão esperando no hall de entrada, e sugeriram certas coisas para eu dizer a Johnny. Ele deveria manter a esperança, por exemplo, porque faremos o possível para libertá-lo. Deveria se ater à verdade no julgamento. O júri, temos certeza, vai perceber que ele já não é o menino que poderia ter sido na América.

Reginald me diz:

— Quero que você saiba que, pessoalmente, me oponho a este encontro. Ele estabelece um precedente perigoso.

A diretora suspira e para de balançar os pés.

— Ah, Reginald — ela diz. — Não vamos começar tudo de novo.

— É uma espécie de chantagem — ele diz, acenando o dedo para ela.

Olho para o presidente do meu conselho.

— Como é que você se sentiu logo que chegou na Cidade? — pergunto. — Você chegou diferente do menino que costumava ser? Zig modificou-o de alguma maneira? Tornou-o mais confiante? Mais adaptável? Imagino que um menino nas suas condições deva ter atraído sua parcela de crueldade lá na América.

Reginald exala dramaticamente.

— Aonde quer chegar, Oliver? — pergunta. — Que Zig ajusta todos nós para o melhor? Que fez o mesmo com Johnny Henzel? Bom, esta é a sua opinião, coisa que outras pessoas, como um certo Charles Lindblom, podem não compartilhar.

A diretoria intervém:

— Reginald, não deveríamos dizer o que outras testemunhas podem ou não pensar.

Reginald lhe dirige um olhar ressentido.

— Vamos em frente com a visita — a diretora diz. — O Grau F está esperando.

Assim, nos levantamos, e a diretora me estende a mão. Aperto-a rapidamente. Tem a palma seca, como se esfregasse pó de giz sobre ela.

— Eu *era* fã de cashmere — ela diz, olhando-me nos olhos. — Mas isso foi em outra vida, quando eu era um tipo muito diferente de menina.

Reginald guia-me pelos corredores do andar térreo, até uma escada que dá para os andares superiores. Quando chegamos ao quarto andar, sinto uma sensação ruim, porque noto que móveis pesados foram colocados em frente a certas portas. Elas não estão com barras, como numa prisão na América. São do mesmo tipo de portas sólidas de madeira encontradas em qualquer alojamento do céu.

Enquanto seguimos pelo corredor, um prisioneiro grita do seu quarto:

— Ei, vocês, caras. Preciso de lençóis limpos. Tornei a molhar a cama.

Três carcereiros de braçadeira afastam uma cômoda da porta de Johnny. Um deles é Ringo, o sujeito inglês que me arrancou do ginásio. Ele me acena com a cabeça e diz:

— Tome cuidado aqui. Esse cara é imprevisível. Esta manhã, atirou a bandeja do café da manhã em mim. Eu lhe trouxe outra.

Depois que a cômoda é afastada, Reginald bate na porta.

— Oi, Johnny. É o presidente Washington. Estou aqui com a sua visita.

Reginald destranca o trinco simples, pressionando um botão, abre a porta e entra.

Johnny Henzel está sentado em um colchão colocado diretamente no chão de concreto, perto da parede oposta. Sinto-me tanto feliz quanto desanimado. Feliz por ele estar aqui, são e salvo, e desanimado porque ele parece mais pálido do que eu.

— Serei seu contador regressivo — Reginald diz. — Vou esperar aqui na porta, e cronometrar sua visita.

Johnny faz sinal para que eu me aproxime e bate no colchão. Tiro o tênis e me junto a ele. Está usando o short e a camiseta alaranjados padrão, e meias soquetes com a borda alaranjada. Seus olhos estão escuros e fundos, os lábios secos e rachados. Passa a mão pelo cabelo espetado.

— Oi, Boo — ele diz, a voz mais rouca do que na noite em que chegou à Cidade. — Quais as novas?

— Oi, Johnny.

Coloco a torta de pêssego no chão, ao lado de uma bandeja de plástico que contém uma vasilha com cereais e uvas-passas, um copo de suco de cenoura, uma maçã, e alguns figos num prato de papel. Talvez esta seja a refeição que ele comerá no final da nossa visita. Ao lado da bandeja, há um bloco de desenho, juntamente com uma caixa de charutos de madeira.

Fico me perguntando se deveria abraçar Johnny. Normalmente, sou avesso a abraços, mas deveria fazer uma exceção? Johnny me olha na defensiva, como se estivesse com um pouco de medo de mim, ou com vergonha.

O quarto é do mesmo tamanho do quarto do nosso alojamento no Frank e Joe, mas, além de uma pequena carteira, não há móveis. Algumas camisetas alaranjadas estão empilhadas num canto, com bolinhas de meia sobre elas. As paredes estão riscadas de rachaduras. A janela minúscula é alta demais para se olhar para fora, e eu imagino que não possa ser aberta. Junto ao cômodo principal, há um espaço do tamanho de um armário, contendo um vaso sanitário e uma pia com coluna.

– Ouça, Boo – Johnny cochicha, inclinando-se para mais perto. Ele não fede a cebolas, então os carcereiros devem convencê-lo a tomar banho. – Dê uma olhada dentro do meu estojo de lápis. Quero que você veja uma coisa, mas não quero que os carcereiros saibam disto. Entendeu?

Olho a caixa de charutos. Há várias raças de cachorros impressas nela: poodles, dinamarqueses, boxers.

– É, eles me deixam desenhar na cadeia – ele diz um pouco alto, para que Reginald possa ouvir. – Eu ficaria maluco se não pudesse desenhar.

Pego a caixa. Levanto a tampa.

Minha nossa! Dentro dela, sobre vários lápis de cor, está a *Blaberus craniifer*.

Fecho a caixa. Johnny a tira de mim.

Minhas sobrancelhas se levantam.

– Como? – pergunto.

– Ela saiu da minha pia – Johnny cochicha, acenando com a cabeça em direção ao banheiro. – Me seguiu até aqui como um cachorro perdido rastreando o dono. Os carcereiros não sabem. Eles não podem saber, ou vão levá-la embora.

— Sete minutos! — Reginald grita do seu posto na entrada do quarto. Ele é como um zoólogo, observando o comportamento de dois macacos colocados na mesma jaula.

— Rover me ajudou a encontrar um portal.

— Um portal? — cochicho de volta.

— Vou sair daqui — ele diz, num cochicho urgente. — Vou voltar pra casa.

— Mas como? — Olho ao redor do quarto. — Onde fica este portal? Na pia? Você não consegue passar por uma pia, Johnny.

— Não posso explicar. Não dá tempo. Mas você precisa me prometer uma coisa. — Ele agarra minha mão, e me olha nos olhos. Como suas íris estão escuras! — Me prometa que, não importa o que eu diga no julgamento, você vai concordar comigo.

Meu estômago se encolhe.

— O que você planeja dizer?

— Só me prometa. Você tem que fazer isto. Não me estrague isto. Por favor! Estou implorando, cara. — Os olhos de Johnny se enchem de lágrimas, o branco avermelha. Seu lábio superior treme, o nariz começa a escorrer. — Por favor, Boo.

— Mas, Johnny, quem é o Atirador? — Falo baixo. — O menino dos seus pesadelos, quem é ele?

Ele enxuga o nariz com as costas da mão.

— Quer saber? — ele cochicha ainda mais rouco agora. — O Atirador é piração. Minha piração, sua piração e de todo mundo nesta p*rra de pesadelo de um céu.

— *Nossa* piração?

Ele aninha sua caixa de lápis no colo. Fala com ela, ou talvez com a sua barata, quando diz:

— Eu estava doente da cabeça. O Atirador era eu maluco, eu louco. Ele tem me perseguido há um bom tempo. Mesmo lá na América, ele estava atrás de mim.

— Mas você não é mais o Atirador, é?

— Talvez seja. Vai ver que eu sempre vou ser um pouquinho desajustado.

Ele me olha novamente, os olhos ainda úmidos.

Reginald grita: — Dois minutos!

— Eu explico tudo depois, certo? Só prometa me apoiar no tribunal. Não contradiga o que eu disser. E não conte a ninguém que está fazendo isto. Nem mesmo pra Thelma e pra Esther.

Limito-me a encará-lo. Não sei o que dizer.

— Prometa, Boo! — ele diz mais alto. — Você me deve isto.

O que eu devo a este menino, a este Atirador? Não sei, mas mesmo assim concordo.

— Prometo — digo.

— Tempo esgotado — Reginald grita. Ele entra na cela com passos decididos, e me agarra pelo braço. — Vamos, vamos — diz, afundando as unhas no meu bíceps. Não me mexo, então ele me força a levantar, e eu grito de dor.

Em um instante, Johnny agarra a torta de pêssego de Thelma, levanta-se e a esmaga na cabeça de Reginald. Pêssegos em calda escorrem pelo rosto do presidente. Pedaços da massa grudam na sua "$E = mc^2$". Uma lixa de unha e um prato de alumínio caem a seus pés.

Reginald solta meu braço. Recua até a porta, rosnando: — Guardas! Guardas!

— Olhe, Boo! — Johnny diz. — Um malhado coberto de torta.

— Saia, Oliver! — Reginald ordena, limpando o rosto furiosamente com as mãos. — Espere lá fora. — Ele aponta para o corredor.

Não arredo pé.

Ringo irrompe na cela e diz:

— Ah, o que você fez agora, Johnny?

— Estou farto desta insanidade — Reginald diz, catando pedaços de pêssego na roupa, e os atirando na direção de Johnny. — Ela não cabe em nosso doce além.

Mais um guarda aparece. Musculoso. Corte à escovinha, negro. Vai em direção a Johnny, levanta os punhos, e dá um soco diretamente em seu nariz. Johnny oscila para trás e cai no chão. Tento ir até ele, mas Ringo agarra meu braço.

O guarda musculoso sacode o punho e diz: – Ai, isso doeu!

Johnny fica deitado de lado, imóvel, escorrendo sangue por uma narina. Então, estica o braço, apanha um pedaço de pêssego que está por perto, e o mete na boca.

– Estão contentes agora, pent*lhos? – resmunga. – Estou comendo.

48 112.41

Cd

Cádmio

— Nós dissemos pros carcereiros não permitirem aquela torta ao Grau F – Tim Lu diz –, mas eles escutaram a gente? Não, como sempre não escutaram.

– E sofreram as consequências – Tom Lu acrescenta.

– Ah, que barulheira!

– Uma verdadeira confusão!

Os gêmeos estão olhando para nós da sua mesa na recepção. Estou de volta ao hall da Gene, sentado num banco, entre Esther e Thelma. As meninas estão tentando me acalmar. Fiquei arfante, enquanto contava o que tinha acontecido, então Esther me passou o saco de papel que ela traz em sua bolsa de girassol, para tratar meus ataques. Agora estou respirando compassadamente para restaurar meus níveis de dióxido de carbono.

Retiro o saco.

– Rover ajudou-o a encontrar um portal – sussurro. – Ele vai pra casa. Ou pelo menos é o que diz.

– Não confio na Rover – Esther diz. – Devíamos ter jogado aquela droga na privada e dado a descarga, quando tivemos chance.

– Faz mais de uma semana que Johnny não come – Thelma diz. – Ele pode só estar tendo alucinações de um portal. O menino está fora de si.

– Bom, quem diabos é *ele* de verdade? É isto que eu quero saber – Esther replica.

Não menciono minha promessa de concordar com o que quer que Johnny diga no julgamento, que começa daqui a três dias. Estou inseguro quanto ao possível significado da minha promessa. Que depoimento idiota ele está planejando fazer?

As meninas e eu saímos da Gene, os rostos arrasados, pensamentos sombrios. Montamos em nossas bicicletas. Esther e Thelma planejam voltar para seus alojamentos na Onze, mas quero ir até o Curios, trabalhar um pouco. Ao chegar lá, mais de uma hora depois, uma caixa de papelão me aguarda na minha sala. Nela, há novos objetos curiosos recém-chegados da Dois, para que eu avalie. Fico feliz com a distração; ela me dá um respiro de pensar sobre a loucura das últimas semanas, e a loucura que está por vir.

Abro a caixa e espalho os itens na minha mesa. Pego um vidro de um perfume chamado Tigress. A tampa é concebida numa pele de tigre falsa. O vidro está quase cheio, e vaporizo um pouco do perfume cor de âmbar no ar. Cheira a canela.

Uma caixinha de música de corda está entre os itens. Quando a abro, em vez de uma bailarina, aparece um pequeno e feio gnomo montado numa vassoura de bruxa quebrada. A figurinha está sobre uma mola, e balança enquanto toca a música infantil "The Wobblin' Goblin". Esta música me é querida porque, quando eu era criança, você a cantava para mim, Mãe. Deixo a caixinha de música tocar, enquanto examino os outros objetos novos.

Tem um livro em brochura intitulado *Um glossário de termos contábeis*, uma das coisas mais próximas de um dicionário já vista no céu. Folheio as páginas, mas acho o livro de pouco interesse. Afinal de contas, os citadinos não precisam entender o conceito de "relatório de fluxo de caixa" e "acertos de salário por mérito".

Há um tubo pela metade de creme antiacne. Abro a tampa e espremo um punhadinho do produto. É cor de pele e cheira a enxofre (Nº 16, abreviado como S).

Estou examinando um amaciante de carne que parece um martelinho, quando ouço uma batida na minha porta aberta. Olho e vejo meu chefe, Peter Peter.

– Algo digno de nota na nova remessa?

Levanto uma caixa de cereais Lucky Charms. Normalmente, Zig nos manda cereais integrais, como flocos e farelos de trigo. Embora Peter Peter tenha vindo para o céu há muito tempo, está a par das mudanças na América, graças aos novatos que ele entrevista regularmente. Portanto, conhece os cremes antiacne, e os cereais que contêm *marshmallows* em miniatura de cores variadas.

– Estou espantado que eles não tenham sido devorados por algum funcionário do depósito. – Peter Peter diz. – Frequentemente, os comestíveis não chegam intactos às nossas salas.

– Ele vem reforçado com oito vitaminas essenciais – digo.

– É mesmo? – responde Peter Peter.

Examino a lista de ingredientes por um momento, e quando levanto os olhos Peter Peter continua lá, com um sorriso triste.

– Oliver, posso falar com você em particular?

Confirmo com um gesto de cabeça. Fico cismado com o que ele quer dizer com "em particular". Não tem mais ninguém por perto. Mesmo assim, Peter Peter entra na minha sala e fecha a porta. Puxa uma cadeira para diante da minha mesa e remexe na sua gravata, que usa com um encorpado nó Windsor, sobre a camiseta.

– Tenho uma coisa pra lhe propor – diz. – Uma coisa a que já me referi em nossas conversas anteriores. Você se lembra da nossa conversa sobre edições de último minuto?

Aquiesço. Como muitos outros citadinos, Peter Peter cogita que uma pessoa que teve uma morte degradante não se lembre de todos os detalhes. Deve lembrar o básico. Sabe, por exemplo, que saltou da janela de um quinto andar durante um incêndio que queimou o apartamento da sua família, mas não se lembra da dor lancinante de quando suas roupas pegaram fogo, do pânico terrível, do mergulho atroz, ou do impacto brutal com a calçada. Estou usando este exemplo porque foi o que Peter Peter usou comigo. Ele morreu deste jeito, na década de 1930, no Upper East Side de Manhattan.

— Você mencionou que posso não me lembrar dos detalhes do tiro na minha escola — digo. — Que certas imagens, certos sons e certas sensações podem estar enterrados no meu cérebro para sempre.

— Eu nunca disse "para sempre".

Olho para ele com ar de interrogação.

— Existe uma maneira de recuperar algumas das nossas memórias perdidas, filho. Sei disso porque recuperei algumas das minhas há muito tempo.

Aponto o amaciante de carne para ele.

— Então, você se lembra do mergulho atroz e do impacto brutal?

— Infelizmente, sim — ele diz. — Zig nos faz um favor com as edições de último minuto. Se você tem uma morte como a minha, não deveria saber todos os detalhes. É por isso que não falo muito sobre o método de recuperar lembranças. Mas, no seu caso, conhecer todos os fatos pode ajudar.

Inclino-me sobre a minha mesa em direção a Peter Peter, e pergunto como ele recuperou suas lembranças.

— Tive a ajuda de um especialista há décadas. Alguém que, agora, é um menino velho, como eu.

— Você vai me apresentar pra ele?

Peter Peter engole em seco, e seu pomo de adão parece ficar preso no nó Windsor da sua gravata. Parece estar quase sofrendo, quando diz:

— Você já o conhece.

— Conheço?

— Ele é um hipnotizador.

49	114.82
In	
Índio	

A última vez que vi o Czar, na enfermaria Sal Paradise, seu rosto estava tão inchado e machucado que eu não poderia dizer como era realmente a sua aparência, mas, quando o encontrei na noite anterior ao julgamento de Johnny, percebi que ele se parece apenas ligeiramente com o cartaz de vivo-ou-morto, desenhado por Johnny. É verdade, os dois meninos têm incisivos grandes e afiados, e orelhas de abano, mas o Atirador do desenho tinha um nariz largo, e o nariz do Czar é afilado e curvo. As sobrancelhas do Atirador eram espessas e pretas; as do Czar são finas e claras.

Na véspera do início do julgamento de Johnny, Czar e eu nos encontramos no Curios, no sofá ao lado do mostruário de cunhagem americana, que exibe dez moedas de um dólar com a efígie de Susan B. Anthony, que eu tinha retirado para limpar.

Ao se aproximar do sofá, Czar diz:

— Espero que você não tenha a p*rra de uma lanterna com você.

Ele está fazendo uma referência divertida ao ataque, mas por sorte seus ferimentos estão completamente curados. Não se vê nem mesmo um resquício de hematoma.

— Você está com boa aparência, Czar — digo.

— Não por mérito seu — ele responde, sentando-se ao meu lado.

— Sinto muitíssimo pelo erro terrível que resultou na sua estadia na enfermaria — digo. — Embora eu não empunhasse a lanterna, tenho tanta culpa quanto Johnny Henzel. Queria me redimir. Existe alguma coisa que eu possa fazer por você?

— Bom, Peter diz que você é um pretensioso inteligente. Então, o que você pode fazer é me achar um portal de verdade.

Penso em Johnny e na sua afirmação de ter encontrado um.

— O tempo está se esgotando. Encontre um antes da minha data de expiração.

Czar já passou 46 anos no céu, portanto, fará a repassagem daqui a quatro anos.

— Bom, posso tentar. Assim que o julgamento acabar, talvez eu tenha mais tempo para me dedicar a novos projetos.

Czar diz que testemunhará amanhã. Não se lembra do ataque.

— Seu amigo demente me levou a nocaute no primeiro soco.

Então, ele falará sobre os ferimentos, sua recuperação, sua raiva.

— Estou p*to da vida por causa das semanas que vocês dois incompetentes roubaram de mim. — Ele bate o dedo indicador no meu esterno. — Não sou nenhum rapazinho. Não me resta muito tempo, portanto não posso me dar ao luxo de ficar em coma por quase dois meses.

Ele me cutuca com o dedo cada vez com mais força, para enfatizar a seriedade da sua provação. Na verdade, parece tão irritado que começo a temer pela minha segurança. Peter Peter está na sua sala, dobrando a esquina, e disse que, se o Czar começasse a ficar bruto demais, eu deveria gritar. Os dois meninos velhos, apesar da diferença de suas personalidades, são amigos desde o ano de sua passagem original, quando dividiam um quarto na Quatro. Fico pensando se Peter Peter recorreu ao senso de dever do Czar, ao evocar os paralelos entre a amizade entre eles e entre mim e Johnny.

— Sua brutalidade é em grande parte uma encenação — Peter Peter garantiu-me. — Charles comporta-se como um czar porque acha que consegue mais respeito se parecer intimidante.

Czar hipnotiza privadamente. Precisa de silêncio absoluto, sem distrações, e é por isso que Peter Peter está esperando na sua sala.

O hipnotizador usa uma camiseta com um desenho de um mágico tirando um coelho da cartola.

— Vamos começar a função — anuncia.

Ele se levanta do sofá e me diz para me deitar. Vai até os interruptores de luz, e diminui a claridade do teto. Depois, percorre a sala e desliga as lâmpadas individuais que acendemos à frente dos diversos expositores.

— Para uma hipnose, gosto que esteja escuro e agradável — ele diz.

Estou preparado para alguma espécie de artifício. Para suas supostas assombrações, o Czar extraiu informação das suas cobaias sobre suas vidas anteriores para poder inventar histórias, enganando-as enquanto eram hipnotizadas. Mas o Czar tem um poder muito real, Peter Peter me disse. Pode ajudar os citadinos a se lembrarem dos últimos momentos da sua morte, com detalhes que eles não se lembram em sua pós-vida.

— Não todos os detalhes — Peter Peter me preveniu. — Ainda podem restar pontos em branco, como planos ausentes no rolo de um filme, mas com certeza você vai ter uma imagem mais completa da sua morte.

Peter Peter disse que o Czar mantém este seu poder em grande parte escondido, porque ele tem trazido trágicas consequências. Anos atrás, uma supra tentou se suicidar depois de saber todos os detalhes do seu estupro e da sua morte, pelas mãos do tio. Como resultado, prometi não falar com os outros sobre a minha hipnose, independentemente do resultado.

— Não mova um músculo, certo?

O sofá, embora gasto, ainda está muito estofado, então me sinto confortável. Cruzo os braços e os coloco sobre o peito, mas o Czar diz:

— Você está parecendo uma m*rda de um cadáver num caixão. — Então, estendo os braços ao lado.

— Quero que você me conte os detalhes da sua morte — o Czar diz. — Depois, quando você estiver sob o meu feitiço, vou lhe devolver esses detalhes, gradualmente, como uma cozinheira acrescentando aveia na água fervente. Preciso estimular o cérebro lentamente, para que ele libere tanto as memórias lembradas, quanto as perdidas. Se eu for rápido demais, a cena vai se reconstituir rápido demais, e haverá muitos buracos para que você acompanhe o que está acontecendo.

Sinto-me inseguro quanto ao que acreditar nesta experiência, mas por causa do meu desespero para entender a loucura que se abateu sobre Johnny e mim, vou tentar. Descrevo meus momentos finais na América: o corredor, Jermaine Tucker, Richard Dawkins e Jane Goodall, a tabela periódica, a contagem regressiva até o seabórgio.

Ao terminar minha história, Czar ajoelha-se ao lado do sofá.

— Respire fundo pelo nariz — ele me diz.

Do bolso da sua calça, ele tira uma corrente de ouro falso, com um pendente azul preso na ponta. A coisa parece com as bijuterias bregas vendidas nas máquinas de chiclete de bola, na América. Ele me diz que é topázio azul. Balança-o sobre o meu rosto, e eu sigo o penduricalho com os olhos.

50 118.71
Sn
Estanho

Helen Keller me olha do seu retrato na parede, com sua túnica e seu barrete de formatura. Estou parado na frente do meu armário, nº 106, virando o disco da minha fechadura, para sete, depois 25 e 34. À minha volta, ouço as risadas e os gritos dos meus colegas. Suas vozes dizem, gritam ou cantam coisas como: "Posso pegar seu brilho labial emprestado?", "Vai se f*der!", "*Shake your body down to the ground!*", "Vamos, Trojans, vamos!" e "A srta. Stephens fez um corte à Dorothy Hamill!".

Abro meu armário. Coladas na parte interna da porta estão duas fotos de revistas, uma do biólogo evolucionista Richard Dawkins, e uma da primatóloga Jane Goodall. Meus colegas caçoaram de mim por colocar fotos dos meus "pais" no meu armário.

No lado de dentro da porta do meu armário também tem uma cópia da tabela periódica. Concebi um jogo onde tenho que tentar recitar os elementos em ordem sempre que abro meu armário. Estou tentando decorar todos os 106.

Resmungo os elementos, baixinho. Ao meu lado, Jermaine Tucker pesca um livro de estudos na bagunça do seu armário. Estou no nº 78, Platina (Pt), quando ele me bate com força atrás da cabeça. É um menino atlético, vários centímetros mais alto do que eu, então seu tapa dói, mas eu lembro a mim mesmo de que tenho uma grande resistência à dor.

— Que raios você está fazendo, Boo? — ele diz.

Ignoro sua pergunta, e continuo a resmungar. Acho melhor não olhar diretamente para um colega quando ele começa a me atormentar porque, às vezes, a falta de reação leva a pessoa a perder o interesse. Minha tática funciona, e Jermaine Tucker se afasta.

O barulho à minha volta, os gritos e gargalhadas vão diminuindo, enquanto volto para o mundo dos elementos. Pela primeira vez, chego *mesmo* ao nº 106, seabórgio (Sg), sem precisar dar uma olhada na tabela periódica. Meus segundos pais, Richard e Jane, estão profundamente felizes e sorriem das suas fotografias, como se me cumprimentassem pelo meu feito. Sorrio de volta para eles.

— Até logo — cochicho para eles, exatamente como sempre faço antes de ir para a classe. Depois, busco alguma coisa dentro do meu armário.

Escuridão. Silêncio.

Agora estou tão cego e surdo quanto a própria Helen Keller. Imagino que não tenha nada mais a ser visto ou ouvido neste mundo. Suponho que esteja morto. Espero para renascer.

Mas estes poucos momentos são simplesmente planos que faltam no meu rolo de filme, porque um instante depois uma luz se infiltra, um som explode, e posso ver novamente.

O que vejo é terrível. Estou no chão e um menino está deitado a um braço de distância. Suas pálpebras tremem, seus olhos olham sem enxergar, seu rosto se contorce, e goteja sangue da lateral da sua cabeça, ensopando seu cabelo comprido e castanho.

Depois, a escuridão volta a me engolir. Mas não o silêncio. Um grito enche a minha cabeça. Um grito tão aterrorizante, tão arrepiante, que me tira do meu transe.

51	121.76
Sb	
Antimônio	

Quando volto a mim, Thelma está esmurrando Czar, jogou-o no chão e está montada em cima dele. Bate no seu rosto com suas mãos grandes e carnudas. Uma, duas, três vezes.

— O que você fez com ele? — ela grita. — Me diga, seu filho da p*ta!

Czar agita os braços.

— Ai! Pare! Ai! — ele grita.

Eu me sento, zonzo, no sofá, enquanto Peter Peter chega correndo, a gravata abanando. Ele se apressa a tirar Thelma de cima do Czar.

— Vocês são todos uns p*rras de uns pirados! — Czar grita, enquanto se esforça para se levantar. Sua camiseta está rasgada no pescoço, e o cabelo, despenteado. — Por que tento ajudar vocês, quando tudo o que recebo são hematomas e contusões?

Peter Peter parece desanimado. Espana a poeira das costas do seu amigo, enquanto Thelma ajeita sua camiseta de gatinho, que deixou sua barriga à mostra.

— Sou um hipnotizador profissional! — Czar grita. — Mereço respeito, mas só recebo maus-tratos!

Ele bate no mostruário das dez Susan B. Anthony, e as moedas de dólar saem voando, depois quicam no chão fazendo um som metálico. Como vou ficar nervoso se perdermos uma delas!

Thelma vem se sentar comigo no sofá.

— Você está bem, Oliver? — Ela coloca as pontas dos dedos no meu cotovelo, num gesto de preocupação.

— Sinto-me muito curioso — digo.

— Que diabos vocês estavam fazendo com ele? — Thelma pergunta, repreendendo Czar. — Você é uma espécie de maníaco?

— Não sou eu o maníaco! — Czar refuta, agora com a voz estridente. — Vocês é que são!

Peter Peter aproxima-se.

— Acho que isto é tudo culpa minha.

Czar diz:

— Eu deveria saber que não era para me meter neste negócio sujo.

Ele dá meia-volta e sai intempestivamente.

— Charles, espere — Peter Peter chama-o.

No mostruário de *corned beef*, Czar vira-se e mostra o dedo para Peter Peter.

— Não precisa ser grosseiro — Peter Peter observa.

— Foda-se e remorra! — Czar grita. Depois, sai do salão de exposições batendo os pés.

Depois que Czar se vai, conto a Thelma que estávamos realizando um experimento. Ainda estou zonzo, parcialmente imerso na minha horrível perda de memória.

— Fiquei preocupada, querido. Você não voltou pra casa esta noite, então pedalei até aqui pra ver se estava tudo bem, e encontrei aquele maluco parado junto a você. Achei que ele estava matando você, porque de repente você começou a gritar.

— Eu estava gritando? — É verdade, minha voz está rouca.

— Como um alucinado — Thelma diz.

Peter Peter explica o que Czar estava fazendo. Ele deve confiar na namorada, porque revela tudo, até seu mergulho em chamas da sua cobertura. Thelma fica dando tapinhas em seu próprio rosto, como que para estimular a circulação. Quando Peter Peter acaba, ela diz:

— Esta é uma informação perigosa.

Peter Peter replica:

— Tão perigosa que insisto que a mantenha em segredo.

Thelma concorda com a cabeça, lentamente. Depois, vira-se para mim. Com uma mescla de medo e excitação, diz:

— Diga-me o que viu, Oliver.

Conto a eles que não vi quem atirou em mim. — Mas não devo ter morrido imediatamente do ferimento — digo, quase sem fôlego. — Devo ter desmaiado, e então voltei a mim ao lado de Johnny.

Thelma e Peter Peter me olham com simpatia. De certa maneira, estas duas pessoas de 13 anos são meus pais adotivos, não Richard e Jane.

— Você o viu? — Peter Peter me estimula. — Você viu Johnny?

— A última coisa que vi foi o buraco sangrento da bala na sua cabeça.

— Zig dos céus! — Thelma murmura, e depois repreende Peter Peter enfaticamente por ter providenciado este experimento. — Quem estava gritando? — ela me pergunta. — Você, ou Johnny?

Pisco algumas vezes, como se a luz da sala na penumbra ainda estivesse muito forte.

— Acho que era eu — digo. — Mas não acredito que estivesse gritando alto. Acho que estava gritando na minha mente.

Mãe. Quero minha verdadeira mãe. Quero você. E, Pai, cadê você? Quero você também. Pode até ser que eu quebre minha regra de nunca chorar. Mas não choro. Fico sentado em silêncio no sofá, com o olhar fixo numa moeda de dólar que rolou para debaixo do nosso mostruário de telefones mudos que nunca tocarão.

52 127.60
Te
Telúrio

Digo a Thelma que vou trabalhar de madrugada porque a minha insônia com certeza me manterá acordado esta noite. Não conto a ela que há dias não durmo. Mesmo assim, ela não fica satisfeita.

— Você precisa descansar — me repreende, acenando com as mãos. — O julgamento começa amanhã. Você precisa estar descansado.

Minto que vou dormir no sofá da minha sala, e ela finalmente se rende. Antes de sair, envolve a si mesma com os braços e aperta. Este é nosso código: quando ela se abraça desta maneira, significa que está me abraçando.

Peter Peter me diz para não trabalhar demais.

— Não se mate, filho — ele diz, e depois desvia o olhar constrangido, porque sua frase foi mal escolhida.

— Descanse em paz — ambos me dizem ao sair.

Decido passar a noite aqui porque preciso conversar com Zig. Sinto-me mais próximo dele no Curios, provavelmente porque estou cercado pelos objetos incomuns que ele nos manda. As prateleiras dispostas nas paredes da minha sala estão cheias desses objetos. Uma garrafa de vinho branco do Condado de Napa , uma caixa registradora, uma embalagem gigante de fraldas, uma biografia do cantor americano Barry Manilow, um barbeador elétrico fininho, usado para cortar os pelos das narinas. E assim por diante.

Alguns objetos são erros óbvios, coisas que Zig nos manda acidentalmente. Dentro desta categoria estão fraldas (os renascidos daqui já aprenderam a usar a privada, ha, ha) e aparadores de pelos das narinas (os meninos daqui têm poucos pelos faciais, e certamente nenhum pelo projetando-se das narinas).

Mas outros itens podem não ser erros. Há duas semanas, por exemplo, nosso céu recebeu sua primeira fotocopiadora, uma máquina pesadona, do tamanho de um fogão, agora empurrada pra um canto da minha sala, perto da porta. Como todos os aparelhos elétricos, ela funciona sem estar ligada na tomada. Suponho, e Peter Peter tende a concordar, que a fotocopiadora seja um teste. Zig quer ver como fazemos uso desta nova geringonça, exatamente como, há um ano, ele nos mandou nosso primeiro micro-ondas e, décadas atrás, nossa primeira máquina de lavar.

Usaremos a fotocopiadora com inteligência? Digamos, copiaremos os livros, as histórias e peças que escrevemos? Distribuiremos essas obras de ficção pela Cidade, para que outros aproveitem? Se a resposta for sim, pode ser que Zig nos mande outras fotocopiadoras. Ou usaremos o aparelho de qualquer jeito, talvez para copiar cartazes de vivo-ou-morto de um Atirador a quem queremos dar um fim?

Em outras palavras, podemos ser suas cobaias. Minha teoria de cobaia é o que quero discutir com ele esta noite. Sento-me na minha mesa, e dou corda na minha caixinha de música. A figurinha balança em sua vassoura, enquanto a caixa tilinta sua música divertida sobre o pobre duende que troca sua vassoura quebrada por um avião.

Eu me identifico com este duende esta noite. Boo também está inseguro. Minha mão treme, enquanto dou corda. Minha voz vacila, enquanto falo em voz alta:

— Você está olhando, não está? — digo, olhando meu sofá gasto, como se nosso velho deus estivesse esparramado ali como um velho cão. Devo reconhecer que me sinto idiota; nunca tinha falado com Zig deste jeito. — Você nos mandou uma fotocopiadora pra ver o que faríamos com ela. E nos mandou um Atirador pra ver o que faríamos com ele.

Estou admitindo em voz alta para Zig que Johnny pode ter matado alguém (*me* matado, deveria dizer). Talvez eu seja a última pessoa envolvida a chegar a esta conclusão. Cheguei a ela lentamente porque, como cientista júnior, não me apresso a tirar conclusões.

— Johnny Henzel é um objeto curioso, mas ele não é um engano — prossigo. — Você o consertou da melhor maneira possível. Você tentou consertar suas partes defeituosas, e apagou suas lembranças dolorosas, para que ele pudesse se virar na sua pós-vida. E agora você quer ver como os citadinos reagem a este menino que você jogou no mundo deles.

O deus esparramado no sofá permanece invisível.

— Minha teoria está certa?

Nenhuma resposta.

— Manifeste-se!

A corda da minha caixinha de música chega ao fim. O duende para de se mexer.

— Johnny é um teste. Se todos nós passarmos no seu teste, se todos nós demonstrarmos piedade e compaixão por este menino que você consertou, talvez um dia você nos mande mais meninos como ele.

Pego minha caixinha e dou corda novamente.

— Todos os citadinos dizem que o céu é uma segunda chance. Por que não deveríamos dar a Johnny a sua chance?

A caixinha de música deixa de tocar. Fico dando corda à toa. Maldita. Será que o duende já está quebrado? Quando balanço a caixinha, ouço alguma coisa rolando debaixo da plataforma onde o duende se sacode. Pilhas? Não, isto não faz sentido; as caixinhas de música funcionam com corda, e não são necessárias pilhas no céu. Pego meu abridor de cartas de casco de tartaruga falso e o enfio sob a beirada da plataforma. Com uma ligeira ajuda do meu cotovelo, a plataforma salta.

Espio dentro da caixinha.

Que diabos?!

Largo a caixinha de música na minha mesa, e empurro minha cadeira para trás com tanta rapidez que ela quase tomba. Fico ali, atônito, por um ou dois segundos, antes de lançar um olhar irritado para o sofá.

– Que truques de mau gosto você está fazendo, velho cão?

Dentro da caixinha de música do duende, dispostas lado a lado, estão duas balas de revólver.

53 126.90

I

Iodo

Às sete da manhã, Thelma e Esther chegam ao Curios, para que possamos pedalar juntos até a Gene e assistir ao julgamento de Johnny. Quando elas batem à porta da minha sala, não respondo de imediato. Elas abrem a porta e me encontram deitado no chão, de cueca e camiseta. Estou num estupor insone. Minha quinta noite seguida sem dormir. Levanto a mão debilmente para acenar para elas.

Não sou forte. Por que Johnny algum dia pensou que eu fosse?

As meninas estão vestidas com elegância, com saias com desenhos em losangos, feitos por Esther. Esther está com o cabelo preso num coque apertado; Thelma traz no seu as contas costumeiras. Quando elas veem o meu estado – banho não tomado, olhos baços, cabelo espetado – ficam nervosas.

– Ah, querido, você não está nos conformes! – Thelma me põe em pé, e me leva até o sofá para me sentar.

– Você está parecendo a morte requentada – Esther me diz, enquanto belisca minhas bochechas para trazer alguma cor. – Não podemos deixar os jurados com pena de você. Eles vão acabar com ele.

– O que é isto? – Thelma grita, porque nota os cortes nos meus braços. Durante a noite, no desespero, me bati repetidas vezes com o amaciante de carne.

– Um experimento de cicatrização – minto.

— Tenha a santa paciência, Boo! — Esther exclama. — Recomponha-se, cara.

Peter Peter chega à minha sala, para me desejar sorte no julgamento. Quando meu chefe ouve Esther reclamando que estou cadavérico, pega o creme antiacne na minha mesa e diz a ela para passar um pouco em mim.

— É cor de pele — diz.

Thelma diz: — Não a cor da minha pele, querido.

Nem da minha. É um bege alaranjado. Mesmo assim, Esther espalha uma fina camada nas minhas bochechas e na testa. Cheira a súlfur, o que, tempos atrás, era conhecido como enxofre. Enxofre não é um bom presságio para um julgamento, mas não digo isto aos outros porque agora eles parecem satisfeitos com a cor da minha pele.

Peter Peter busca no seu escritório uma camisa de mangas compridas. É grande demais para mim, mas pelo menos não está amassada. Enquanto enfio meus braços cheios de feridas dentro dela, ele afrouxa sua gravata e depois a passa pelo meu pescoço. Thelma penteia meu cabelo revolto.

Esther remexe em sua bolsa e tira uma maçã, bem como um sanduíche de pasta de amendoim e geleia embrulhados em plástico.

— Coma — ela me diz.

A maçã está crocante e ácida, e me dá uma levantada. Quando termino meu café da manhã, as meninas e eu nos preparamos para ir para a cadeia. Peter Peter diz que hoje ele fechará o Curios e virá conosco, mas tento dissuadi-lo. Estou apegado ao museu. Ele me dá um propósito no céu, além de ajudar Johnny. Não deveria ficar fechado, mas Peter Peter não pode ser impedido, e então todos nós nos dirigimos para o andar de baixo. Esther enfia sua bolsa de girassol na cestinha da sua bicicleta. Thelma sugere que pedalemos devagar, para que minha maquiagem não saia com o suor.

— Posso garantir que raramente expiro — digo.

Logicamente, quero dizer “transpiro”. Um engano freudiano devido ao meu cansaço e ao mal-estar geral.

Pedalamos na rua. Hoje o trânsito está pesado, apesar de ser cedo. O céu está forrado com as nuvens encarneiradas de Johnny. Será que Zig preparou estas nuvens como um bom presságio? Será que eu até acredito em sinais de nosso maldito deus?

Seriam as duas balas um presente dele? Bom, não preciso de um presente desses. Escondi as balas no fundo da gaveta da minha mesa, num estojo de óculos vazio. Recuso-me a checar se as balas cabem no pequeno revólver exibido no Curios. Vá pro inferno, Zig! Não preciso dos seus joguinhos!

Pedalamos por uma boa hora e meia. Ao nos aproximarmos da Gene, somos surpreendidos com o número de citadinos que o julgamento está atraindo. Centenas de pessoas se apinham no gramado em frente à prisão. Dezenas de manifestantes empunham cartazes. Supras, imagino. Tento evitar ler os cartazes, mas entrevejo um que diz: "LIVREM-NOS DELE".

Enquanto estaciono a bicicleta, noto um palco improvisado com uma faixa pintada em aerossol que diz: "BILHETES DE SORTEIO". Tim e Tom sobem no palco. Um deles carrega um bumbo, e o coloca no chão. Os dois pegam megafones que estavam deitados no chão do palco.

– Uau, Tim – Tom diz em seu megafone –, o Grau F está mais popular do que Jesus Cristo.

– Tem toda razão, Tom. É por isto que vamos fazer um sorteio para designar os duzentos lugares disponíveis no auditório da Gene.

– Podemos pôr todo mundo pra dentro?

– Avalio que tenham quinhentas pessoas aqui, então eu diria que não, nem todas vão conseguir um lugar. As pessoas vão ter que pegar um número com nossos assistentes que estão passando em meio à multidão. Depois, nós vamos sortear números deste bumbo aqui, pra ver quem entra.

– Ah, que divertido!

– Ora, Tom, olhe o respeito! Afinal de contas, isto é um julgamento por assassinato. Negócio sério, não é uma peça. Não é *A casa de chá do luar de agosto*.

— E quanto às testemunhas e vítimas oficiais, Tim? Elas precisam de um número pro sorteio?

— Não seja bobo, Tom. Claro que não. Elas têm os melhores lugares na casa. Primeira fila, no meio. Para evitar a multidão, as testemunhas e vítimas deverão entrar na Gene pela porta lateral.

Peter Peter diz que vai buscar um número. Deseja-me sorte e dá um tapinha em seu próprio ombro.

Enquanto Thelma, Esther e eu nos embrenhamos pela multidão, noto que o presídio parece ainda mais detonado do que o normal, como se outra camada de fuligem tivesse se instalado sobre ele durante a noite. E o gramado que atravessamos está tão infestado de pragas que decapitamos dentes-de-leão quase a cada passo. Preciso inventar um pesticida natural (talvez usando pimenta de caiena) para manter a população de dentes-de-leão a distância.

Um menino de cabelo comprido, com uma guitarra acústica pendurada nas costas, aproxima-se devagar.

— Ei, você não é o Boo?

Confirmo com um gesto desconfortável de cabeça.

O rosto do hippie se anima.

— Que tal um autógrafo?

— Caia fora — Esther diz com rispidez.

— Estou compondo uma música sobre você e Johnny, Boo. Chama-se "A arma e o malfeito".

— Estamos com pressa — Thelma diz ao hippie.

— Merda, cara — diz o hippie.

Uma menina albina, com a visão normal restaurada por Zig, me aponta.

— Eu amo você, Boo! — ela grita.

Minhas seguranças, Thelma e Esther, caminham uma de cada lado de mim. Thelma me conta que minha história conseguiu se propagar de alojamento em alojamento por toda Cidade.

— Mas, como todas as histórias que se espalham pelo céu — Esther diz —, ela foi corrompida ao ser contada.

Ao chegarmos à porta lateral da prisão, uma carcereira com braçadeira roxa vem nos receber. Ela verifica nossos nomes em sua lista de testemunhas e depois nos leva por um corredor até uma sala de espera, onde outro carcereiro, novamente Ringo, o do narigão, está de segurança para a menina do amendoim, Sandy Goldberg, e o investigador de portais, Benny Baggarly.

Benny mal nos olha, mas Sandy acena e diz:

— Oi, Thelma. Oi, Boo.

Ainda está usando tranças bem firmes, que descem retas dos dois lados da cabeça, como se estivesse usando limpa-cachimbos como sistema de suporte.

— Puxa, nunca pensei que minha pós-vida seria tão agitada — ela diz. — Com as finais do badminton e este julgamento, minha agenda está superlotada. Não sei se dá pra acreditar, mas sou ainda mais popular aqui do que era na minha cidade!

Tomamos nossos lugares. Imagine uma sala de espera de dentista, Mãe e Pai, e vocês imaginarão este espaço. Está até pintado com o verde menta da pasta de dente encontrada na América.

Esther me cochicha:

— Tenho outro sanduíche de pasta de amendoim na minha bolsa. Devo empurrá-lo pra maluquete?

— Não existe alergia a comida no céu — digo. Aqui, ninguém morre de choque anafilático.

Ao contrário de mim e de Esther, Thelma é boa em conversa fiada, então ela pergunta a Sandy sobre os campeonatos de badminton. Enquanto Sandy fala sobre potentes cortadas verticais e golpes curtos, outra testemunha é introduzida na sala. É Albert Schmidt, o diretor com rosto de nenê da Deborah, que conhecemos no dia em que Willa Blake atirou-se do telhado do asilo. Como ele é minúsculo e usa uma gravata-borboleta vermelha e um chapéu de palha, lembra-me os macaquinhos que, antigamente, tocavam pratos nas esquinas.

Thelma interrompe a descrição de Sandy sobre sua jogada padrão, que contorna a cabeça com a palma da mão para frente, acima da cabeça.

— O que você *está* fazendo aqui? — ela pergunta a Albert.

— Pra falar a verdade, não tenho certeza — Albert nos diz. — A diretora mandou me avisar que queria que eu viesse.

— Talvez pra falar sobre tristeza e confusão — sugiro.

Exatamente aí, Charles "Czar" Lindblom aparece, o cabelo gomalinado para trás, e o jeans vincado.

— Tente não me deixar em coma, certo? — ele diz para Thelma e para mim.

— Eu deveria ter pena desse sujeito — Thelma cochicha para mim —, mas, em vez disso, quero dar um tapa no seu cocuruto.

Czar senta-se ao lado de Benny Baggarly. Eu me pergunto se Benny sente hostilidade em relação a Czar, desde que as assombrações foram expostas como uma fraude do hipnotizador. Acho que não, porque Benny lhe oferece uma revista em quadrinhos que trouxe consigo.

Ficamos em silêncio na maior parte do tempo. Preocupo-me com Johnny. Estará esperando no auditório, onde acontecerá o julgamento? Estará nervoso quanto ao resultado? Ficará feliz por me ver e ver as meninas?

— Quando é que este teatro ridículo vai começar? — Esther pergunta a Ringo, que está parado na entrada da sala, deslocando seu peso de uma perna para outra.

— Fique fria, amor — ele responde.

Esther diz: — *Amor?!* Quem é que você está chamando de amor? Não sou seu amor, senhor!

Ringo lhe dirige um olhar divertido.

— Não seja tão p*ntelha — ele diz.

— *P*ntelha?!* — Esther diz. — Que tal um chute no saco?

— Ah, dá um tempo — Ringo retruca.

— Agora se acalme — Thelma diz a Esther.

Acabamos esperando mais uma hora. Todos nós ficando cada vez mais inquietos. Por fim, outro carcereiro diz a Ringo para nos acompanhar até o tribunal. Passamos por vários corredores, e depois entramos no auditório, que se parece, inquietantemente, com todos os outros teatros do céu, teatros onde desfrutamos de peças, concertos e danças realizados por citadinos. Percebo que este julgamento é outro tipo de entretenimento para a audiência que veio hoje. Citadinos com entradas ganhas no sorteio, todos os duzentos, já estão sentados quando as outras testemunhas e eu somos levados para a primeira fileira.

Thelma avista Peter Peter e acena.

– Descanse em paz, Boo – alguém grita, e Ringo avisa: – Nada de gritos! Quem gritar será posto pra fora.

Quando vamos até os nossos lugares, Czar vira-se para olhar para a plateia. Abre bem os braços e sorri escancarado. Não ficaria surpreso se fizesse uma reverência. Esther dá um chute na sua canela.

– Sinto muito – ela murmura, embora eu desconfie que sinta coisa nenhuma.

Na primeira fila, há sete cadeiras vazias com assentos que se erguem. Sento-me no meio, entre Esther e Thelma. Ao lado de Esther estão Czar e Benny. Ao lado de Thelma estão Sandy e Albert. Depois que estamos todos sentados, a plateia aplaude como se fôssemos membros de uma orquestra afinando para apresentar um concerto.

No centro do palco há uma cadeira estofada pesada, que parece menos esgarçada do que a maioria dos móveis no céu. Um refletor aponta para a cadeira, coberta com tecido vermelho, uma escolha de cor medíocre porque evoca sangue.

Carteiras estão dispostas dos dois lados do palco. Irão acomodar a diretora e os 13 jurados (um citadino escolhido aleatoriamente em cada zona). Depois que nós, testemunhas, estamos sentados, eles saem das coxias e assumem seus lugares nas carteiras. A diretora está usando seu suéter que parece cashmere e seu distintivo (um bom sinal). Conforme a luz da casa diminui, ela faz um sinal de cabeça para as coxias, e o presidente do conselho, Reginald Washington, e o carcereiro, Ringo, conduzem Johnny Henzel até o palco. Membros da plateia prendem o fôlego, embora não haja nada de incomum em Johnny. Ele não está vestido com o traje regular da prisão, shorts alaranjados e camiseta da mesma cor, mas com um jeans limpo e uma camiseta lisa branca. Parece mais saudável do que da última vez que o vi. Na verdade, sua aparência é animadora, desconsiderando as algemas ao redor dos pulsos.

Algumas pessoas da plateia sibilam enquanto Ringo acompanha meu amigo até o lugar fatal, senta-o, e depois tira suas algemas. Estou sentado bem em frente a Johnny, embora a muitos metros de distância.

Seus olhos piscam, porque o refletor está nele. Com as luzes da casa apagadas, pode ser que ele não consiga ver muito da plateia. Aceno para ele, e acho que consigo chamar sua atenção, mas depois ele desvia o olhar. Olha diretamente para o refletor, como um menino que se cega durante um eclipse ao olhar diretamente para o sol.

Reginald levanta-se na frente do lado esquerdo do palco. Coloca suas notas em um pódio e se apresenta, falando no microfone do pódio.

— Reginald Washington, presidente do conselho de almas caridosas da Onze, por oito anos seguidos — ele diz. — Espero vencer um terceiro mandato, portanto se alguns de vocês, gente boa, for da Onze, lembrem-se deste rosto na eleição da próxima primavera.

Ele sorri para a audiência com um sorriso que parece enganosamente doce.

Reginald diz que estamos aqui hoje para algo inédito na história do nosso céu, um julgamento onde um acusado será julgado por crimes cometidos não apenas na pós-vida, mas também lá na América. Quando diz "lá na América" olha para mim, mas desvio o olhar. Olho para Johnny, que continua olhando para cima, para os refletores que zumbem.

Sinto quase um descompasso no meu corpo por falta de sono. Esther e Thelma dão tapinhas em seus próprios joelhos, o que significa que estão batendo nos meus. Esther tira meu saco do dióxido de carbono da sua bolsa de girassol.

— Só por precaução — ela diz, passando-o para mim.

Dobro e desdobro o saco, enquanto Reginald explica os detalhes das acusações contra Johnny. Começa com o renascimento de Johnny e cita Thelma, que teria dito que o novo nascido estava perplexo e em lágrimas.

— O acusado contou à enfermeira do renascimento que tinha levado um tiro na cabeça na sua escola, aguentando cinco semanas em coma antes de sucumbir aos ferimentos.

Reginald acrescenta que Thelma juntou-o com outro novato morto no mesmo tiroteio.

— Esse menino, Oliver Dalrymple, desconhecia a verdadeira causa da sua morte.

Alguém na plateia grita: — Boo!

— Sem gritaria! — Ringo fala no megafone de onde está parado na lateral do palco.

Observo Johnny, mas ele não parece estar ouvindo Reginald. Parece inocente, como no dia do exercício do tornado em Hoffman Estates, quando todo mundo estava assustado e excitado, e ele ficou quieto debaixo da carteira e calmamente me pediu para me desenhar.

Reginald continua apresentando o que chama de "os fatos". Diz que refletiu profundamente sobre se seria prudente e seguro mandar nosso grupinho em uma excursão para rastrear "o misterioso Atirador".

— Embora eu tivesse dúvidas, Thelma Rudd, ex-membro do conselho, me pediu que ajudasse este menino aflito, que não estava se adaptando bem em seu novo habitat.

— Baboseira — murmura Thelma. Ela trouxe consigo um leque japonês, que está abanando na frente do seu rosto. — Foi o próprio Reginald quem sugeriu a viagem.

Reginald reconta nossa viagem, inclusive o desaparecimento de Johnny depois de ter presenciado o que Reginald chama de "um aparente suicídio" na enfermaria Deborah Blau. Descreve o "ataque impróprio e violento" a Charles Lindblom, e as "chocantes e perturbadoras revelações" de Sandy Goldberg.

Do seu assento, Sandy fala em voz alta:

– Tudo o que eu me lembro, gente, é que havia dois garotos mortos. Um maluco e um esquisito. Isto é, basicamente, tudo o que tenho a dizer.

Reginald para de falar e sorri apreensivo para Sandy.

– Obrigado, srta. Goldberg – diz. – Mas sem mais interrupções, por favor.

Ele continua, mencionando que o conselho das almas caridosas da Onze ordenou nossa captura.

– Havia uma necessidade urgente não apenas de proteger os citadinos deste menino perigoso, mas também de separar a vítima, Oliver Dalrymple, do assassino que encurtou sua primeira vida.

– Boo! – uma menina chama.

– Feche a matraca! – Ringo grita.

Reginald continua:

– Entrevistei Johnny Henzel várias vezes em sua cela a respeito dos crimes atrozes dos quais ele é acusado. Está na hora de dividir com vocês o que soube, particularmente nos últimos dias. Senhor Henzel, está pronto para nos contar sua história?

Johnny para de contemplar as vigas. Baixa os olhos até estarem no nível da plateia. Ringo atravessa o palco e lhe entrega um microfone. Johnny liga-o. Um guincho atravessa o saguão, e eu dou um pulo na minha cadeira. Levo um tempo para perceber que o barulho é do microfone, e não de Johnny.

Quando o guincho morre, Johnny leva o microfone à boca.

– Eu sou o Atirador – ele diz.

Detrás de mim, alguém sussurra: – Mata ele, mata ele.

– Você está confessando seus crimes? – Reginald pergunta.

Mal posso respirar.

– Estou – Johnny diz com convicção.

– Quando foi que você descobriu que era o suposto Atirador?

– Sempre soube. Até lá na América eu sabia.

– Você sabia lá embaixo.

— É.

— Como?

— Alguém me contou cada dia da minha vida.

— Quem era esse alguém?

— Zig.

Uma brusca respirada da plateia.

— Você quer dizer que conversa com Zig?

Reginald finge surpresa, embora eu saiba que este diálogo foi planejado. É quase como se estivéssemos assistindo a uma peça, na qual as frases foram decoradas.

— Sempre falei com ele. Ele me manda fazer coisas.

— Que tipo de coisas?

— Coisas ruins. Coisas muito ruins.

Esther me cochicha: — Um monte de m*rda.

Contudo, existe um toque de dúvida em sua voz.

— Ele lhe disse pra matar pessoas?

— Ele me manda fazer isto. Ele fala comigo através de cachorros e baratas.

Resmungos na plateia. Um menino grita:

— Joguem o p*to do telhado.

Ringo grita de volta: — Você está fora!

Há uma pausa, enquanto as luzes da casa se acendem. Viro-me no meu assento e vejo dois guardas passarem pela plateia em direção a um dos meninos que vi no encontro de supras em que estive. É o menino cujo assassino o jogou de uma ponte. Os guardas arrancam-no da sua cadeira e o arrastam para fora do saguão.

— *Mata ele! Mata ele!* — os supras gritam, com o punho socando o ar.

Através do megafone, Ringo diz:

— Tem algum outro imbecil querendo sair?

Olho para Johnny. Ele está me encarando. Não fala no microfone, mas estou próximo o suficiente para ler seus lábios quando ele articula as palavras: — Quero dar o fora.

As luzes voltam a diminuir. Reginald diz:

— Zig disse pra você matar o sr. Dalrymple na sua escola na América?

Meu coração furado dói no peito.

Johnny engole fazendo barulho. Sua engolida ressoa no microfone.

— Sim — murmura.

— Por que atingir o sr. Dalrymple?

Agora, Johnny mal é audível.

— Boo estava no lugar errado — murmura. — Era um anjo na Terra. Não pertencia àquele lugar.

— Um anjo na Terra? O que você quer dizer?

Johnny fala, agora, quase com ternura:

— Boo era forte, inteligente e puro — diz. — Perfeito demais pra América. Pertencia a *este* lugar, foi o que Zig disse.

Estou me sentindo fraco, estúpido, corrompido. Por que ele está inventando essas afirmações ridículas? Minha respiração está curta, mas não posso nem mesmo levar o saco ao rosto. Estreito os olhos para Johnny, mas ele evita o meu olhar.

Thelma estala a língua.

Esther cochicha: — P*ta que pariu.

— Zig falava através do seu cachorro, um basset hound?

— É.

Risadinhas e berros da plateia, enquanto as pessoas visualizam um basset hound falante com orelhas caídas e baba pendurada.

— Então, você roubou a arma do seu pai, levou-a para a escola, matou o sr. Dalrymple e aterrorizou seus colegas.

— Foi — Johnny diz.

— E você atirou na sua cabeça porque você também era um anjo na Terra.

— Não, eu era um monstro! — Subitamente sua voz fica irritada. Ele dá um tapa no braço da cadeira. — Ainda sou um monstro. Era pra eu ir pro inferno. Era este o acordo. Zig disse que eu seria mandado pro inferno.

— Então, por que você terminou aqui?

— Zig é um p*rra de uma fraude — ele grita para as vigas. — Um mentiroso de duas caras, que em vez disso me mandou pro céu!

Ninguém mais está rindo ou gritando. Ninguém dá um pio. A plateia está pasma.

— Por que você acha que Zig mentiu pra você?

— Ele também quer que eu mate pessoas aqui. Sou o assassino dele, cara. Sou seu Atirador. Ele falou comigo através de uma barata.

Reginald explica para nós que Johnny achou uma barata em uma república da Dez, e que desde então o inseto sumiu.

— E o que Zig, a barata, disse pra você fazer no céu?

— Eliminar os meninos que não pertencem a este lugar.

Besteira, penso comigo mesmo.

Thelma cochicha: — O que deu na cabeça desse menino?

— E quem Zig, a barata, mandou você matar aqui? — Reginald pergunta a Johnny, que olha para nós, testemunhas, à sua frente. Seus olhos param em Czar.

— Zig disse que o hipnotizador era uma p*rra de uma fraude, e não merecia uma pós-vida.

Olho para Czar, que parece chocado e assustado, como se acreditasse que Zig, de fato, tivesse ordenado a sua morte.

— Por sorte, o sr. Lindblom sobreviveu ao seu ataque bestial. Mas outra pobre alma não teve tanta sorte, não é mesmo?

Johnny concorda com a cabeça.

— Você conseguiu terminar o pós-vida de uma citadina, não foi mesmo, sr. Henzel?

— É, consegui — Johnny murmura.

— Quem?

A esta altura, estou completamente confuso.

— Uma maluca chamada Willa, que também não pertencia a este lugar. Empurrei ela do telhado da Deborah.

Um clamor sobe da audiência, um clamor tão alto que abafa os gritos de Ringo no seu berrante. Alguém grita atrás de mim:

— Faça-o parar antes que ele mate de novo!

Uma menina corre pelo corredor central, segurando o que parece ser um canivete, mas um guarda a derruba no chão. Ao meu lado, Thelma solta um ganido. Algo acabou de roçar na sua cabeça, e está rolando pelo palco. É uma maçã podre! Segue-se uma descarga de maçãs, batendo e se espatifando no palco. Reginald corre para as coxias, e muitos dos jurados largam seus assentos e vão atrás.

Em meio à confusão, Johnny fica em sua cadeira de veludo vermelho, olhando para as luzes acima. Resmunga consigo mesmo. Está fingindo, acredito, conversar com Zig.

54 131.29
Xe
Xenônio

Nós, testemunhas, fomos escoltados de volta para a sala de espera, porque a sessão foi suspensa no tribunal. Thelma, no entanto, está no banheiro com Sandy, que se ofereceu para tirar com um lenço a meleca da maçã dos seus *dreadlocks*.

Esther discute com Ringo, que quer a gente sentado e esperando em silêncio. Esther quer questionar Albert Schmidt, o diretor do asilo, que abana o leque de Thelma na frente do rosto, murmurando:

— Por Deus!

— Nem pensar que Johnny tenha empurrado Willa — Esther grita para Ringo. — Eu vi aquela garota pular. Ela estava pirada, não estava, Albert? Estava sempre ameaçando se matar. Estava completamente fora de si!

— Por Deus! — repete Albert.

— Para alguém pequeno, até que você tem uma p*ta de uma boca grande — Ringo diz a Esther, com os braços cruzados sobre o peito.

Esther fica quase tão roxa quanto a braçadeira de uma alma caridosa.

— Vou denunciá-lo, seu calh*rda. Você vai ser despedido.

— É, faça com que me despeçam. Vai estar me prestando um favor. Estou de saco cheio deste maldito trabalho. Eu deveria ser um alfaiate, e não um carcereiro. Muito menos dor de cabeça.

Digo a Esther para vir se sentar comigo.

— Não vale a pena ficar irritada — digo, ainda que eu mesmo esteja irritado, e me sinta enjoado. — Ah, Esther — cochicho, minha voz falhando como se finalmente eu estivesse atravessando a puberdade. — O Johnny quer remorrer.

— Do que você está falando? — ela diz, mas pelo seu olhar ansioso, percebo que sabe exatamente do que estou falando.

— Ele quer a pena de remorte.

Percebo que a remorte pode ser o portal que ele acha que encontrou.

Esther sacode a cabeça.

— Que tipo de jogo esse imbecil está jogando? Está tão calmo e composto, mesmo dizendo as maiores maluquices. É como se ele quisesse parecer são, de modo que pareça ainda mais perigoso.

— São? — Czar debocha. — Tão são quanto Jack, o Estripador.

Esther devolve: — Que pena que você não esteja mais em coma.

— Que vergonha! — Benny Baggarly diz. — O Czar quase remorreu.

— Por Deus! — Albert Schmidt repete, abanando o leque freneticamente. — Uma paciente foi assassinada no meu plantão. Como posso me perdoar?

Ringo grita:

— *Vou* matar alguém se vocês todos não calarem essa p*rra de boca!

55	132.91
Cs	
Césio	

Acredito que Johnny, apesar de suas afirmações, não tenha uma lembrança clara do menino atormentado que costumava ser. Zig editou as memórias de Johnny, razão pela qual ele tem dificuldade em se lembrar dos últimos meses que passou na América. O Atirador que ele vê em seus pesadelos é sua loucura, sim, mas esta insanidade já não o absorve completamente, como acabou fazendo em sua vida anterior. Talvez, quem sabe, ela ainda o persiga de tempos em tempos aqui no céu, e o faça afirmar, por exemplo, que empurrou uma triscon de um telhado.

Estamos todos de volta na plateia, e Reginald está concluindo seu interrogatório.

— Tenho uma última pergunta para o senhor, sr. Henzel — ele diz, abaixando suas notas e pousando as mãos no pódio. Ele não olha para Johnny ao fazer esta pergunta. Em vez disso, olha para a plateia. — O que o senhor considera uma punição justa pelos crimes dos quais está se declarando culpado?

Espero que membros da plateia, especialmente supras, gritem a pena que consideram adequada, mas ninguém diz uma palavra. Todos nós prendemos a respiração. Até o zumbido dos refletores no alto parece cessar.

Johnny leva o microfone aos lábios. Olha na minha direção. Toca uma pálpebra com o dedo, e depois estica a mão como se me tocasse também.

— Olho por olho — diz.

— Que significa? — Reginald pergunta.

Com os olhos ainda em mim, Johnny diz: — Dente por dente.

Sacudo a cabeça e articulo a palavra "Não".

— Putz — diz Esther

— O céu nos ajude — diz Thelma.

— *Justiça*! — gritam os supras. — *Justiça! Justiça!*

— Você está pedindo a pena de remorte? — Reginald pergunta.

— Estou — diz Johnny.

— *Sim, sim!* — gritam os supras.

— Bom, com certeza os jurados vão levar seu pedido em consideração — Reginald diz.

Thelma vira-se para mim, o rosto aflito.

— Eles nunca concordarão com isto. Ninguém aqui jamais foi posto para remorrer.

— Insanidade — Esther murmura. — Pura insanidade.

Reginald diz que já ouviu o suficiente.

— Não preciso ouvir nenhuma das testemunhas, porque o acusado admite sua culpa.

Ele mexe em suas notas e se senta.

A diretora do presídio sobe ao pódio para se dirigir aos jurados.

— Ainda existe uma pessoa — ela diz — que acredito que vocês precisam ouvir. — Ela olha para mim.

— Boo! Boo! — a plateia entoa. — Boo! Boo!

Ringo desistiu de repreender a multidão. Na realidade, ele leva seu megafone aos lábios e diz: — Boo! Boo!

— Senhor Dalrymple, poderia subir ao palco?

Por um segundo, fico paralisado na minha cadeira.

— Vá, querido — Thelma diz. — Vá salvar seu amigo de si próprio.

Levanto-me e passo me arrastando pelas outras testemunhas. Czar parece nervoso porque não se dirigirá à multidão.

Subo alguns degraus na lateral do palco, e vou até onde o pódio está posicionado. Enquanto isto, dois guardas trazem outra poltrona, azul-bebê, e a colocam a cerca de um metro da poltrona de Johnny.

A diretora sorri para mim, mas sua testa tem linhas de preocupação que parecem bizarras em alguém de 13 anos que nunca envelhece. Ela faz um gesto para a poltrona azul-bebê.

Quando me aproximo, Johnny diz, descontraído, como se eu tivesse me encontrado com ele na lanchonete da escola:

— Oi, Boo.

— Oi, Johnny — digo.

Quando me sento na poltrona da testemunha, um guarda me passa um microfone.

No pódio, Lydia diz:

— Senhor Dalrymple. Percebo que o senhor tem simpatia pelo acusado. Por que mostrar compaixão por ele, quando ele não demonstrou nenhuma em relação ao senhor?

Olho para a plateia. Por causa dos refletores, não posso ver com muita clareza, mas posso distinguir Thelma e Esther. As bochechas de Thelma estão infladas como se ela estivesse prendendo a respiração. Esther agarra sua bolsa de girassol. Assente com a cabeça para mim.

Viro-me para Johnny, que me encara, ansioso. Seus lábios soltam três palavras tão baixinho que só eu consigo ouvir:

— Me deixe ir — ele diz.

Desvio o olhar. No teatro escuro, os citadinos esperam minha resposta. — Este menino horroroso merece ser salvo? — essas pessoas parecem perguntar. Quero explicar que o menino sentado ao meu lado não é um monstro. Sua loucura é o monstro. Tento falar, mas novamente Johnny murmura em surdina: — Me deixe ir, Boo. Você prometeu.

Estremeço. É como se a temperatura normal do céu tivesse acabado de cair cinco graus. Tento falar, mas descubro que não consigo. Abro o saco de papel que está no meu colo. Está rasgado ao logo dos vincos, de tanto eu dobrar e desdobrar.

— Senhor Dalrymple, o senhor está bem? — diz Lydia Finkle em seu falso cashmere.

Confirmo com a cabeça. Fecho os olhos. Estou exausto.

Me deixe ir. Me deixe ir. Me deixe ir.

Visualizo vocês, Pai e Mãe, na sala de visitas. Estão instalando uma prateleira na parede. Será a base onde ficará a minha urna. Vocês não querem me deixar ir. Em todo caso, alguma vez deixamos realmente que alguém se vá? Mesmo aqueles que já não estão conosco, continuam conosco.

Devo ter murmurado alguma coisa em voz alta, porque Lydia Finkle diz:

– Desculpe-me, sr. Dalrymple, mas não conseguimos ouvi-lo. Poderia falar no microfone?

Pisco os olhos. Levo o microfone até os lábios e sussurro: – Deus do céu.

Então tem início. Por um segundo, ao sentir minhas faces molhadas, acho que estou sangrando. Minha mão larga o microfone, e bato no meu rosto.

Lágrimas.

Estou chocado. Solto um gemido.

O gemido dá lugar a um soluço.

Torno a fechar os olhos. Vejo Johnny e eu, não como estamos agora, sentados no julgamento em frente a duzentas pessoas, mas como estávamos então, deitados no chão do Helen Keller. Um menino com um buraco no torso, um menino com um buraco na cabeça. Dois irmãos de sangue com o sangue escorrendo dos seus corpos, os dois córregos se juntando como dedos se entrelaçando.

Vejo os ferimentos medonhos, o sangue empoçado, a tristeza terrível.

Começo a chorar com tanta violência que me sufoco com as lágrimas. Inclino-me para frente, deixo cair o saco de papel. Minha cabeça gira. Desmorono no chão.

Negrume. Alguns quadros que faltavam em um rolo de filme.

Volto a mim. Viro-me e olho as vigas e os refletores. Minha visão está turva. Pisco afastando as lágrimas. Johnny está ajoelhado ao meu lado, as mãos pousadas de leve no meu pescoço.

— Eu nunca o machucaria — ele cochicha.

— Segurem ele! Segurem esse monstro! — uma das meninas juradas grita.

Olho de lado. Ringo vem correndo em nossa direção. Dá uma chave de braço no pescoço de Johnny, e o afasta de mim. Surgem mais guardas das coxias. Baixam sobre Johnny e o carregam para fora, um deles com as mãos sob as suas axilas, outro agarrando seus pés.

No microfone, Lydia Finkle diz:

— Senhor Dalrymple, o senhor está bem?

Sento-me, enquanto Thelma e Esther sobem correndo a escada para o palco. Vêm desabaladas até mim. Peter Peter também aparece.

Esther ajoelha-se ao meu lado. Está com os olhos arregalados, perplexa e agitada.

— Aquele idiota! — ela grita. — Que diabos ele estava fazendo? Estava com as mãos em volta do seu pescoço! Estava pretendendo estrangulá-lo?

Ponho a mão no pescoço. Está em ordem.

Johnny começa a berrar das coxias: — *Boouu! Boou!* — grita no mesmo tom crítico de uma plateia que não esteja gostando de uma apresentação. Quando é levado longe o bastante para que já não se possa ouvir sua voz, pego o microfone do chão do palco e o levo aos lábios.

— Tudo o que Johnny disse é verdade — digo.

56 137.33
Ba
Bário

57 138.91
La
Lantânio

58 140.12

Ce

Cério

Agora, choro o tempo todo. Peço um refogado de legumes na lanchonete, e lágrimas escorrem pelo meu rosto. ("Sou muito sensível a cebolas", minto para a garçonete). No Curios, lágrimas caem nas teclas da minha máquina de escrever, enquanto datilografo uma observação sobre nossas artêmias salinas, que estão repassando uma a uma. Quando leio *Tarzan, o filho das selvas*, choro quando Lord e Lady Greystoke são mortos. A esta altura, eu soluçaria se, durante uma investigação difícil, Nancy Drew[9] quebrasse uma unha.

Logo meu apelido poderá ser Buá (ha, ha).

Eu costumava me vangloriar da minha independência. Na América, podia passar dias sem falar com ninguém a não ser com vocês, Mãe e Pai. Tinha meus exercícios matinais. Tinha meus documentários da PBS. Tinha meus livros. Tinha minhas visitas à biblioteca, onde passar o tempo com sua própria mente é altamente valorizado.

Continuo independente, mas também solitário – o que é uma nova sensação para mim. Passo muito tempo sozinho na minha sala, onde toco a caixinha de música com o Wobblin Goblin', que voltou a funcionar. Identifico-me com aquela pobre criatura lá no céu, quase caindo, mas conseguindo de alguma maneira se manter circulando.

---

[9] Personagem de uma série de mistério americana. (N. da T.)

Thelma, Esther e Peter Peter acham que minha mente ficou confusa depois que desmaiei no palco. É por isso, segundo eles, que confirmei a versão de Johnny dos fatos.

— Você não sabia o que estava dizendo, sabia, Boo? — Esther pergunta.

— Eu estava atrapalhado — digo. — Triste e atrapalhado.

Ela parece acreditar em mim, ou talvez apenas finja e, na verdade, especule se estou procurando alguma maneira de me vingar.

Thelma e Peter preocupam-se comigo. Peter Peter me convida para saídas de pai-e-filho. Na semana passada, ele me ensinou a agarrar uma bola no futebol americano. Thelma veio junto porque seu arremesso é ainda melhor do que o dele. Os dois têm se visto muito. Frequentemente se presenteiam. Ontem, Thelma fez um pão de abobrinha para ele, e Peter Peter lhe deu uma amostra de 15 mililitros do nosso vidro do perfume Tigress.

Quanto a Johnny, não o tenho visto. Até que o conselho de almas caridosas decida sua sentença, não tenho permissão para visitá-lo. Mesmo assim, vou ao presídio todos os dias, para o caso de chegarem a uma decisão.

Tim Lu: — O Grau F ainda está esperando a sentença.

Tom Lu: — Então, nada de visitas hoje.

Tim Lu: — Quando é que a vítima patética vai seguir com sua pós-vida?

Os supras ainda se manifestam fora da Gene, clamando pela pena de remorte. O método que eles preferem é especialmente bárbaro: o apedrejamento.

Fui submetido a uma espécie de apedrejamento, Mãe e Pai. No primeiro dia do oitavo ano, três dias antes da minha passagem, cheguei em casa com o nariz sangrando porque Kevin Stein, Nelson Bliss e Henry Axworthy tinham me atirado pedras na quadra atrás da escola.

— Fiquei fora o verão todo — Kevin gritava —, e, cara, ai, cara, como senti falta de torturar você, Boo. — Observação que extraiu muitas risadas dos seus amigos.

Pai, você molhou uma esponja com água morna, e limpou meu sangue com delicadeza. Você disse:

– Os 13 anos foram a idade mais perigosa da minha vida, filho.

Meu querido e bom Pai, você também atraía a raiva dos valentões.

– Mas você vai crescer, Oliver – você disse. – Vai deixar o oitavo ano bem pra trás.

– Pai – digo em voz alta, agora, sozinho no meu quarto. – Estou empacado nos 13 anos. Estou empacado aqui por uma p*rra de um período de vida.

59	140.91
Pr	
Praseodímio	

Numa manhã, duas semanas depois do julgamento, levantei-me de madrugada, enfiei meu jeans cortado nos joelhos e minha camiseta da paz (uma com decalque de uma mão fazendo o sinal da paz), e pedalei até a Gene. Ao me aproximar da prisão, Tim e Tom Lu estão nos degraus da frente, desenrolando um pergaminho. Eles o pregam na porta, e depois correm para dentro, ao me ver chegando.

O aviso na porta diz o seguinte:

"NO QUE DIZ RESPEITO A JOHN HENZEL

Após a devida consideração, os 13 membros do júri, designados para ouvir o julgamento de John Henzel, renascido em 12 de outubro de 1979, e anteriormente residente no LUA, 11º distrito, chegaram à decisão unânime ao sentenciar o prisioneiro culpado de assassinato e tentativa de assassinato. De maneira que, numa data a ser revelada nos próximos dias, o sr. Henzel será, consequentemente, levado à

REMORTE."

Arranco o aviso e o rasgo. Enquanto atiro os pedacinhos de papel na escada da Gene, a porta da entrada abre-se e Tim e Tom Lu aparecem.

— Apesar da camiseta, a vítima com certeza não parece muito pacífica — Tim diz. Em sua mão, há outro pergaminho.

— Não, eu diria que ele parece desequilibrado — Tom retruca.

— Eu chegaria a ponto de dizer "demente" — Tim acrescenta.

Eles me olham fixo, como gatos. Olho de volta com a mesma expressão de desagrado.

— Por sorte, fizemos várias cópias do nosso comunicado — Tim diz, e prega um segundo aviso na porta.

Alguns dias depois, também é anunciado que o júri consentiu no apedrejamento, que acontecerá dentro de uma semana. Tecnicamente, no entanto, o apedrejamento será um "tijolamento", porque, na Cidade, é mais fácil encontrar tijolos do que pedras grandes. Os citadinos retiram os que estão frouxos das paredes externas das escolas e dos alojamentos, e os buracos se refazem com novos tijolos, da mesma maneira que uma janela quebrada se reconstitui. O tijolamento é como um jogo terrível de queimada. Acontecerá na quadra de basquete do Marcy, o ginásio onde Johnny e eu nos escondemos enquanto tentávamos escapar. Os atiradores dos tijolos ficarão na pista de corrida superior, enquanto Johnny ficará de joelhos, algemado e com os tornozelos presos, no círculo central da quadra de basquete. Quando o relógio bater meia-noite, todos eles atirarão seus tijolos em Johnny. A agressão se estenderá até que ele esteja esmagado, até que esteja remorto.

A execução é programada de tal maneira que ninguém é o carrasco, e ninguém assume a culpa. Com a responsabilidade espalhada em um número suficiente de pessoas, ninguém precisa se sentir culpado. "Se eu não tivesse atirado um tijolo, ele teria remorrido de qualquer maneira", cada atirador de tijolos poderá afirmar.

Num livro sobre assassinato, a peça-chave é o cadáver. No entanto, neste assassinato não haverá corpo. Os traços do crime desaparecerão quando o cadáver de Johnny fizer a repassagem. Até seu sangue derramado desaparecerá no ar rarefeito. Tudo o que restará será um repulsivo amontoado de tijolos atirados. Até as marcas causadas por esses tijolos esvanecerão do chão do ginásio em poucos dias.

Os citadinos precisam se inscrever na Gene para servir de atiradores de tijolos. Eles podem deixar suas inscrições com os irmãos Lu, no saguão do presídio. As autoridades da prisão esperam um grande comparecimento, Thelma me diz. Grupos de supras incentivam todos os membros espalhados pela cidade a tomar parte. O lema revoltante que eles criaram é o seguinte: "Retribua na mesma moeda."

Estou tentando relatar estes acontecimentos para vocês friamente, Mãe e Pai, estou tentando ficar calmo. No entanto, estou nauseado; estou revoltado. Meu coração dói o tempo todo, mas minhas lágrimas quase secaram. Quero falar com Johnny. Ele precisa se retratar do que disse no tribunal, e eu também. Mas Johnny tem se recusado a me ver, ainda que lhe tenha sido dada permissão.

Não consigo mais dormir. À noite, deito na cama de Johnny e tenho pensamentos loucos e ilógicos. Por exemplo, no meu estupor insone, me pergunto se Zig poderia reencarnar Johnny como um novo filho para vocês criarem, Mãe e Pai. Sinto paz de espírito ao pensar em vocês cuidando de um Johnny reencarnado. Ele poderia ficar com o meu quarto, meus modelos de Saturno e suas luas, minha tabela periódica, meus dicionários de etimologia.

Um dia antes do tijolamento, escuto uma batida na porta às 7:30 da manhã. Provavelmente Thelma com alguma notícia. Mas, quando abro a porta, descubro Reginald Washington no corredor.

— Bom dia, Boo — Reginald diz com um sorriso constrangido. — Posso chamá-lo de Boo?

Mesmo que ele tenha me pedido permissão, sacudo a cabeça.

— Ah, me desculpe, é que o John o chama de Boo o tempo todo.

— O senhor pode me chamar de sr. Dalrymple, sr. Washington.

Sinto um estranho ciúme por ele ter contato com Johnny, ainda que, com certeza, eles não tenham a mixzade que Johnny e eu temos.

— Posso entrar por um minuto? Tenho um recado de John.

Não quero esta doninha aqui, no nosso espaço particular, mas, se ele tem um recado de Johnny, tenho que consentir. Aceno para que ele entre, e me sento na cama desarrumada de Johnny, enquanto Reginald se senta na minha.

— Eu poderia ter mandado Tim e Tom Lu, mas pensei que seria melhor eu mesmo trazer o recado — ele diz.

Olho para baixo. Há uma mancha de chá de laranja na manga do meu robe. Estou ficando desmazelado.

— Senhor Dalrymple, sei que o senhor quer conversar com John. Bom, ele concordou em vê-lo.

Bato palmas.

— Obrigado, Zig — digo.

— Mas ele impôs uma condição. Quer conversar com o senhor, bom... não imediatamente.

— O que o senhor quer dizer? O tijolamento é amanhã à noite!

— Ele quer conversar com o senhor na quadra de basquete antes de... previamente.

O presidente do conselho não consegue juntar coragem para dizer "execução".

— Ele quer se despedir, Boo.

Olho para ele. A mancha de explosão estelar em sua testa parece maior do que antes, mas isto não é possível.

— Senhor Dalrymple — ele se corrige —, ele quer que o senhor seja a última pessoa com quem ele fale.

Cubro o rosto com as mãos.

— A situação tem sido difícil para todos nós — ele diz. — Mas não vamos nos esquecer de que estamos respeitando os desejos de John. Deveríamos tirar coragem daí.

Descubro o rosto.

— O senhor acha que seu quociente de inteligência é alto e invejável, não acha, sr. Washington? Sente orgulho do seu cérebro.

Ele me lança um olhar intrigado.

— Deixe-me lhe dizer uma coisa — acrescento. — Se eu tivesse um tijolo, teria prazer em esmagar esses seus queridos miolos.

Ele me encara parecendo amedrontado, como se eu pudesse tirar uma lanterna cheia de pedras de sob o travesseiro de Johnny. Não há lanterna, mas tem um pequeno revólver escondido debaixo do colchão de Johnny.

— Aceito a sua raiva — ele diz, com uma mão junto ao coração. — Entendo sua dor.

— *Vamoose!* — digo, palavra que eu adoro, mas que tenho pouca chance de usar. (Etimologia: uma pronúncia adulterada de "vamos".)

Reginald dá um tapinha em seu joelho. Levanta-se.

— Foi um prazer ter vindo — ele diz. Depois, sai, fechando a porta.

Permaneço sentado na cama de Johnny. Ao contrário da princesa com a ervilha debaixo do colchão, não consigo sentir o calombo. Levanto-me e suspendo a ponta do colchão. — Oi, coisinha linda — digo. Tiro o revólver do seu esconderijo e o aninho entre as mãos. Ele se encaixa ali como uma barata-cabeça-da-morte gigante.

O revólver é carregado. As balas, é claro, se encaixam perfeitamente.

60	144.24
Nd	
Neodímio	

— Joguem arroz, não tijolos – é o lema de um grupo pacifista que surgiu para se opor à pena de remorte de Johnny. Membros do grupo encorajam casais pela Cidade a se casarem, a contra-atacar a raiva com amor. Nunca discuti amor antes, porque não é um tópico tão fascinante quanto, digamos, eletricidade e condutores de lixo. Mas, sim, aqui dois citadinos podem se apaixonar e até se casar. Eles celebram seu casamento em uma casa benemérita, com um membro do conselho de almas caridosas como padre. São trocadas promessas, eles dizem o "sim", jogam-se grãos de arroz e amarram-se latas nas traseiras das bicicletas.

Esther considera a campanha pró-casamento idiota, mas se senta ao meu lado com um envelope lacrado de plástico, cheio de arroz tingido de rosa. O meu está cheio de arroz azul. Estamos na capela da casa benemérita Jonathan Livingston, onde Liz McDougall, a vice-presidente do conselho de almas caridosas da Onze, está em um palquinho com um vestido comprido cintilante que parece ter sido feito com uma cortina de teatro.

— Estamos hoje aqui reunidos – ela diz – para celebrar o amor entre Thelma Rudd e Peter Peterman.

Quando seus nomes são ditos, a noiva e o noivo abrem as portas dos fundos da capela. Caminham pela nave, usando vestes de macramé combinadas, que Esther considera horríveis, mas a estraga prazeres está com os olhos marejados, e eu também.

Quando a noiva e o noivo chegam aos pés do palquinho, Liz McDougall diz:

— Thelma Rudd, aceita Peter Peterman como seu marido e igual, e promete ajudá-lo a permanecer um citadino honesto e honrado aos olhos de Zig?

Thelma assente com sua cabeça cheia de contas.

— Com certeza! — ela exclama.

— Peter Peterman, aceita Thelma Rudd como sua esposa e igual, e promete ajudá-la a permanecer uma citadina honesta e honrada aos olhos de Zig?

— Sem dúvida.

Sempre desejei ter comparecido ao seu casamento, Pai e Mãe, portanto, este é um dia especial para mim.

— Agora eu os declaro marido e mulher — Liz McDougall diz. — Podem se beijar!

Thelma e Peter Peter viram-se de frente para as duas dúzias de convidados, e trocam um selinho nos lábios. As pessoas comemoram e aplaudem. Esther e eu nos levantamos e jogamos punhados de arroz para o alto. Eles caem com força nas nossas cabeças.

Os recém-casados levam-nos para fora da capela, para o jardim nos fundos da casa benemérita. Debaixo de um toldo está montada uma mesa com uma vasilha de ponche e pratos de sanduíche. Liz McDougall também age como anfitriã. Enquanto Esther vai buscar comida pra gente, sento-me na grama ao lado de um canteiro de margaridas, e tento pensar no que dizer a Johnny quando o vir à noite.

Czar perambula e se senta ao meu lado. Uma camiseta impressa como se fosse um paletó de smoking. Seu cabelo está mais curto, então suas orelhas aparecem ainda mais. Apesar do tamanho delas, são finas e delicadas. É como se elas pudessem quebrar, caso eu as torcesse.

— Você já achou um portal? — ele pergunta.

— Pode ser que a morte seja o último portal, Czar.

— É, mas depois que você passa por aquela porta, não tem volta.

— Alguns de nós não querem voltar.

— Você está se saindo bem aqui.

— Não estou falando de mim, estou falando de Johnny.

— Ouça — ele diz. — Peter diz que somos velhos demais pra guardar rancor. Como sempre, ele está certo. Então quero que você saiba que não vou jogar tijolos nesta noite. Puxa vida, eu vivo numa casa de vidro.

Que estranho que o hipnotizador e eu tenhamos perdoado a Johnny, mas os supras não. Disseram-me que eles são os únicos que se inscreveram para atirar tijolos. Eles querem retaliação, seja qual for o custo.

No meio do jardim há um pequeno caramanchão com telhado de sapé. Thelma sobe sua escadinha e pede nossa atenção.

— Eu e Peter Peter um dia faremos uma festa maior para celebrar o nosso casamento. Mas o evento de hoje não nos diz respeito. Tem a ver com um menino que conheci há meses. Tem uma música que quero cantar pra esse menino, Johnny Henzel. Que ele descanse em paz.

Thelma começa a cantar uma música sobre um novo menino na cidade chamado Johnny-retardatário, que todos amam. Enquanto ela canta, Czar tira seu colar de sob sua camiseta de smoking, e o passa pela minha cabeça. O pendente, que tem o tamanho de uma moeda Susan B. Anthony, fica sobre o meu coração.

— Use-o hoje à noite, garoto — ele diz. — Vai trazer-lhe sorte.

61 (144.91)

Pm

Promécio

Esta noite, Zig invocou nuvens encarneiradas tão densas que elas escondem a lua de mel que por justiça deveria ser de Thelma e Peter Peter em seu casamento. No entanto, talvez um céu escuro e assustador seja mais adequado, considerando as circunstâncias. Afinal de contas, ninguém em nosso grupinho (os recém-casados, Esther e eu) está no clima de celebrar enquanto pedalamos para o Marcy, guiados apenas pelas luzes da rua.

Apesar da escuridão, Thelma insiste que eu use um agasalho com o capuz levantado, para ficar menos reconhecível. Ela não quer citadinos me infernizando com perguntas curiosas ou comentários indelicados nesta noite. Eu também estou usando macacão, que escolhi porque tem bolsos grandes para esconder um pequeno revólver.

Quando nós quatro chegamos perto do Marcy, meu coração furado dói, meus intestinos dão um nó e meu estômago tem sobressaltos. Apesar de ser tarde, dezenas de citadinos vêm zunindo pela rua em direção ao ginásio. Os que são contrários à pena de remorte estão programando uma simulação de remorte, durante a qual os participantes irão se contorcer no chão e gritar em pretensa agonia para protestar contra o tijolamento. Enquanto isto, os inimigos de Johnny que não têm estômago para realmente brandir um tijolo vão se manifestar do lado de fora do Marcy, com seus costumeiros motes e cartazes. Ao nos aproximarmos, vejo um supra carregando um cartaz que diz: "ESTA CIDADE NÃO É GRANDE O BASTANTE PARA NÓS DOIS."

Os dois grupos estão se reunindo em cantos opostos da quadra iluminada de softbol do Marcy. Seria delicado da minha parte agradecer às centenas de opositores ao tijolamento, mas Thelma não concorda. Teme que a minha presença na quadra possa desencadear uma briga entre os campos opostos, então passamos pelos dois grupos e estacionamos nossas bicicletas no passeio circular do Marcy, ao lado de uma sebe de sempre-vivas – cada arbusto podado, infelizmente, no formato de uma bala.

Johnny Henzel já está lá dentro. Foi transferido para cá esta manhã, novamente amarrado em uma maca. Fico me perguntando se seus carcereiros o estão detendo na sala do zelador, nas entranhas do prédio. Se a resposta for sim, será que ele está pensando com carinho no tempo em que passou naquela sala comigo?

Os trezentos tijolos também já estão dentro do Marcy. À porta do centro de esportes há uma fila de guardas, meninos púberes musculosos com braçadeiras roxas, que só permitirão a entrada dos citadinos cujos nomes constem das listas oficiais. Essas listas estão em poder de Tim e Tom Lu. Os gêmeos estão vestidos com camisetas decoradas com o símbolo de Gêmeos do Zodíaco.

Tom diz:

– Macacão e um moletom com capuz. Não é uma aparência muito atraente, é, Tim?

Abaixo meu capuz.

– É a vítima do assassinato, Tom. E agora ele também é vítima da moda.

– Pobre, pobre menino – Tom retruca. – Nunca vai se recuperar da tensão por que está passando.

– Marque minhas palavras – Tim diz. – Ele vai terminar na Deborah.

– Fechem as matracas! – Thelma grita, com a mão levantada. – Ou acerto o rosto de vocês com tanta força que vocês vão acabar olhando para trás.

— Nossa, isto soa como uma ameaça — Tom diz.

— Ah, em que mundo violento estamos vivendo — diz Tim.

— No fim, nós todos somos vítimas de fato — diz Tom.

Thelma aperta os olhos em direção aos meninos, e eles finalmente ficam quietos. Como os nomes dos meus companheiros de percurso não estão nas listas oficiais, Esther, Thelma e Peter Peter agora precisam se despedir de mim e se juntar aos que se opõem ao tijolamento na quadra de softbol, onde também se contorcerão no chão numa simulação das dores da morte, como parte da remorte.

Thelma pega meu rosto entre as mãos, da maneira que você costumava fazer, Mãe. Diz:

— Mama confia em você, criança.

O menino velho Peter Peter diz:

— O que quer que você faça, filho, nos deixará orgulhosos. — Ele assanha o meu cabelo, da maneira que você costumava fazer, Pai.

Esther me puxa de lado e me dá uma olhada quase constrangida. Está com as faces coradas. Por fim, diz:

— Mande meu amor ao Johnny, certo?

Depois, como ainda sou avesso a abraços, me chuta de leve as canelas, o que ela chama de "tapa de amor". Chuto de volta. Depois, Peter Peter e Thelma juntam-se a nós e, sob o olhar atônito dos gêmeos diabólicos e dos guardas, meus amigos e eu ficamos na entrada do ginásio chutando uns aos outros.

Quando finalmente me afasto da minha família improvisada e entro no Marcy, tenho a sensação curiosa — chamem de sexto sentido — de que estou indo encontrar meu criador.

62	150.36
Sm	
Samário	

Os atiradores de tijolos usam fronhas sobre a cabeça, com buracos abertos para os olhos. Seus capuzes moles fazem com que pareçam um arremedo da Ku Klux Klan. Eles ficam imóveis, de mãos dadas, na pista superior, todos os trezentos. Usam shorts de ginástica, camisetas e meias listradas que vão até os joelhos, como se um tijolamento num ginásio fosse um verdadeiro evento esportivo. Estão suando debaixo do capuz? Nauseados e tontos? Já estão se arrependendo do papel que desempenharão esta noite? Ou estão tão sedentos de sangue que mal podem esperar que minha parte termine e que a deles comece?

Fico parado, sozinho, no círculo central da quadra de basquete, onde Reginald me deixa. As luzes acima estão claras e festivas, como se o time de basquete Trojan, do Helen Keller, fosse logo irromper do vestiário, e Cynthia Orwell e sua equipe de líderes de torcida fossem balançar os pompons e fazer os espacates. Devo tentar plantar bananeiras e dar saltos mortais pra entreter os atiradores de tijolos enquanto eles esperam? De onde estou, não consigo ver os tijolos empilhados na pista superior, mas sei que estão lá, em algum lugar. Seiscentos tijolos. Dois para cada um. Tijolos o bastante para esmagar o cérebro do único troiano que surgirá do vestiário.

Gasparzinho, o fantasminha camarada, mostra 11:40. Em poucos minutos, Johnny Henzel será trazido para fora. Ele e eu temos 15 minutos juntos, antes que o relógio bata meia-noite e os tijolos voem.

Por que o próprio Zig não deu um basta nesta loucura? Ele não tem vergonha? Não tem sabedoria? Não tem superpoderes? Qual é o sentido de um deus sem superpoderes? A única reação de Zig, até agora, foi ter posto a bola na minha quadra. Ou as balas, eu deveria dizer. Duas balas estão dentro do pequeno revólver que se acha dentro do bolso esquerdo do meu macacão. Tive medo de que os guardas pudessem me revistar, mas eles não revistaram. Ringo, na verdade, até me desejou sorte, mais cedo. Enquanto Reginald estava preocupado, o guarda inglês inclinou-se para perto e me olhou fixo.

— Vou sentir falta do Johnny — cochichou. — Às vezes, eu tocava a minha guitarra do lado de fora da cela dele pra ele se sentir menos só. Até atendia seus pedidos especiais.

Agora, enquanto espero, enfio a mão no bolso e aliso o pequeno revólver com a ponta do dedo, exatamente como Johnny afagaria as costas da sua barata. Trago o pendente azul do Czar ao redor do pescoço. Ele está sobre o meu coração, debaixo do meu moletom.

Lá em cima, na pista de corrida, um dos atiradores de tijolos sai da fila e corre pela pista em direção à saída. Pouco depois, mais três fazem a mesma coisa. Os atiradores de cada lado dos espaços vazios aproximam-se e voltam a agarrar as mãos uns dos outros para fechar o círculo. Reginald me disse que alguns atiradores poderiam desistir no último minuto. Consequentemente, autoridades do presídio inscreveram substitutos para assumir o lugar, caso necessário. Logo, os quatro substitutos encapuzados aparecem ao longo da pista e se espremem para dentro do círculo.

Gasparzinho, o fantasminha camarada, mostra 11:45.

— Rover Vermelha, Rover Vermelha — murmuro, alisando o revólver —, mande Johnny imediatamente.[10]

Como vocês sabem, Mãe e Pai, normalmente eu não transpiro, mas estou suando agora, tanto que devo estar fedendo a cebola como meu antigo colega de quarto.

---

[10] No original: *Red Rover, Red Rover/ send Johnny right over,* cantiga de uma brincadeira infantil dos países de língua inglesa. (N. da. T.)

As portas do vestiário dos meninos se abrem, e surgem Johnny e Reginald. Johnny está descalço e com o torso nu. Veste apenas shorts de ginástica, e traz algemas ao redor dos pulsos e dos tornozelos. Reginald, em roupas de ginástica, está com uma fronha sobre a cabeça, e um apito ao redor do pescoço. Ele pega no braço de Johnny e o conduz em minha direção num arrastar lento. A expressão "os últimos passos de um condenado" me vem à mente.

Quando os dois meninos chegam ao círculo central, Johnny me faz um aceno com a cabeça. Reginald ajuda Johnny a se ajoelhar, movimento desajeitado considerando os dois pares de algemas. Johnny tropeça e quase cai, mas Reginald o segura. Eu também me ajoelho, bem em frente a Johnny. Reginald pisca para mim pelos buracos do capuz, e depois dá um tapinha na cabeça de Johnny, como um dono faria com seu basset hound. Sem uma palavra, o presidente das almas caridosas recua para a entrada do vestiário, onde ficará observando.

Olho para Johnny, que levanta o olhar para os trezentos atiradores de tijolos na pista superior acima de nós. Eles não estão autorizados a falar, mas alguns tossem. Um deles tosse com tanta violência que eu deveria lhe emprestar meu novo saco de papel, que está no bolso direito do meu macacão.

As faces de Johnny estão com acne, e seus lábios estão secos. Ele se inclina em minha direção e, quase num sussurro, diz:

— No meu julgamento, eu disse uma coisa que era mesmo verdade.

— O quê?

— Você é forte, inteligente e puro. Não se esqueça disso, mesmo quando eu não estiver por perto pra lembrá-lo. Prometa.

Meu coração dói. — Prometo.

— Eu disse um monte de m*rda, conversar com Zig, matar Willa, tudo m*rda, mas você já sabia disso porque você é inteligente.

— Sei que o Atirador não é você. Não o verdadeiro você.

Ele sorri com ironia e diz: — Existe um pequeno Atirador em todos nós.

— Johnny, tenho um revólver *aqui* comigo. Aquele do Curios. — Dou um tapinha no calombo do meu bolso esquerdo. — Achei umas balas. Duas balas.

Suas sobrancelhas levantam-se: — Jura?

Confirmo com a cabeça.

— Bom, isto é perfeito. — Olhando para cima, ele grita: — Obrigado, Zig!

Sou surpreendido pela *Blaberus craniifer*, que subitamente sobe do bolso dos shorts de Johnny, corre sobre seu peito e pescoço, e depois se enfia no seu cabelo embaraçado. Olho para os atiradores lá em cima e para Reginald, mas ninguém parece ter notado.

Johnny parece não se abalar com o fato de que uma barata esteja se arrastando pelo seu couro cabeludo.

— Zig nunca fala comigo — diz. — Gostaria que falasse, mas o p*to nunca trocou duas palavras comigo. Embora eu ache que essas suas balas contem como duas palavras.

Acho que ele pode estar certo.

— Mas Zig me deu Rover, e a barata fala. Você se lembra de que eu achava que a voz fosse da Willa? Bom, na prisão o sussurro ficou mais alto e mais claro, e percebi quem é.

— Quem?

Ele se inclina para mais perto, e me olha fixo.

— As pessoas no meu quarto do hospital. Principalmente a minha irmã. Meus velhos também. Às vezes uma enfermeira, ou um médico. Posso ouvir *eles*, mas eles não podem me ouvir.

Ele tem tido alucinações, exatamente igual a Thelma, quando parou de comer e via tucanos nas árvores.

— Ah, Johnny, você não está mais no hospital. Sua mente está armando pra você.

— Estou vivo lá na América! — ele diz, os olhos faiscando. — Eu morri, entende? Mas só por alguns minutos. Meu coração parou de bater, mas os médicos o fizeram funcionar de novo. Voltei à vida, e estou ficando mais forte, mas ainda estou em coma. Agora, só tenho que acordar e, para acordar lá, não posso estar vivo aqui, entendeu?

A barata sai de dentro do seu cabelo e para acima da sua sobrancelha esquerda.

– Posso ouvir a Brenda neste exato momento – ele diz, levantando os olhos para Rover. – Ela está dizendo: "Vamos lá, Johnny, abra os olhos!"

Não sei o que dizer. Meu coração estremece; minha respiração fica curta; meus olhos marejam. As lágrimas caem e eu as enxugo com meus polegares.

– Ah, não tenha pena de mim, Boo – ele diz com ternura. – Estou indo pra casa. Estou voltando para nossa velha terrinha. Tudo vai estar nos conformes.

Ele está tão louco quanto Willa com seu salto suicida para a América. E, o que é pior, eu quero compartilhar esta loucura.

– Posso ir com você? – digo, a voz falhando.

– Não, cara, você tem que ficar na Cidade.

– Não me deixe só! – suplico.

– Você não está só. Tem a Thelma, a Esther, e vai fazer novos amigos.

– Eu não faço amigos com facilidade. Sou um esquisitão.

– Você tem que ficar porque você está morto. Sinto muito, cara, mas você está mortinho da silva.

Ele se contorce, tentando ficar confortável, apesar das algemas que contêm seus pulsos e tornozelos. Quando se acomoda, diz:

– Vou ter mais uma chance na vida, Boo. Uma vida de verdade.

Rover atravessa sua testa e volta a se esconder no seu cabelo. É estranho como Johnny parece calmo, enquanto meu cabelo deve estar arrepiado, e minha pele, branca como a de um albino.

– Estou com muito medo – digo. – Você não está?

– Não acho que vá doer muito – ele diz. – Eu estava esperando centenas de tijolos. Uma bala, com toda certeza, vai machucar muito menos.

Um suspiro profundo me escapa.

— Não posso. Eu...

— Bom, *eu* não posso. Não, algemado. Então você tem que fazer isto.

Recomeço a chorar. Dou uma olhada em Reginald Washington na entrada do vestuário, mas, por causa da fronha, não posso avaliar sua reação.

— Há duas balas restantes — digo, implorando. — Duas. Uma pra você, outra pra mim.

— Não seja idiota! — ele exclama. Abaixando a voz, diz: — Você está morto, cara. Não há balas pra você! Você deve ter recebido duas, para o caso de uma não funcionar. Entendeu? Atire no meu coração, e, se eu não desaparecer na mesma hora, dê um tiro na minha cabeça.

Tiro o saco de papel e o levo à boca. Inalo e exalo, e o saco infla e volta a murchar com a minha respiração.

— Ouça — ele diz, agora num tom mais gentil —, nós nunca tivemos uma chance de nos conhecermos bem na América. Mas aqui na Cidade, viramos os melhores amigos. Nós não somos os melhores amigos?

Concordo com a cabeça, enquanto respiro dentro do saco.

— Bom, só o meu melhor amigo pode fazer isto pra mim.

Paro de respirar no saco.

— Por favor, não me obrigue.

Minha voz está aguda, infantil. Estou fraco demais. Estou pra lá de fraco.

Johnny fecha os olhos. Ao abri-los de novo, uma lágrima escorre pela sua face. Estendo o braço e a enxugo com o polegar. Ele recua ao meu toque.

— Me dê um abraço. Você consegue fazer isso. E enquanto a gente estiver se abraçando, você tira a arma e a enfia no meio de nós dois, pra que ninguém mais veja. Mire no meu coração. — Ele dá uma olhada em seu peito, o alvo. — Aí, você só puxa o gatilho e dá o fora daqui. Dois palitos.

Minhas lágrimas são substituídas por soluços aflitos. Do meu nariz escorre muco que desce para a minha boca. Limpo os lábios, enxugo o rosto. Afundo as pontas dos dedos no canto dos olhos.

— Me ajude a ir pra casa — Johnny diz baixinho. — Me ajude a crescer. Me ajude a passar dos 13 anos.

Belisco a pele do braço pra controlar meus soluços. Ouço passos acima; mais atiradores estão abandonando suas funções. Talvez se eu soluçar bem alto, faça com que todos vão embora. Mas nunca farei todos irem embora. Se não atirar em Johnny, ele morrerá de qualquer jeito, mas de uma maneira muito mais terrível.

Johnny sorri para mim, e uma covinha marca sua face. Mas seus olhos não estão sorrindo. O branco dos seus olhos está vermelho.

— Por favor — Johnny sussurra.

E então, eu me inclino para meu maluco irmão de sangue. Abraço-o contra mim. Seu corpo tem tanto cheiro de cebola quanto o meu. Sua pele está febril, mas sou *eu* quem tem arrepios.

A cabeça-da-morte desabalou pelo seu pescoço e agora está pousada no seu ombro, como uma fada num livro infantil.

Enfio a mão no bolso do meu macacão.

— Obrigado, Oliver — Johnny sussurra.

Saco o revólver.

— Feche os olhos, Johnny querido — digo em seu ouvido.

Suas pálpebras fecham-se com firmeza. Seu rosto se contorce. Todo o seu corpo se enrijece. Afasto-me um pouco. Aponto a arma para seu peito magricelo. Minha mão nem mesmo treme.

— Zig, tenha piedade — murmuro.

Puxo o gatilho.

63 151.96

Eu

Európio

Johnny Henzel não desaparece. Em vez disso, seu corpo cai para trás no círculo central. Sua cabeça bate no chão. Os atiradores de tijolos, aparentemente todos os trezentos, seguram o fôlego juntos com o eco do estampido. Alguns gritam "*Não! Não!*", enquanto levanto o revólver para atirar de novo, desta vez apontando para a cabeça de Johnny. Um atirador arremessa um tijolo e me acerta na coxa, justo quando a arma dispara. A bala não acerta Johnny e ricocheteia do chão. Reginald corre em minha direção. Tropeça, cai e rola, a fronha saindo da sua cabeça.

– Levei um tiro! – grita, ainda que não tenha levado. Outro tijolo acerta a quadra, quebra-se em dois, e pula na direção de Reginald. Ele se senta e agarra o apito ao redor do pescoço. Suas bochechas inflam feito uma caricatura enquanto ele sopra. A agudez perfura o meu cérebro.

Na pista superior, há movimento, barulho e xingamento, mas não olho para cima. Olho para Johnny. Para o ponto vermelho no centro do seu peito.

Quero abrir as algemas dos seus tornozelos e dos seus pulsos. Deve doer ficar deitado numa posição tão desajeitada.

– Você tem as chaves das algemas? – grito para Reginald, que agarra seu tornozelo, que torceu ao cair.

– O que você fez!? – Reginald geme, o rosto distorcido.

— Matei Johnny — replico.

— Matou nada, seu idiota! Ele ainda está vivo! Ainda está aqui!

Abaixo o revólver, engatinho até Johnny e me inclino sobre ele. Seus olhos estão fechados, o rosto, relaxado. Não resta nenhuma tensão. Está tranquilo como um anjo. O ferimento do seu peito é do tamanho de uma moeda de um centavo, e o sangue parece estranhamente falso, como o ketchup de zumbi que nós, citadinos, espirramos em nós mesmos no Halloween.

Ponho o ouvido em seu peito, enquanto dezenas de atiradores descem para o ginásio, tirando as fronhas da cabeça. Eles cercam Johnny e a mim, alguns com tijolos nas mãos, como se ainda pudessem esmagar o cérebro de Johnny, ou talvez até o meu. Benny Baggarly está aqui. Ele apanha o revólver e o aponta para o teto. Puxa o gatilho repetidas vezes, mas é claro que a arma não dispara.

Os atiradores falam compulsivamente. Reginald geme. Johnny permanece em silêncio.

— Por favor, fiquem quietos — digo aos atiradores. Alguns se ajoelham ao meu lado e de Johnny, enquanto escuto seu peito.

Endireito o corpo.

— Não existe batimento cardíaco — digo. — Ele está remorto.

— Ele não está remorto! — Reginald grita, exasperado. Ele se arrasta até mim, em meio à multidão de atiradores. Acha que sou louco. Vejo isto em seu rosto mau, zangado, manchado.

Naquele momento, a cabeça-da-morte sai correndo de debaixo de Johnny e sobe no seu ombro. Alguns atiradores prendem o fôlego. Rover para por um ou dois segundos, a máscara da morte em seu pronoto parece pulsar. E então — *puf!* — a barata desaparece em pleno ar.

64 157.25
Gd
Gadolínio

65 158.93
Tb
Térbio

66 162.50
Dy
Disprósio

Sou mandado para a Deborah para me recuperar, uma estadia de seis meses que me foi imposta para o meu próprio bem por Reginald Washington e seu conselho de almas caridosas. Sim, Mãe e Pai, tornei-me um triscon – um triscon do terceiro andar para ser preciso, a categoria de pacientes instáveis, proibidos de deixar as dependências do asilo. Como estou calmo e controlado nos dias depois de ter matado Johnny, as pessoas deduzem que estou em choque. Andam à minha volta nas pontas dos pés, literalmente. A enfermeira com jeito de bailarina que mais cedo me trouxe o café da manhã com papa e bolo inglês com geleia andava como se tivesse medo de fazer as tábuas do assoalho rangerem.

Albert Schmidt, o diretor do asilo com cara de criança, aparece com frequência no meu quarto (felizmente, não é o antigo quarto de Willa Blake) para dar uma olhada em mim.

– Como está indo? – ele sempre pergunta.

– Nos conformes – replico.

Ele não acredita em mim, é claro. Ninguém acredita. Nem mesmo sei se eu acredito em mim. Fico deitado na cama, olhando as assustadoras rachaduras no teto e o ventilador girando, exatamente como costumava fazer no meu quarto em nosso apartamento, e sinto muita falta de vocês dois, Mãe e Pai; sinto falta dos modelos dos planetas que pendiam do meu teto, e até das teias de aranha que se formavam lá porque, por minha insistência, vocês deram às aranhas a liberdade de tecer suas teias.

Mais do que tudo, sinto falta de Johnny.

Pelo menos uma vez por dia, desço até o pátio. Gosto do pátio. Aqui, os tristes e confusos parecem menos tristes e confusos. Os arbustos florescem com rosas vermelhas, amarelas e alaranjadas. Uma pérgula tem treliças cobertas com trepadeiras grossas, como aquelas que você descrevia em *João e o pé de feijão*, Mãe. Como me arrependo de não ter ouvido com atenção quando você me lia histórias de fadas na minha infância! Você se lembra de como eu costumava caçoar de *O trenzinho que podia*, e perguntar por verbetes da enciclopédia sobre combustão em trem? Peço desculpas por meu limitado interesse nos mundos ficcionais.

Hoje, quando entro no pátio, alguns triscons estão sentados em bancos e lendo sobre mundos ficcionais em romances (*Flores no sótão* e *Sempre vivemos no castelo*). Outros estão jogando jogos tranquilos, como handebol, amarelinha e jacks. Conforme passo, alguns triscons me acenam com a cabeça ou tocam em seus chapéus de bexiga. Fiquei muito famoso aqui. No entanto, eles são muito tímidos para se aproximar, então mantêm uma distância segura. Acham que sou instável e imprevisível porque, apesar de parecer dócil, matei um menino.

Sento no meu banco favorito. É meu favorito por dois motivos. o primeiro, por ter gravado uns grafites inteligentes: "FELICIDADE ETERNA NÃO PASSA DE PURA LOUCURA"; o segundo é por estar ao lado de uma roseira amarela, cujos espinhos são agudos. Gosto de espetar um dedo e cronometrar, com a ajuda de Gasparzinho, o fantasminha camarada, a rapidez com que o minúsculo machucado sara. Hoje meu corte leva uns meros 22 minutos para desaparecer (um recorde).

Depois que o machucado sara, paro de olhar minha mão e vejo Esther Haglund entrando no pátio para uma visita. Por sorte, ela agora é uma alma caridosa plena (os triscons do terceiro andar só podem receber visitas das almas caridosas plenas). Esther vem semanalmente me pôr a par do mundo fora da Deborah. Hoje, todos os triscons olham para ela porque, para combinar com sua braçadeira roxa, ela está com um vestido comprido de veludo roxo – sua vestimenta mais extravagante até agora. Sabe lá Zig como é que ela conseguiu pedalar até aqui. Eu deveria lhe pedir para me fazer um terno de veludo roxo; se for para eu ser um esquisitão, deveria fazer jus ao papel.

Esther senta-se no meu banco, e seus pés não tocam o chão. Calça sapatilhas onde estão colados brilhos dourados. Pega uma rosa amarela, e a enfia em seu cabelo fofo. Um artista deveria capturar a beleza desta cena numa pintura.

– Johnny continua remorto, presumo – digo.

Esther confirma com a cabeça. Há duas semanas, ela me contou que seu corpo havia sido levado do ginásio Marcy Lewis para a enfermaria Sal Paradise, na Cinco, em uma maca.

– As enfermeiras ainda acham que ele vai se recuperar e acordar.

– Mas seu coração não está batendo – observo.

– Elas acham que ele vai recomeçar.

– Jamais.

– Você não sabe! – ela replica. Esfrega os olhos. Parece confusa e frustrada. – Bom, se ele estiver remorto para sempre, por que está acontecendo isto? – ela pergunta. – Por que Johnny continua por aqui? – Sua testa redonda se enruga. Ela quer que eu resolva o enigma do primeiro citadino remorto que não some num piscar de olhos.

– É um verdadeiro mistério – digo. – Uma das minhas teorias é que talvez Zig acredite que preciso de Johnny por perto, então o deixou, ou pelo menos parte dele, aqui na Cidade.

Esther dá um tapinha no meu joelho, e me encolho, porque recaí na minha mania de não-me-toque.

– Você não precisa mais do Johnny, Boo – ela diz. – Todos nós temos que tocar nossas pós-vidas sem ele.

– Ai, cruzes, não consigo imaginar isto – digo.

Ela me encara por um momento, e depois sacode a cabeça.

— Você deveria começar a imaginar isso. Talvez, então, Zig deixe Johnny ir embora.

— Não — digo simplesmente, negando com a cabeça.

Começa a chover, de início uma coisa leve, que mesmo assim afugenta os triscons e as enfermeiras para fora do pátio, e de volta para o prédio. Esther continua no mesmo lugar, mesmo quando chove canivetes e seu cabelo fofo, o vestido roxo e os sapatos brilhantes ficam ensopados.

Permanecemos sentados, vendo os pingos gordos golpearem as rosas. Elas perdem várias pétalas. Mesmo assim, são duronas (como Frank e Joe, os irmãos Hardy, ha, ha), então vão se recuperar, tenho certeza. E nós também, imagino. Quero dividir este pensamento com Esther, mas quando me viro, ela parece tão acabada que tenho minhas dúvidas.

Ela escorrega para fora do banco. Tira o cabelo molhado dos olhos, e me dirige um olhar exausto.

— O que foi, Esther Haglund?

— Não acho que irei voltar pra vê-lo — ela diz.

Fico na chuva, esperando ela continuar, mas ela só fica ali me olhando, como se tivesse presumido algo vital a meu respeito, que eu mesmo ainda não percebi.

— Sei que não é das coisas mais fáceis ser minha amiga — digo, por fim.

Ela não responde. Apenas suspira. Depois, se vira nos seus saltos brilhantes, e sai no seu andar arqueado para longe da minha pós-vida.

67	164.93
Ho	
Hólmio	

Durante meu tempo na Deborah, tive aulas de desenho de natureza-morta e, de tanto praticar, aprendi a desenhar vasos, bicicletas, abajures, cata-ventos, máquinas de escrever, almofadas, e coisas que tais. Aprimoro minhas habilidades artísticas para me tornar um indivíduo mais equilibrado. Nunca vou ser um artista de talento como Johnny, mas agora, pelo menos, estou acima da média. Em seguida, vou me diplomar em retratos. A primeira pessoa que vou desenhar será Johnny, assim que completar minha estadia de seis meses.

Os triscons têm a opção de conversar com um conselheiro aqui, mas opto por não falar. Também não interajo muito com os outros triscons. De qualquer modo, eles desconfiam de mim. Concluem que sou um amigo desastroso para se ter, a mesma decisão a que chegou Esther. Quando me sinto só, peço a Albert Schmidt para jogar uma partida de xadrez. O dr. Schmidt, como ele é chamado aqui, desempenha bem seu trabalho como diretor do asilo, porque não pressiona ninguém para melhorar. Sua política é viver e deixar viver. Ele gosta de ter todos nós, triscons, por perto. Chama a gente de crianças. Normalmente é gentil, mas ocasionalmente fica exasperado quando não ganha uma partida de xadrez, então, às vezes, eu perco de propósito.

Ganho do dr. Schmidt privilégios para o telhado, depois de o deixar vencer várias partidas seguidas. No início eles me eram negados, por medo de que eu me atirasse, à moda Willa Blake. Quando chego ao telhado, desenho estrelas no meu bloco e me entrego ao propósito exaustivo de mapear o céu noturno. Minha constelação favorita até hoje tem a forma de um anquilossauro.

Para me manter ocupado, também me ofereço na cozinha. Gosto de lavar os pratos. É calmante raspar os restos das nossas refeições e depois ensaboar nossos pratos lascados, e deixá-los novamente brilhantes. Por algum motivo, Zig ainda não nos mandou uma lavadora. Talvez não estejamos prontos para esse teste.

Também gosto de descascar batatas. Até mesmo peguei mania de fazer torta de batata-doce, como aquela mencionada na música preferida da mamãe, "It's Crazy", da Sarah Vaughan. Meu ingrediente secreto é o tempero indiano garam masala, que encontrei nos fundos da despensa da Deborah. Gostaria de poder fazer minha torta pra vocês dois. É muito mais saudável do que as pizzas que vocês devoram.

Para me manter em forma, faço exercícios de fortalecimento no pátio, com uma bandana do Bicentenário em volta da minha testa. O dr. Schmidt recomenda exercícios para combater a tristeza e a confusão. Quando ele vê a gente se exercitando, finge ser um sargento em treinamento e grita: "Um, dois, três, quatro! Um, dois, três, quatro!" Felizmente, ele nunca tenta encostar-se em nós. Não dá tapinhas no ombro, nem abraços. Acho que ele também não gosta de ser tocado. Uma enfermeira chamada Francine, que costumava ter problemas de audição na América e agora ainda fala alto demais, uma vez pôs a mão em suas costas e ele se encolheu.

O dr. Schmidt morreu num acidente de ônibus escolar. Ele e três outros citadinos mortos no acidente mantêm contato, e às vezes se juntam para jogar cartas na sala de jogos. Ele é neto de uma estrela do cinema mudo, cujo nome me escapa, já que nem mesmo sei os nomes das atuais estrelas de cinema. Mas acho que a atriz fez papel de Jane, num filme do Tarzan.

Ainda que eu respeite o dr. Schmidt, ele nunca vai se tornar um grande amigo, não como a mixzade que eu tinha com Johnny. Afinal de contas, as mixzades são raras e tenho certeza de que vocês dois, Mãe e Pai, concordarão, já que vocês mesmos estão numa mixzade.

Johnny ainda está aqui na Cidade, descansando em paz na enfermaria Sal Paradise. Seu coração continua parado. O conselho de almas caridosas não sabe o que fazer com o corpo de Johnny.

Às vezes, os citadinos se infiltram na enfermaria para dar uma olhada no famoso "semimorto", como ele é chamado. Apesar da vigilância das enfermeiras, alguns citadinos conseguem encostar-se à sua pele para sentir como está fria e seca. Eles correm a ponta do dedo em volta da circunferência do ferimento do seu peito, que está seco, mas não sarou.

Sei de tudo isto porque Czar me contou em uma carta. Ele disse que ele mesmo entrou na Sal, e quando viu o corpo sem vida de Johnny e tocou o ferimento do seu peito, decidiu colocar um colar com pendente azul ao redor do pescoço do meu amigo.

– O pobre cara merece alguma mágica – ele escreveu. – Talvez o topázio estimule seu coração.

Uma postura nobre, acho.

Além de Czar e Esther, tenho pouco contato com o mundo externo. Recuso outras visitas, e agora digo não até para Thelma e Peter Peter, porque acho que eles também precisam de um tempo longe de mim. Escrevo a eles me desculpando. Eles me escrevem de volta, mas não abro aquela carta, nem as próximas que eles mandam.

Muitos desconhecidos também me escrevem. Presumo que sejam supras. O dr. Schmidt me conta que alguns supras me veem como um herói, enquanto outros me veem como uma chatice por estragar sua diversão com os tijolos. Jogo todas essas cartas fechadas no condutor de lixo.

Esther Haglund não escreve e, como prometeu, não visita. Também não escrevo para ela. Respeito sua decisão. Mas sinto saudades.

Um mês antes do término da minha estadia de seis meses, mudo-me para o segundo andar da Deborah. Vários dos meus companheiros pacientes e eu nos inscrevemos para passes diários para trabalhar como estoquistas num depósito de provisões próximo. Zig fez uma entrega noturna, e tenho grandes esperanças de tropeçar em outra dica vinda dele ou em instruções, algo como as balas que ele me mandou. Quero saber como devo proceder de agora em diante, porque, honestamente, sinto-me perdido. Preciso de alguma orientação para decidir o que fazer com o resto da minha pós-vida.

No depósito, arrasto colchões e camas box, abasteço carrinhos de supermercado com abajures, empilho carteiras em vagões de transporte, classifico dezenas de camisetas de acordo com o tamanho e encho caixas com materiais de arte. Enquanto trabalho, sonho que o armazém é um portal que poderá me transportar de volta para Hoffman Estates, onde posso visitar vocês, Mãe e Pai. Idiota, eu sei.

Alguns dos estoquistas roubam pertences. Vejo uma triscon mal-humorada chamada Clementine enfiar uma marionete de um burro dentro da mochila, mas não roubo nada. De qualquer modo, não vejo nada de extraordinário nesse dia, nem nos outros dias em que me ofereço como voluntário. Nada de curioso. Talvez eu tenha perdido minha capacidade de discernir.

Ou talvez Zig esteja me dizendo pra eu achar meu próprio caminho, voar com minhas próprias asas de anjo, modo de dizer (ha, ha).

Uma noite, enquanto estou sentado na minha cama na Deborah, desenhando um ursinho maltratado de uma orelha só, que uma vez compartilhou a vida com Willa Blake, uma ideia me vem à cabeça. Reflito a respeito e decido que é realmente esplêndida. Sei o que tenho que fazer com a minha pós-vida, e com a natureza-morta que é Johnny Henzel.

Escrevo imediatamente para Peter Peter, aos cuidados do Curios. Peço desculpas por meu longo silêncio. Peço meu antigo trabalho de volta, desde que ele possa me perdoar por roubar um dos seus objetos curiosos (o revólver). Combino um encontro com ele e Thelma na sexta-feira anterior à segunda-feira em que vou deixar a Deborah.

Nós nos encontramos na sala de arte, um território neutro que o dr. Schmidt prefere para os encontros entre triscons e não triscons.

Nas paredes da sala, penduro vários dos meus desenhos de natureza-morta, porque existe uma ligação entre eles e o favor que vou pedir a Peter Peter e Thelma.

Eles aparecem usando chapéus de palha combinando, com uma fita vermelha amarrada, como aqueles usados por gondoleiros. Thelma fica com os olhos marejados e diz:

— Meu bebê emagreceu.

Digo-lhe que ela sabe tão bem quanto eu que é impossível perder peso na Cidade, a não ser que um citadino corte sua própria mão ou seu próprio pé. Digo-lhe que ela não perdeu nem um quilo desde a última vez que a vi, e ela abraça seu estômago gordo com força, o que significa que está me abraçando.

Peter Peter tem um presente para mim na caixa oblonga que parece ser do tipo que traz canetas-tinteiro. No entanto, ela não contém uma caneta. Em vez disso, o presente é um objeto curioso, especial, que chegou recentemente: um termômetro de mercúrio que mostra que a sala de arte da Deborah está com 77 graus Fahrenheit e 25 graus Celsius. Mercúrio, também conhecido como prata-viva, é o elemento nº 80, abreviado como Hg.

— Quero que você fique com o termômetro até voltar a trabalhar no Curios — Peter Peter diz.

— Estou tocado — digo a eles. — Tocado no sentido de emocionado, não no sentido de ligeiramente maluco.

Thelma me abre seu sorriso com falha no dente. Peter Peter dá uma risadinha. Essas pessoas se preocupam mesmo comigo. É difícil imaginar o porquê, a esta altura da minha pós-vida.

Conto a eles minha esplêndida ideia.

68 167.26
Er
Érbio

69 168.93
Tm
Túlio

70 173.05
Yb
Itérbio

71 174.97
Lu
Lutécio

Três meses depois, é marcada uma nova exposição a ser aberta no Curios. É simplesmente chamada de "Zoo", como o nome da loja de animais que Johnny pretendia abrir um dia.

Meu cartaz para a exposição menciona que Zoo prestará homenagem aos animais falecidos que uma vez consideraram a Cidade sua casa: o rato-do-deserto Lars, a periquita Gloria, o gatinho Crappy, a barata Rover, e as artêmias salinas, as quais nunca nos preocupamos em dar um nome.

Ao longo da última semana, citadinos escreveram seus nomes em nossa folha de inscrição para uma visita guiada na Zoo, a ser realizada no domingo à noite. Para este evento, os lugares são limitados a 13 pessoas e reservados por ordem de inscrição.

Quando chega a noite de domingo, reúno minha audiência em frente à porta que leva para a sala de exibição que abriga a Zoo. Acima da porta há uma placa pintada com um grande Z em vermelho, um grande O em branco, e um grande O em azul (as cores foram ideia da Thelma; ela é patriota). Uma antiga escrivaninha decorada está colocada em frente à porta, de modo que ninguém possa entrar na Zoo antes que eu esteja pronto. Quando um menino numa camiseta de pavão da NBC tenta afastar a escrivaninha, Czar, que agora funciona como segurança no Curios, grita:

— Tire suas patas sujas daí, seu filho da p*ta, bajulador *ignoramus*!

Sinto-me mal pelo menino do pavão, porque, esta noite, ele e todos os meus visitantes são o tipo de alunos ávidos, ratos de livrarias, e solitários, que passariam suas horas de almoço estudando na biblioteca do Helen Keller. Em outras palavras, são versões minhas realmente.

Quando Gasparzinho, o fantasminha camarada, assinala oito horas, saio de uma mesa no canto, onde estava polindo calmamente as moedas da Susan B. Anthony com uma escova de dente mergulhada em vinagre branco. Apresento-me como Oliver Dalrymple, o guia deles da Zoo nesta noite.

— Ei, você é aquele menino! — diz uma menina que, por mais estranho que pareça, tem a extremidade do braço enfiada dentro de um fantoche de meia de um gatinho malhado de cinza, possivelmente uma representação de Crappy. Quando ela fala, faz a boca do gatinho se mexer. — Você é o Atirador, não é? — ela pergunta.

Os citadinos começaram a me chamar de Atirador.

— Existe um pouco de Atirador em cada um de nós — retruco.

Faço um sinal de cabeça para Czar. Ele começa a arrastar a escrivaninha da porta com a ajuda de Peter Peter, que saiu da sua sala para ajudar.

Meus convidados me olham receosos, agora que sabem quem sou. Parecem temer que eu possa sacar um revólver e atirar neles.

Abro as portas do saguão da exposição, e os levo para dentro. Ao redor da sala retangular estão vitrines comemorando a vida animal da Cidade. A vitrine do rato-do-deserto, por exemplo, é o antigo terrário de Lars com sua rodinha de exercício, a garrafa de água e até alguns dos seus rolos de papel higiênico semimastigados, tudo guardado por Peter porque ele é um acumulador.

Agora que eu também sou uma espécie de artista, fiz um rato-do--deserto falso usando restos de uma bolsa de couro sintético e os fios marrons de velhas escovas de cabelo. A história de Lars está afixada em uma cartolina ao lado da vitrine do rato, mencionando detalhes tais como seu nome latino (*Meriones unguiculatus*), a zona onde foi descoberto (Três), a data da sua descoberta em um engradado de bolas de tênis (25 de setembro de 1974), sua comida predileta (nabos), e seu período de vida em anos do céu (dois anos, um mês, quatro dias).

Em torno da sala há vitrines semelhantes para as outras criaturas. Fiz um gato malhado com feltro e tecido, e um periquito com penas de plumas amarelas e verdes.

Quanto à *Blaberus craniifer*, temos diversos desenhos de Johnny, desde esboços pequenos feitos a nanquim, até desenhos de página inteira feitos com lápis de cor. Fiz um modelo da barata em tamanho natural, com argila, e pintei em sua cabeça uma mancha preta detalhada, imitando a máscara da morte que dá nome ao inseto.

Ainda não entendo por que Rover sumiu em vez de Johnny, mas talvez ela só tivesse chegado ao fim da sua vida natural no céu. Ou talvez tenha morrido de coração partido (a propósito, o coração de uma barata tem 13 câmaras).

Meus convidados ouvem educadamente enquanto faço minha preleção sobre a Zoo e as criaturas que fazem parte dela. Tento provocar a curiosidade deles, contando histórias divertidas como, por exemplo, que Crappy recebeu este nome porque foi separada da sua mãe muito jovem, e por isso levou muito tempo para aprender a usar a caixa de dejetos, contendo areia de parque como vaso sanitário (cujo exemplo está na vitrine).

Um sujeito de ar desanimado, que alguém disse ser um menino velho, diz:

— *Todos* nós fomos separados das nossas mães muito jovens.

Depois que termino minha explanação, levo meus visitantes para o fim do saguão da exposição, onde, pendendo do teto, está uma cortina de veludo vermelho.

— O que tem atrás dela? O mágico de Oz? — diz um espertinho.

Sacudo a cabeça e puxo a cortina, revelando uma porta que dá para uma sala de exposição menor (antigamente um depósito). Abro a porta e levo meus visitantes para dentro. Esta segunda sala está escura, e então ninguém vê, de início, o que está sendo exibido. Com a luz do meu Gasparzinho, o fantasminha camarada, encontro o abajur do chão e o acendo.

— Vejam a principal atração — digo.

Nos fundos da sala sem janelas, deitado numa cama de solteiro, está um menino. Todos nós nos aproximamos da cama.

— É só um menino dormindo — o espertinho diz. — Grande coisa!

— Hora de acordar! — diz a menina do fantoche, estalando seus dedos livres no rosto dele.

— Ele não vai acordar — digo a ela.

Todos nós continuamos contemplando o menino na cama. Ninguém dá um pio.

Por fim, uma menina gorda exclama: — Nossa, é o semimorto!

Os outros 12 visitantes também chegam à mesma conclusão: à frente deles está o corpo de Johnny Henzel.

Johnny Henzel é minha ideia esplêndida.

Deixe-me contar pra vocês, Mãe e Pai, que de início ninguém foi receptivo ao meu plano. Tive primeiro que convencer Peter Peter e Thelma, que acharam a ideia um pouco mórbida. Quanto a Reginald Washington, bom, ele queria me confinar na Deborah por mais uns seis meses só por *sugerir* a ideia. Mas eu expliquei que enfiar Johnny numa enfermaria, esquecendo-se dele, não faria bem a ninguém. A gente precisava se lembrar dele. Precisávamos falar da sua vida aqui e na América, para entender melhor a sua história. Como resultado, poderíamos ficar mais bem preparados caso Zig, um dia, nos mandasse outro menino como Johnny Henzel.

Meu objetivo, entendam, é homenagear o meu amigo, mas também evitar o tijolamento de outro triscon.

Por fim, Reginald e o conselho das almas caridosas deram luz verde para a minha Zoo, pelo menos como uma tentativa, graças, em parte, ao apoio ao projeto obtido da diretora Lydia Finkle. Quando perguntei a Reginald o que ele queria dizer com "como uma tentativa", ele respondeu:

— Interromperemos suas atividades, sr. Dalrymple, se tiver novamente problemas mentais.

Para a noite de inauguração, Johnny está usando jeans com as pernas cortadas e uma regata impressa com o famoso tigre do Sucrilhos. O pendente azul está acima do buraco da bala. Nos pés, ele usa meias esportivas cujas listras de mamangava (amarelas e pretas) têm as cores do Helen Keller.

Seus olhos estão fechados. Ele não parece tranquilo, nem parece estar com dor. Parece absorto, como se estivesse resolvendo um problema aritmético difícil.

Czar entra na sala e avisa os visitantes para não se aproximarem demais de Johnny.

— Não sufoquem o cara, gente — ele ordena. — Deixem ele respirar.

— Não dá pra sufocar alguém que não está vivo — diz a menina com o Crappy Dois.

— Oi, Johnny — digo, debruçando-me na cama. — Como está se sentindo nesta bela noite?

Não espero uma resposta. Se ele piscasse os olhos e dissesse "Nos conformes", 13 citadinos poderiam desenvolver seus próprios furos no coração (ha, ha).

Ao redor da sala, preguei todos os desenhos e pinturas de Johnny que consegui juntar. Ele tinha feito retratos e caricaturas de Esther, Thelma e de mim, bem como dos seus pais, de Brenda, do seu carcereiro Ringo, do seu basset hound e, é claro, do Atirador. Desenhou alojamentos (o Frank e Joe), árvores, bicicletas, depósitos, trepa-trepas, cestas de basquete, dentes-de-leão, até uma fileira de mictórios.

Conto aos meus 13 visitantes os fatos de que me lembro da vida de Johnny em Hoffman Estates, e de sua pós-vida na Cidade. Não escondo detalhes constrangedores. Conto a eles que agora suspeito que o acampamento que ele frequentou no verão, antes da nossa passagem, era de fato uma espécie de asilo mental como a Deborah.

Como é muito tarde para compaixão, tento despertar simpatia pelo meu amigo. Conto à minha plateia que uma mente perturbada pode levar um menino a fazer coisas estranhas.

– Ele teve uma doença tão séria quanto o câncer que se abateu sobre certas pessoas de 13 anos antes de virem para a Cidade – digo.

Deixo os visitantes tocarem nos braços e nas pernas de Johnny.

– Que nojo! – exclama a menina gorda, mas os outros se revezam correndo a mão pelos seus membros. Eles me dizem que sua pele está fria.

– Ele tem *rigor mortis*? – pergunta o menino velho.

– Boa pergunta – digo. – Mas não, ele não tem.

Para provar isto, levanto um dos seus braços, dobrando e esticando na altura do cotovelo.

– Ele está em coma? – pergunta um menino com exotropia (estrabismo).

– Não, o comatoso ainda tem um coração que funciona, enquanto que o de Johnny está quieto como um pedaço de lápis-lazúli. – Refiro-me ao lápis-lazúli especificamente porque seu nome se traduz como "pedra azul", que me lembra do céu.

– Ele ainda está com a bala? – o mesmo menino pergunta.

Afasto o topázio falso do seu ferimento denteado. O sangue seco está quase preto.

– A bala não veio à superfície – digo aos meus convidados.

A menina com o fantoche sugere que a bala de Johnny deve ter se dissolvido, e admito que ela possa estar certa.

– Podemos ver a arma? – ela pergunta.

Gavetas deslizam de debaixo da cama. Duas são usadas para guardar roupas extras, porque troco a regata, os shorts, as meias e a cueca de Johnny semanalmente, com a ajuda do Czar. Mesmo que Johnny não sue mais, conserva um cheiro de cebola, mas é tão fraco que tenho que colocar o nariz quase no seu couro cabeludo para senti-lo.

Outra gaveta contém o revólver. Abro-a e tiro a arma. Vários visitantes prendem o fôlego. A menina gorda trança as mãos sobre a boca.

O espertinho diz:

– Não está carregada, espero. – Mas está com um olhar excitado que diz o contrário.

Passo o revólver ao redor. Alguns dos meus convidados o pegam como se fosse uma batata quente ou uma granada prestes a explodir.

A menina do fantoche segura-o bem junto ao meu rosto. Um dos olhos de botão está se soltando, a linha preta pendurada como um nervo óptico.

– Quando você apontou essa arma no peito do seu amigo – Crappy Dois diz –, o que passou pela sua cabeça?

– Pode parecer estranho eu dizer isto – respondo –, mas pensei que estava salvando Johnny.

– Vai ver que quando Johnny atirou em você – Crappy Dois replica – ele também pensou que estivesse lhe salvando.

72 178.49
Hf
Háfnio

Mais tarde naquela noite, depois que todos tinham ido embora do Curios, estou varrendo o chão da sala de Johnny quando ouço passos na Zoo. A cortina de veludo vermelha é aberta, e lá está Esther Haglund na entrada. Está usando um vestido branco cintilante, e seu cabelo está puxado no alto da cabeça em cachos compridos.

— Uau! Você está parecendo um anjo, Esther — digo. Não a via desde meus dias na Deborah.

— Quero mostrar pro Johnny que me esforcei — ela diz, alisando a frente do vestido. — É de tafetá, mas não é seda de verdade. Infelizmente, este p*to do Zig é pão-duro com a seda dele.

Soube pela Thelma que Esther mudou-se para a Três, onde agora faz roupas para outros citadinos com a ajuda — acredite ou não — do antigo carcereiro Ringo, que finalmente largou o emprego na Gene para se tornar alfaiate.

Thelma deve ter contado pra Esther sobre a Zoo e sua principal atração. Minha velha amiga aproxima-se e se senta ao lado da cama de Johnny e, com um profundo suspiro, toca um dedo na ponta do nariz dele, exatamente como fiz uma vez com o querido e falecido tio Seymour.

Eu me pergunto se Esther estava apaixonada por Johnny Henzel. Talvez seja por isso que ela precisasse de um tempo longe dele e de mim. Visualizo o coração de plástico quebrado do jogo Operando no peito dela, e meus olhos se enchem de lágrimas, algo que não acontece há algum tempo. Viro-me de costas para que Esther não me veja.

— Me dê uma licencinha, Esther. Preciso buscar uma coisa na minha sala — digo, para lhe dar um tempo sozinha com Johnny.

Na minha sala, sento-me à minha mesa. Uma folha de papel em branco está na máquina de escrever. Voltei a trabalhar na história da minha pós-vida. Finalmente cheguei ao tempo presente, e não sei muito bem para onde a história vai seguir.

Ninguém ainda leu a minha história. Queria que vocês fossem os primeiros, Mãe e Pai. As páginas do meu manuscrito estão em um fichário de três aros, guardado em uma gaveta trancada da minha mesa. Pego a chave da gaveta de dentro da base da caixinha de música do Wobblin' Goblin, abro a gaveta e tiro o fichário. Ao sair da sala, também pego a caixa de cereais Lucky Charms em uma prateleira lotada. Peter Peter vai ficar bravo se comermos o cereal, mas paciência. Considerando tudo o que passamos, Esther e eu merecemos este presente de Zig.

Ela e eu nos sentamos na poltrona puída que arrastamos para a sala de Johnny na Zoo. Dividimos a caixa de cereais, nossas mãos se afundando para pegar os *marshmallows* em formato de corações, luas, estrelas, trevos e diamantes. Esther acha o prêmio no fundo da caixa: uma figura de elfo. Ela o dá para mim.

— Os elfos são a p*rra do meu pesadelo — ela diz. — Lá em Utah, sempre me pediam para representar um elfo no drama de Natal.

Enquanto lanchamos, leio a história da minha pós-vida em voz alta. Para Esther, mas também para Johnny. Meu irmão de sangue ainda tem um ar concentrado, como se estivesse tentando entender o que nossa história significa.

Às vezes, durante a minha leitura, Esther me interrompe para fazer uma correção, ou esclarecer algum aspecto das nossas aventuras. Acena com a cabeça muitas vezes, e até diz "Amém" da maneira que imagino que os cristãos fazem na igreja quando os pastores leem trechos da Bíblia.

Leio em voz alta a parte onde Esther chega à Zoo. A esta altura, são 3:15. Minha voz está ficando rouca. Os olhos de Esther estão querendo se fechar, e seus cachos se desmancharam.

– Está na hora de pôr este bebê na cama – ela diz.

Deduzo que ela queira dizer que o bebê que está pronto para dormir seja ela (vamos ter que dormir nos sofás do Curios esta noite), mas então ela esclarece:

– Termine esse capítulo e depois venha ler para mim.

Então, é isto que faço.

73	180.95
Ta	
Tântalo	

Aqui está mais um capítulo, queridos Pai e Mãe. É dedicado a vocês, como todas as páginas daqui. Pouco a pouco perdi a fé de algum dia encontrar uma maneira de entregar a vocês a história da minha pós-vida, então agora vou parar e me despedir. Quero parar enquanto ainda me lembro da aparência de vocês dois. Com o tempo, seus rostos vão ficar cada vez mais apagados. Será como se vocês é que tivessem morrido, e não eu. Mas mesmo quando não conseguir mais ver seus rostos, por favor, saibam disto: seu filho ainda ama vocês. Que curioso que eu nunca lhes tenha dito isto.

74 183.84
W
Tungstênio

75 186.21
Re
Rênio

76 190.23
Os
Ósmio

77 192.22
Ir
Irídio

78 195.08
Pt
Platina

79 196.97
Au
Ouro

80 200.59
Hg
Mercúrio

81 204.38
Tl
Tálio

82 207.2
Pb
Chumbo

83 208.98
Bi
Bismuto

84 (208.98)
Po
Polônio

85 (209.99)
At
Astatínio

86 (222.02)
Rn
Radônio

87 (223.02)
Fr
Frâncio

88 (226.03)
Ra
Rádio

89 (227.03)
Ac
Actínio

Número atômico	Massa atômica	Símbolo	Nome
90	232.04	**Th**	Tório
91	231.04	**Pa**	Protactínio
92	238.03	**U**	Urânio
93	(237.05)	**Np**	Netúnio
94	(244.06)	**Pu**	Plutônio

95 (243.06)
Am
Amerício

Queridos Pai e Mãe, agora já vivi na Cidade o mesmo tempo que vivi na América: 13 anos. Não sou mais um novato. É difícil imaginar que já o fui um dia. No entanto, mudei pouco nos anos que se passaram. Afinal de contas, nós, citadinos, estagnamos. Thelma Rudd afirma que agora estou mais maduro. Pode ser, mas não sinto isto.

No passar dos anos, continuei a viver no Frank e Joe, e a exercer o mesmo trabalho no Curios. Agora sou curador do museu, cargo que herdei quando o querido Peter Peter repassou há mais de oito anos.

Thelma fez um velório quando Peter Peter chegou próximo dos 50 anos. Mas um velório na Cidade é diferente de um velório na América. Nos nossos velórios, nós citadinos de cinco décadas ainda não estamos mortos (ou remortos). A cada noite, ao nos aproximarmos dos 50, nossos amigos reúnem-se no nosso quarto. Zig não nos leva necessariamente na data exata do nosso quinquagésimo reaniversário; podemos desaparecer uma semana ou duas antes ou depois dessa data (da mesma maneira que na América uma grávida não pare, necessariamente, após nove meses *exatos* da concepção). Durante seu velório, os amigos de Peter Peter amontoaram-se em volta da sua cama e conversaram. Peter Peter ficou debaixo das cobertas, ouvindo. Uma noite, ele fechou os olhos... e *puf*. Nenhum esvanecimento. Nenhum envelhecimento de uma vez só. Thelma gritou (embora tivesse prometido a Peter Peter que permaneceria calma).

O outro menino velho, Czar, amigo de Peter Peter, recusou-se a ter um velório. Disse que era constrangedor ter pessoas assistindo à sua remorte. Disse que era parecido com ter pessoas assistindo a você cagar. Por conta disso, proibiu que qualquer um estivesse presente no seu quarto quando repassou, dois meses depois de Peter Peter.

Ao longo dos anos, tenho me mantido ocupado com vários projetos. Dou aula de constelação na escola Franny Glass, na Treze. Depois dos meus primeiros cinco anos na Cidade, Zig mudou o fundo do céu noturno, e por isso precisei começar a mapear de novo. Conforme o tempo passa no céu, as estrelas não mudam de lugar, não até o dia em que Zig muda completamente o pano de fundo. Digo a meus alunos que isto é uma metáfora para a vida: seguimos pensando que nada será diferente, até o dia em que tudo muda repentinamente de uma vez.

Uma manhã, há cerca de seis anos, uma pipa cruzou por cima do Muro Sul, na Sete. Como era vermelha, com uma grande estrela amarela e quatro estrelas menores também amarelas, o desenho da bandeira chinesa, alguns citadinos acharam que ela tinha vindo dos chineses de 13 anos, em um terrário próximo. Infelizmente, não havia bilhete amarrado em sua cauda, portanto não temos certeza da sua origem, mas pelo menos provou que não estamos sozinhos. A pipa "chinesa" está agora em exposição na sala três do Curios.

Há quatro anos, uma grande porção superior do Canto Sudoeste da Seis desmoronou, machucando gravemente vários citadinos reunidos debaixo do muro para um festival *folk* dedicado à música de Bob Dylan. Será que foi um incidente intencional da parte de Zig (que talvez não seja fã da obra do sr. Dylan) ou simples negligência? Alguns optam pela primeira possibilidade; eu acredito na segunda. O muro estragado se refez em 16 dias, tempo em que todos os feridos já tinham sido dispensados da enfermaria Paul Atreides, na Sete.

Algumas mudanças foram em menor escala. Adivinhem só! Temos um cachorro, um poodle francês que chegou há apenas dois meses em um depósito que fica na mesma rua do Curios. Pierre (denominado por Thelma em homenagem a Peter Peter) tem um pelo lanoso cor de chocolate, que nós não tosamos, e uma linguinha rosa, cuja ponta está frequentemente fora da boca. Suas comidas prediletas são feijão-fradinho, folhas de cenoura e abóbora de pescoço, e graças a Zig este carnívoro passa muito bem com uma dieta vegetariana, embora, é claro, não vá crescer. Vai estagnar como o restante de nós.

Eu poderia continuar citando outros acontecimentos interessantes na Cidade nos anos que se passaram, mas vamos para o motivo de eu estar escrevendo novamente para vocês, depois de uma pausa tão longa.

Está acontecendo alguma coisa mágica na Cidade, e isso renovou minha fé de que eu possa, finalmente, conseguir entregar minha história a vocês.

A mágica tem a ver com Johnny Henzel.

Durante muitos anos, Johnny desempenhou um papel muito menor na minha pós-vida. Sim, continuei dando uma checada nele e trocando suas roupas na medida da necessidade, mas durante muito tempo ele não ocupou meus pensamentos como tinha acontecido no meu primeiro ano, ou nos dois primeiros anos aqui.

Existe uma superstição na América de que o cabelo e as unhas continuam crescendo depois que uma pessoa morre. Em se tratando de nós, citadinos, isto acontece, mas no caso de Johnny, isto era falso. Nos anos em que ele ficou deitado na cama da Zoo, seu cabelo continuou do mesmo comprimento que estava no dia em que atirei nele: dez centímetros na parte mais comprida. No entanto, na semana passada, enquanto eu trocava suas roupas, notei que o cabelo parecia mais comprido. Peguei minha régua e medi: 13,5 centímetros. Depois, olhei suas unhas. Antes da sua remorte, ele as tinha roído até o talo, então imaginem meu choque quando vi luas crescentes surgindo onde antes não havia unhas.

Meu velho amigo está crescendo.

Johnny Henzel vai de 1,60m, para um 1,63, 1,65m, 1,68m. A penugem pêssego acima do seu lábio e no seu queixo está se transformando em pelos escuros. Também estão aparecendo fios escuros em seus braços e pernas, nas axilas e na região púbica.

Durante alguns dias, barbeio seu rosto com o barbeador elétrico exposto na sala dois, mas depois deixo disso. Fecho sua sala na Zoo com um armário pesado, e minto que estou redesenhando o espaço para aumentar a visitação. As pessoas acreditam em mim porque, com o passar dos anos, Johnny tem atraído cada vez menos visitantes. A maioria dos citadinos já o viu, conhece sua história, ele é assunto velho. No entanto, Johnny atrairia hordas de citadinos deslumbrados se soubessem que ele é o primeiro dentre nós a crescer além dos 13 anos.

– Qual é a mágica? – pergunto a Johnny enquanto aplico creme para acne em uma espinha no seu rosto. Enfio um termômetro em sua boca para ver se há uma mudança na temperatura normal do seu corpo, que é de 36 graus. Ele nunca esfriou. Sempre pareceu que tinha morrido há apenas cinco minutos, mas agora sua temperatura subiu um grau.

Fecho completamente o Curios, com a desculpa de que estou planejando uma grande renovação, e não permito a presença de ninguém nas dependências. Fico aqui praticamente o dia todo, dando umas fugidas só para buscar comida em uma lanchonete.

Alego precisar da minha solidão. Apenas Pierre permanece para me fazer companhia. Quando os citadinos me perguntam sobre meus planos de projeto, fico vago. Falo sobre a inspiração de fluxos criativos, a presença de uma musa. Os citadinos artísticos engolem esta conversa, inclusive Thelma, que dá tapinhas incentivadores na minha cabeça. Esther, no entanto, parece em dúvida.

— O que você está planejando? — pergunta, estreitando os olhos.

No entanto, até ela me deixa em paz, já que está ocupada com os preparos do seu casamento. Vai se casar com seu sócio, o alfaiate Ringo (cujo nome verdadeiro, a propósito, é Nigel Bell).

Depois que o Curios é fechado, levo almofadas de sofá para a sala de Johnny para dormir lá. Somos novamente colegas de quarto. Considerando o crescimento contínuo de Johnny, troco suas roupas com frequência. Tenho que me virar com seu corpo grande e desengonçado. Seus braços e pernas são compridos e magros, os pés, grandes, os dedos dos pés, pontudos. Corto suas unhas dos pés e das mãos diariamente, mas não aparo mais o seu cabelo. A barba e o cabelo chegam ao tamanho dos de um hippie *flower-power*. Seu peito se encorpa, fazendo seu ferimento do tiro parecer menor.

Observo-o envelhecer um ano a cada dois dias, e logo ele é o primeiro homem de verdade da Cidade. Seu corpo chega a 1,65m e para. Mas ele continua envelhecendo. Vejo as mudanças principalmente no seu rosto: toda a gordura de bebê das suas faces sumiu, e suas maçãs do rosto se destacaram. Avalio que esteja próximo dos 26 anos, a mesma idade que teria se ainda estivesse na América.

Acho que talvez ele seja bonito, mas não tenho certeza. Sempre tive dificuldade em ver beleza nos seres humanos. O que eu acho bonito — um grupo de pústulas no desenho de uma constelação de anquilossauro, por exemplo —, os outros acham repugnante.

Todos os dias, levanto suas pálpebras para checar suas pupilas, mas elas continuam dilatadas e imóveis. Coloco o ouvido em seu peito. Seu coração não dá um golpe.

Uma noite, enquanto o examino, vejo algo aterrorizante: uma poça vermelha que se espalha debaixo da sua palma esquerda. Agarro sua mão, e a viro. Seu pulso esquerdo foi talhado diversas vezes. Dos cortes sai sangue, que corre pelo seu braço.

Então, reparo no seu pulso direito. Também está vertendo sangue.

Abro rapidamente a gaveta sob sua cama, tiro uma camiseta velha, enxugo o sangue. Em minutos, os cortes dos dois pulsos criaram cascas.

– Que diabos está acontecendo? – digo em voz alta.

96 (247.07)
Cm
Cúrio

Às cinco da manhã de 7 de setembro (meu reaniversário), me esgueiro em um depósitos de suprimentos para roubar algumas roupas para Johnny. Ele começou a crescer há cerca de cinco semanas. Espero achar para ele alguns shorts extragrandes e regatas, do tipo feito para os maiores meninos entre nós. Por precaução, encho minha lanterna com pedras. Sabe lá Zig que tipo de inimigo posso encontrar nessas horas estranhas e incertas. Ainda não entendo como os pulsos de Johnny sangraram. Suas feridas sararam, mas permanecem umas cicatrizes profundas em zigue-zague.

Dirijo-me para o depósito, uma mão na lanterna, a outra segurando a guia de Pierre. O cachorro apressa-se pela calçada, puxando com uma força surpreendente para uma criatura tão pequena.

Conforme me aproximo do depósito na rua Carrie White, as duas janelas de um quarto de círculo no alto de suas portas se iluminam. Sempre que chega uma remessa, Zig automaticamente acende as luzes, como um tipo de sinalização para nós, citadinos. *Perfeito*, penso. *Vou ter o primeiro direito de escolha antes que os estoquistas cheguem às 8:30.*

Do lado de fora do depósito, dois seguranças estão sentados em baldes virados de cabeça para baixo, jogando cartas em uma mesa de jogo capenga. Estão acostumados com minhas visitas. Como curador do Curios, tenho um passe especial para visitar depósitos em busca de objetos curiosos. Os seguranças mal levantam os olhos das suas cartas, apesar da presença de Pierre, que normalmente desperta tantos dengos e agitação em quem passa que prefiro passear com ele apenas de manhã cedo ou tarde da noite.

Agarro a maçaneta de metal da porta, levanto-a com esforço e entro no depósito. Solto Pierre da guia, para que ele possa subir na montanha de itens que Zig nos doou. Como sempre, a entrega parece um bazar de coisas indesejáveis, rejeitadas: escrivaninhas usadas, colchões e fogões; pilhas de camisetas de segunda mão; um amontoado de CDs; caixas de livros em brochura, com os cantos revirados pela idade; até meia dúzia de tubas arranhadas e opacas, as bocas viradas umas para as outras como se estivessem conversando.

Estou de joelhos revirando uma caixa de shorts de segunda mão quando ouço os latidos agudos de Pierre, vindos do outro lado do armazém.

Pierre consegue fazer um truque no qual joga a cabeça para trás e imita o som de uma sirene de polícia europeia. Comentamos entre nós que ele aprendeu isso nas ruas de Paris. Todos adoram quando ele faz esse truque. Da minha parte, acho esse uivo irritante, então, quando ele começa agora no depósito, largo os shorts que estou segurando e vou fazê-lo se calar.

Vejo-o em frente a um velho armário de escola que está em pé entre um refrigerador e uma fotocopiadora. Ele raspa o armário entre uivos. O próprio Pierre chegou numa caixa de papelão de colchões descartados, e talvez este armário contenha outro cachorro, ou gato, ou até o primeiro guaxinim da Cidade. No entanto, ao me aproximar do armário, percebo que há algo de familiar nele: uma depressão na metade superior de sua superfície verde-exército, como se algum dia a cabeça de um estudante tivesse batido contra sua porta.

É então que noto o número na placa de metal, quase no alto: 106.

— Putz! — digo a Pierre, que finalmente para de latir. — Que tipo de besteira você está aprontando, Zig? — digo em voz alta, enquanto encosto a palma da mão na superfície fria do armário. O que vou achar dentro dele? A tabela periódica? Fotografias de Richard

Dawkins e Jane Goodall? Minhas velhas roupas de ginástica? Meu transferidor?

Enquanto abro a porta devagarinho, suas dobradiças enferrujadas soltam uma série de guinchos que, considerando meu estado de nervos, também poderiam estar vindo de mim.

Dentro do armário há um rosto que eu não via há 13 anos.

97 (247.07)
Bk
Berquélio

O armário está vazio, mas falta seu painel de trás e, em vez de mostrar o fundo do depósito, o espaço abre-se para um corredor onde está pendurado um retrato em branco e preto de uma formanda de ensino médio, cega e surda, usando um capelo na cabeça.

Em todos os anos desde que vi Helen Keller pela última vez, ela não mudou nem um pouco. Ficou presa no tempo, como eu. Lança-me um olhar encorajador, tão encorajador quanto pode uma senhora cega.

— Vamos lá, criança — parece dizer. — Não tenha medo.

Helen enfrentou muitas dificuldades na vida com audácia e bravura, e eu devo fazer a mesma coisa. Olho para Pierre. Ele olha para cima, olhos brilhantes, a ponta da língua apontando para fora. Solta um guincho baixo.

— Fique — digo-lhe. — Eu volto.

Mas será que volto?

Enfio-me no portal à minha frente. Sei que caberei. Uma vez, Jermaine Tucker me fechou dentro desse mesmo armário. Fecho a porta atrás de mim, para que Pierre não possa subir. Assim que saio do armário e entro no corredor da minha antiga escola, o sino toca. Hordas de estudantes despejam-se das classes para o corredor. Por um momento, fico paralisado. Meu coração acelera porque tenho medo de ver Jermaine Tucker, Kevin Stein, Henry Axworthy e sua cambada, mas logicamente não vejo. Não reconheço nenhum dos alunos do sétimo e do oitavo anos, tagarelando, xingando, rindo e fazendo bagunça. Treze anos se passaram.

Estou invisível? Levo as mãos ao rosto. Elas parecem pálidas, mas sólidas. O fantasma em volta do meu pulso, Gasparzinho, agora mostra 3:30. O sino que tocou é o último sino do dia.

— Dá licença? — pergunta uma menina asiática com fivelas de borboleta no cabelo e um colar de conchas em volta do pescoço. — Você está bloqueando totalmente a minha passagem.

Não estou invisível.

Afasto-me de lado, para que a nova proprietária do meu velho armário possa pegar seus pertences. Desde que saí de lá de dentro, o armário fechou-se. A menina lida com a sua fechadura, e quase pergunto se a combinação ainda é7-25-34. Mas ela não me olha uma segunda vez, nem os outros alunos. Mas a cega Helen parece que sim. "Vamos logo", imagino-a dizendo. "Você tem uma assombração a fazer."

Vou me desviando entre o bando de alunos enquanto eles se empurram. Esticada em uma parede está uma faixa de time que diz: "TROJAN, ACABE COM O INIMIGO!" As paredes foram repintadas. Antes elas eram amarelas, mas agora são verde-menta.

Passo por uma classe vazia, a sala onde eu costumava estudar ciência. Na mesa da professora há um modelo de plástico de coração humano, com suas câmaras, válvulas e artérias expostas. Sou atraído para ele, mas antes que possa examiná-lo, outro item chama minha atenção. Num painel de cortiça está afixada, quem diria, uma tabela periódica. Uma tabela periódica atualizada!

— Posso ajudá-lo?

Viro-me e vejo um homem careca, mas cujo peito deve ser cabeludo porque um tufo de pelos pretos sai do alto da sua camisa. Não vejo um adulto — além do adulto Johnny Henzel — há 13 anos, então fico atônito, como se tivesse dado com um urso no mato.

— Sua tabela periódica — digo a este homem, que não reconheço — agora tem 109 elementos.

O professor de ciência olha a tabela periódica e depois olha de novo para mim.

— É isso mesmo. Cento e nove.

— Pensei que fossem só 106. Imagino que — agora leio na tabela — bóhrio, hássio e meitnério foram descobertos nos últimos 12 anos.

Enfiado atrás da orelha do professor há um lápis comprido que traz marcas de dentes. O homem me lança um olhar divertido:

— Ah, fazemos novas descobertas o tempo todo — diz. — Nunca se sabe qual vai ser a próxima.

Peter Peter costumava dizer mais ou menos a mesma coisa sobre objetos destinados ao Curios.

— Tenha um bom dia, senhor — digo ao professor de ciência.

— Você também — diz o homem, coçando uma parte do seu cotovelo que está com psoríase.

Viro-me e saio da sala para o corredor lotado. Sou empurrado ao longo de quadros de avisos cheios de reproduções de capas de discos (*Little Earthquakes*, *Lucky Town*, *Nevermind*, *99.9F°*), um cartaz para testes para uma peça (*A morte do caixeiro-viajante*), e um panfleto confuso de uma campanha para conselho estudantil ("PHIL PRATT É DA HORA!").

Com o canto dos olhos vejo o sr. Miller, meu professor de inglês, a quem ensinei o uso de "meio-dia e meia". Ele agora tem uma barriga, e seu cabelo grisalho ficou branco. Outro adulto de verdade. Desvio o olhar por medo que ele pense que viu um fantasma. Apresso-me pelo corredor e pelo saguão de entrada. Conforme passo pelas portas da frente do Helen Keller, me dou conta de que a última vez que deixei essa escola, estava deitado em uma maca, com um cobertor jogado sobre o meu cadáver.

Fora, avisto uma infinidade de coisas que não vejo há um tempão. Avisto um pastor-alemão na extremidade da entrada de carros da escola. Ele passa por mim correndo, sem guia. Vejo uma dúzia de pardais voando para uma árvore. À minha volta, há chalés, automóveis, ônibus escolares, caixas de correio, semáforos e lojas de conveniência.

Como é libertador e curioso estar livre dos Grandes Muros gigantescos que aprisionam a nós, citadinos.

Meus olhos marejam de alegria!

Enquanto admiro meus arredores, um esquilo cinza vem em minha direção e se levanta com sua cauda se retorcendo e as patas no ar.

– Obrigado, Zig – digo ao esquilo, como se *Sciurus carolinensis* fosse meu deus. Gostaria que fosse outono, assim eu poderia ver as folhas dos bordos alaranjadas e vermelhas! Gostaria que fosse inverno, assim eu poderia ver neve, e talvez agarrar num para-choque e descer pela rua!

Na beirada da calçada tem um formigueiro cheio de formigas. Ajoelho-me. Estou surpreso com a força e a determinação das minhas amiguinhas. Uma formiga pode carregar cinquenta vezes o seu peso. Se eu fosse uma formiga, poderia carregar um caminhão de sorvete nas costas. Menciono tal caminhão porque um deles passa por mim, tocando seu sino e atraindo uma multidão de estudantes, como se fosse *O flautista de Hamelin*. Os citadinos poderiam ficar com inveja, já que sorvete não faz parte das comidas que Zig manda. Para um especial gelado, nós, citadinos, nos viramos pondo bananas sem casca no freezer e depois passando-as por um processador.

Comparada com a Cidade, Hoffman Estates tem uma grande variedade de humanos! Depois de 13 anos de nada além de pessoas com 13 anos, é um paraíso (ha, ha) ver, por exemplo, um velho andando de bengala. Quantos anos ele tem? Infelizmente, já não posso adivinhar a idade. Sessenta e dois? Oitenta e nove? Correndo debaixo da pele translúcida dos seus antebraços, há um conjunto de afluentes de veias azuis sinuosas. Então ele deve ser muito velho.

– É lindo aqui ao ar livre, *n'est-ce pas*? – digo ao homem, cujo nariz tem a mesma textura de uma couve-flor.

Ele levanta os olhos. Está passando um avião, criando trilhas de condensação no fantástico azul distante.

– O céu costumava ser mais azul no meu tempo – ele diz.

– Mas *é* o seu tempo – retruco. – O senhor ainda não morreu.

A próxima pessoa por quem passo é um homem de camiseta regata, com músculos inflados como um super-herói de desenho animado. Depois, vejo uma senhora de xale, empurrando um bebê de verdade num carrinho. No cabelo da criança existe um punhado de fivelas cor de mamangavas. Como vocês sabem, nunca fui chegado a crianças porque conversar com elas é chato, mas falo com ela numa linguagem sem sentido: – Da, da, da, blu, blu.

Tenho que deixar de ficar encarando o que tenho em volta e me apressar. Quem sabe quanto tempo essa materialização vai durar? Já cheguei a achar que, pra vocês, uma assombração seria injusta, até cruel. Mudei de ideia. Talvez eu esteja sendo egoísta, mas quero ver seus rostos de novo. Com a ajuda de Zig, verei.

Começo a correr. Sou um demônio da velocidade. Pretendo ir diretamente até a Clippers, já que a essa hora do dia é onde vocês deveriam estar. Mas como Sandpits fica no caminho, atravesso pelo nosso condomínio de apartamentos. Pego a Hill Drive, e estou arfando e bufando quando chego no 222. Paro e olho para a sacada do segundo andar. Pela porta da sacada, entrevejo movimento, uma pessoa passando. Vocês devem ter chegado cedo em casa! Ou, talvez, tiraram o dia de folga porque é aniversário da minha morte.

Apresso-me pelo caminho de pedestres e entro no nosso prédio. Quando chego ao apartamento seis, no segundo andar, vejo na nossa porta uma guirlanda de gravetos entrelaçados, onde estão aninhados pequenos cardeais de plástico. Mãe, você deve ter feito isso em um de seus cursos de artesanato. Bato a aldrava da porta sem pensar no que vou dizer se você atender e vir seu falecido filho em pé à sua frente. Não tenho tempo para pensar, porque temo que Zig me rebobine a qualquer momento, talvez até no exato momento em que eu der uma olhada nos seus rostos, e vocês no meu. Talvez, quando a porta se abrir, eu desapareça, e vocês terão o fantasma do seu filho queimando nas suas retinas como a única prova de que já estive ali.

Mas quando a porta se abre, não vejo vocês. Vejo um adolescente mais velho, de cabelo preto despenteado, parecendo um ninho. Está com uma camiseta preta com o nome "ROBERT SMITH" escrito no peito, de atravessado, em letras brancas escritas de modo a parecerem tinta escorrida.

— Você é o jornaleiro? — Robert Smith pergunta.

Seus lábios são vermelhos alaranjados. A pele é branca como a minha, mas acho que ele passou pó porque dá pra ver que está emplastrado nas dobras das narinas. Ele quase se parece com os zumbis com que os citadinos se fantasiam no Halloween.

Olho fixo para ele. Tenho certeza de que estou com os olhos arregalados, como se ele fosse o fantasma, e não eu.

Será seu filho adotivo, Mãe e Pai?

Está tocando música no apartamento, uma canção lenta, com um violino triste, cantada por um homem melancólico que fica repetindo que ele sempre quer "coisas impossíveis".

Robert Smith repete a pergunta:

— É dia de pagamento? Você é o entregador do *Tribune*?

Sacudo a cabeça lentamente. Depois, digo:

— Posso falar com o sr. e a sra. Dalrymple?

— Com quem?

— Com os Dalrymples.

— Nunca ouvi falar neles.

Ele não é seu filho adotivo.

— Eles são barbeiros — digo. — São donos da Clippers, lá na avenida.

— Você veio no prédio errado. Todos os prédios são iguais nesta m*rda.

— Os Dalrymples moravam no apartamento seis da Hill Drive ,222. Tenho certeza.

— Bom, não moram mais. Eu e a minha mãe estamos aqui há 3 anos.

Ai, Deus! Nunca me passou pela cabeça que vocês poderiam ter se mudado. Não sei o que fazer. Hesito. Robert Smith me encara com seus olhos pintados. Por fim, dou um passo à frente.

— Posso entrar e dar uma olhada? — pergunto.

Robert Smith usa um anel de prata no dedo médio, com um desenho de caveira, uma espécie de anel da cabeça-da-morte. Reparo nisso porque ele bloqueia a entrada com o corpo. Franze as sobrancelhas pretas.

— Não, seu anormal, você não pode entrar.

Um menino com maquiagem na cara e cabelo eriçado está me chamando de anormal.

— Por favor — digo.

Robert Smith bate a porta na minha cara.

98 (251.08)

Cf

Califórnio

Automóveis, caminhões e ônibus passam em velocidade pela avenida. Parecem ir com mais rapidez do que há 13 anos, mas talvez minha memória esteja falha, já que a coisa mais rápida na Cidade é uma bicicleta de dez marchas. Os veículos também parecem fazer mais barulho e estar mais sujos do que antes. Os gases que expelem são de virar o estômago, as buzinas, de arrebentar os tímpanos. A Cidade pode ter seus defeitos, mas pelo menos o ar é limpo e o pior barulho é o de um citadino desafinado, mentindo para si mesmo que pode ser uma fera no saxofone.

Fico parado num cruzamento com duas meninas, as duas usando suéteres listrados de lã, desmanchando na cintura, *tutus* rosa(!) e botas de solado grosso cor de vinho. Uma das meninas, com óculos grandes, diz à outra:

— Você é muito falsa!

Vendo os óculos da menina, percebo que ainda estou com a visão perfeita. Fico me perguntando se vocês me reconhecerão sem os óculos. Que ideia é essa? Claro que reconhecerão. O que deveria me perguntar é se vou reconhecer *vocês*. Vocês envelheceram 13 anos. Vai ver que estão de cabelo branco. Vai ver que estão flácidos, com queixo duplo e enrugados.

As luzes do semáforo mudam para verde e atravesso a avenida. Abriram-se mais espeluncas de fast-food. Apesar da feiura do amontoado de cartazes fluorescentes, fico encantado. Afinal de contas, o céu não tem *sombreros* amarelos gigantes, anunciando tacos, nem lagostas dançantes gigantes divulgando frutos do mar. Devo dizer que as lagostas parecem superfelizes para um crustáceo que vai ser destrinchado e ter sua carne sugada das pinças.

A calçada aqui não é mais segura do que antes. A tira de grama entre ela e o tráfego que vem é tão fina que um carro poderia facilmente subir na sarjeta e atingir uma pessoa. Espero que vocês estejam sempre alertas quando caminham para o trabalho.

Avisto um boné de beisebol caído na grama. É todo azul, exceto por uma letra C (os Chicago Cubs). Ajusto a tira de trás e ponho o boné, abaixando a viseira. É melhor eu ser um fantasma incógnito, caso dê com alguém que me conheça.

Deveria simplesmente entrar na Clippers e dizer:

— Oi, Mãe e Pai!

Vocês podem, acidentalmente, espetar os olhos dos seus fregueses com a tesoura. Ou desmaiar e bater a cabeça com tanta força que sofram um traumatismo. Gasparzinho diz que agora são 4:10. Devo esperar fora da loja até que seus fregueses saiam? Zig me dará tempo suficiente de materialização?

Um caminhão de oito rodas passa, tocando a buzina. O barulho é igual a um estímulo elétrico, e começo a correr. Corro em alta velocidade até chegar ao shopping, e então reduzo para um trote. Passo a farmácia, a pizzaria, a loja de animais e o tintureiro, e não consigo acreditar no que vejo. Fico paralisado. Seu poste de barbeiro não está mais lá! As listras vermelhas e brancas sumiram. O sangue e as ataduras são coisa do passado.

Como um citadino de 50 anos, a Clippers desapareceu. *Puf!*

Em seu lugar, está uma loja de plantas chamada De Volta ao Jardim. Corro até a vitrine. Cestos de flores substituíram seus vidros de xampu e de tônico capilar. Pendurado na vitrine há um cartaz de Adão e Eva, os corpos cobertos de heras. O cartaz diz: "PLANTAS, UM PRESENTE A QUE VOCÊ SE AFEIÇOA". Pressiono meu nariz contra o vidro, e vejo um asiático de avental vendendo um buquê de gérberas a uma idosa de cabelo lilás.

Onde estão vocês, Mãe e Pai?

Em frente à loja de animais há uma cabine telefônica. Vou até lá e folheio a lista telefônica. Acho todos os Dalrymples que moram em Cook County. São oito nomes, mas nenhuma deles é o de vocês, nem mesmo da tia Rose. Folheio as páginas amarelas com tanta avidez que rasgo uma página no meio. Não existe nenhuma Clippers entre as barbearias listadas.

Apoio a testa no vidro da cabine.

— Ajude-me, Zig — murmuro, a esperança se esvaindo. — Você me trouxe aqui. Me diga o que fazer.

Vejo um gato dormindo na vitrine da loja. Um siamês. Depois, noto o nome da loja na porta de entrada.

Em 1979, a loja se chamava Animal Lovers.

Hoje, seu nome é Zoo.

Senhor! Senhor!

Saio às pressas da cabine telefônica e abro a porta da loja. Um sino toca, e o gato da vitrine levanta sua cabeça sonolenta e me dá um olhar de enfado. Atrás da caixa registradora está uma moça de agasalho de ginástica de veludo roxo. Está colocando adesivos de desconto em caixas de comida de passarinho, e mal me olha.

O nome não pode ser uma coincidência, pode? Perambulo pelos corredores, pensando no que fazer. O único freguês na loja é um adolescente mais velho, cujas rótulas projetam-se de buracos grandes em seu jeans azul-claro. Faz careta enquanto leva um saco pesado de ração de cachorro até o balcão.

Acabo nos fundos da loja, no departamento de roedores, que cheira fortemente a lascas de madeira. As prateleiras estão lotadas de terrários para ratos-do-deserto, hamsters, porquinhos-da-índia, ratos e camundongos. Tamborilo os dedos no vidro do terrário para camundongo, e oito pares de narinas aspiram o ar. Os camundongos me olham fixo, com olhos brilhantes e alarmados. Como fantasma, sou assustador só a ponto de dar arrepios em uma ninhada de camundongos.

Aqui também há tanques que contêm tarântulas e lagartos. Noto duas lindas lagartixas cujos corpos amarelos estão cobertos de manchas escuras, como uma banana ficando passada. Suas linguinhas rosadas entram e saem, me lembrando de Pierre.

Outro tanque chama minha atenção. Está cheio de insetos se arrastando uns sobre os outros. P*ta que pariu! São baratas-cabeça-da-morte! Dúzias e dúzias de *Blaberus craniifer*! Lembro-me de que esta espécie de barata frequentemente é usada como comida de lagarto.

Atrás da parede de terrários há uma pequena área onde os empregados cuidam dos animais. Tem alguém lá agora. Vejo a pessoa entre os tanques. Está parado em frente a uma pia, de costas para mim, mas vejo seu rabo de cavalo escuro, que desce até as escápulas. Usa shorts cáqui e agasalho de moletom.

Os cabelinhos atrás do meu pescoço arrepiam-se.

Conheço esse homem.

Ele se vira e se aproxima da parede dos tanques, levanta a tampa de tela de um terrário e joga dentro um rolo de papel-toalha vazio para que os ratos-do-deserto roam.

Petrificado, paralisado onde estou, observo o homem. De algum lugar da loja, um papagaio solta um grasnado alto, e a moça do caixa diz:

– Cale a boca, Aristóteles!

Johnny Henzel parece exatamente igual ao que está na Cidade. O cabelo tem o mesmo comprimento, o mesmo acontecendo com a barba. Suas maçãs do rosto são tão salientes quanto, os cílios tão escuros quanto. Ele até tem a mesma espinha no rosto.

Ele tentou me contar a verdade anos atrás. Ainda estava em coma na América, ele disse. Rover era um inseto, afirmou, mas no sentido de ser um dispositivo de escuta que transmitia as vozes de quem estava em volta da sua cama de hospital. Apenas *ele* conseguia ouvir aquelas vozes.

Não acreditei nele. Era um semimorto, mas pensei que fosse semilouco.

Pacientes que ficam muito tempo em coma frequentemente acordam esquecendo o passado. Será que Johnny esqueceu o dele? Terá esquecido tudo sobre a Cidade? Tudo a meu respeito?

Aproximo-me do terrário, meu rosto entre o tanque de lagartixa e o de lagarto. Tiro meu boné dos Cubs e o jogo no chão.

Johnny virou-se de costas para mim. Pega um saco de ração de coelho em uma prateleira e o abre com uma tesoura.

Começo a murmurar uma música, primeiro baixinho, depois mais alto.

É uma música de Cole Porter; sua letra, um neologismo.

Johnny larga a ração e se vira devagar. Franze a testa, formando algo próximo ao símbolo de igual no meio da testa.

Dá uns passos à frente, e me encara entre os terrários. Sua boca se escancara. Seus olhos se arregalam.

Paro de cantarolar. Num sussurro alto, digo: – Boo!

99 (252.08)
Es
Einstênio

— Pensei que eu estivesse louco de f*der, cara, como se tivesse sonhado tudo aquilo enquanto estava comatoso por todos aqueles meses. A Cidade, os Grandes Muros, Thelma e Esther, Zig, a cabeça-da-morte, o tijolamento.

Embora ainda reconhecível, a voz de Johnny está muito mais grave do que antes. Nós dois estamos no quarto dos fundos da Zoo, a porta parcialmente fechada. Ao nosso lado tem uma pilha de caixas de papelão, e o siamês de ar entediado está agora enrodilhado em cima delas. As caixas contêm latas de comida para gatos com um nome apropriado: Nove Vidas.

Johnny me olha de cima a baixo.

— Cara, ai cara, não consigo acreditar que você esteja aqui — diz. — É tão incrível, mas também uma p*ta coisa bizarra.

Também é estranho vê-lo. Não é mais o menino que conheci. Tem mais de 1,80m, usa barba, que fica alisando. Está perto de mim e cheira a cebola, talvez porque não tenha ninguém aqui para lembrá-lo de tomar banho.

— Cadê os meus pais, Johnny? — digo, a voz falhando. — Não acho nem sinal deles. Acabei de passar na Hill Drive, 222, mas eles não estão mais lá. Um cara de rosto empoado mora no apartamento deles.

— Ai, nossa, seus velhos foram embora há muitos anos, quando eu estava no nono ano. Ouvi dizer que foram pro Alasca, mas não tenho plena certeza.

— Alasca? — exclamo. — Tenho sérias dúvidas de que Zig vá me permitir tempo suficiente de materialização para uma viagem até o maior estado da união.

O quarto dos fundos está mobiliado com uma escrivaninha arranhada que se parece muito com a antiga escrivaninha de Johnny no Frank e Joe. Brinquedos de borracha para cachorros mastigarem estão espalhados em cima dela: ossos coloridos, um galo depenado, um tubarão grande e branco. Ao lado da escrivaninha, uma porta dá para fora, mantida aberta por, imaginem só, um tijolo.

— Então você achou um maldito portal! — Johnny diz.

— Nada mais, nada menos do que no dia do meu renaniversário — digo. — Zig me deu permissão pra visitá-lo depois de todos esses anos. Mas por que agora? Não tenho a mais vaga ideia.

— Acho que sei.

Ele sobe as mangas do seu moletom e estende as mãos com as palmas para cima. Seus punhos estão envoltos em ataduras da cor da pele.

Diz, envergonhado:

— Fiz uma coisa muito estúpida.

— Ai, Johnny, por que você fez isso?

Ele me sorri, irônico.

— Uma vez triscon, sempre triscon.

Toco uma das ataduras com a ponta do dedo. Sei o que tem debaixo: as mesmas cicatrizes horríveis estão nos seus punhos lá na Cidade. Concluo que seu duplo no Curios provavelmente começou a envelhecer no dia em que Johnny cortou as veias aqui na América.

— Meu psiquiatra me pôs em tratamento antitriscon, mas as p*rras das pílulas nem sempre funcionam.

Ele me olha com ar inquiridor.

— Você vai me achar pirado, mas às vezes sinto falta da Cidade. Às vezes coloco o ouvido no meu tanque de baratas, esperando ouvir vozes da Cidade. Talvez até mesmo você falando de novo comigo, corrigindo minha gramática.

Não menciono seu duplo no Curios, por medo de assustá-lo.

— Você nunca vai poder voltar, Johnny — digo em caráter definitivo.

Ele concorda com a cabeça, parecendo um pouco melancólico, mas depois se anima.

— Cara, você está tão jovem! — exclama. — Ou eu estou tão velho. Não sei qual dos dois. Você não passa de um moleque. Eu me lembro de você mais velho.

— Estou mais velho do que costumava ser, no sentido mental, mas é claro que não fisicamente.

— Enquanto que eu estou velho e desequilibrado — ele diz, e solta uma gargalhada.

Embora seja uma brincadeira macabra, abro um sorrisinho.

— Senti sua falta, cara. — Ele estende a mão e desmancha meu cabelo espetado pela estática, da maneira como você costumava fazer, Pai. — Você me salvou, Boo. Salvou minha vida. E agora você está aqui de novo, quando eu mais preciso de você.

O siamês mia como se concordasse com Johnny. Seus olhos são do mesmo azul-celeste que os meus.

— Você é um sinal — Johnny diz.

— Do quê?

— De vida — ele diz. — A vida a que eu devo me agarrar.

Devo lhe perguntar, finalmente, por que ele atirou em mim?

Talvez seja melhor eu não saber.

Estamos parados perto de um quadro de avisos, e uma foto pregada nele chama minha atenção: Johnny com a moça do caixa do Zoo. Os dois usam camisetas combinando, a palavra "NIRVANA" atravessada no peito. Abaixo dessa palavra, há uma espécie de caretinha, só que os olhos são Xs e a boca está distorcida. Acima da cabeça deles, Johnny e a menina seguram uns cartazes grandes. No dele está escrito "GRANDE"; no dela, "INAUGURAÇÃO".

— Essa é a sua irmã? — pergunto.

— É, a Brenda, a única a quem contei sobre a Cidade. Eu disse que provavelmente o lugar era algum sonho esquisito, psicodélico, mas sua reação foi meio como: "Não, não, Johnny, você morreu e foi parar lá." Ela acreditou até quando tive dificuldade em acreditar.

— Tem um ar familiar — digo. — Vocês têm os mesmos olhos cor de cobre. E também a mesma covinha no lado esquerdo do rosto.

— Ah, preciso apresentar vocês dois. Ela vai pirar. Fique aqui, está bem? Volto logo.

Johnny abre a porta e entra na Zoo. Posso ouvir uma freguesa falando em voz alta com Brenda, sobre sabe Zig o quê.

— Tem certeza que ele se aglutina?— diz a senhora. — Preciso que se aglutine. E tem que jorrar. Tem que jorrar *e* se aglutinar.

Afixadas na parede oposta do quarto dos fundos, há dezenas de fotografias de Johnny e Brenda. Vou até lá para ver melhor. Meus olhos movem-se de cá para lá, vendo as várias fases da vida de Johnny: indo ao baile de formatura num smoking azul-claro com o braço ao redor de uma Cynthia Orwell mais velha; um campeão da corrida na sétima série, com uma medalha de ouro em volta do pescoço; um jovem motorista sentado à direção de um conversível, com um basset hound ao lado no assento do passageiro; um artista barbudo olhando de lado, parado ao lado de um mural abstrato em espiral, pintado numa parede de tijolos.

Então, vejo esta foto: um garoto do oitavo ano de olhos fundos, sentado na cama, a cabeça com ataduras. Johnny está agarrando uma almofada em formato de coração, onde está bordada uma única palavra: "HERÓI".

Um presente esquisito para um menino que matou outro.

— Estou com clientes, Johnny — Brenda diz em voz alta na Zoo. — Sua surpresa não pode esperar?

Viro-me enquanto Johnny e sua irmã entram no quarto dos fundos. Eles param na entrada.

Johnny sorri alucinado.

Brenda franze a testa.

— Aqui atrás não são permitidos clientes — ela diz. Depois, sua expressão se desfaz, e ela me olha de boca aberta.

— Não, não — sussurra. — Nem pensar.

— Sim, sim — Johnny retruca.

Brenda avança alguns passos, um dos braços estendido. Quer me tocar, penso. Quer ver se sua mão me atravessa.

— Ele é sólido — Johnny diz.

— Oi, Brenda Henzel — digo, recuando para junto da parede. — Você sem dúvida cresceu desde a última vez que a gente se viu.

Um gemido estrangulado escapa da sua boca. Seu braço desce. Os olhos reviram. Seus joelhos fraquejam e ela despenca, batendo no chão.

— Minha nossa — digo para o amontoado de veludo roxo.

Johnny precipita-se até ela.

— M*rda, m*rda, m*rda — murmura, enquanto se ajoelha para ajudar a irmã.

— Seu cérebro sofreu uma queda na quantidade de fluxo sanguíneo — digo, explicando por que uma pessoa desmaia.

Johnny vira Brenda de barriga para cima e bate de leve no seu rosto. Ela está tão branca quanto uma batata fatiada, exceto por uma marca vermelha na linha do seu cabelo, onde a cabeça deve ter atingido o concreto.

— Você tem sais aromáticos? — pergunto, em pé, próximo a eles.

— Sais aromáticos? — Johnny pergunta. — Que m*rda é essa?

— Carbonato de amônio.

A fórmula química é $(NH_4)_2CO_3$, mas não digo isso porque agora não é hora.

— A única amônia que tenho aqui é Windex — Johnny diz, a voz mais aguda.

Brenda bate as pálpebras e emite um resmungo. O siamês salta do seu pedestal de Nove Vidas e cheira seu couro cabeludo.

— Talvez eu deva dar no pé — digo. — Ela pode desmaiar de novo, se voltar a si e vir um fantasma rondando.

Johnny me olha, desapontado.

– Mas aonde você vai?

– Voltar pra casa. Pra Cidade.

– Como é que você vai chegar lá, Boo?

Como um fanático religioso, digo:

– Zig me apontará o caminho.

Tiro meu relógio do Gasparzinho, o fantasminha camarada, e o estendo como lembrança.

– Assim você sempre vai se lembrar do tempo – digo.

Não estou me referindo apenas a este momento, mas também ao nosso tempo juntos na Cidade.

Johnny sorri com a boca, mas seus olhos ainda parecem um tanto pesarosos.

– Como se eu podia esquecer – ele diz.

– Pudesse – corrijo.

Então, Brenda abre os olhos, foca no meu rosto, e grita feito uma desesperada.

100 (257.10)

Fm

Férmio

Depois que saí às pressas da Zoo, fiquei vagando pelas vastas extensões de bangalôs que povoam Hoffman Estates. Em uma rua, uma menininha de cerca de 7 anos pergunta se eu gostaria de uma menta antes do jantar. Está em pé no final da entrada de carro da sua casa, com uma tiara de fantasia na cabeça. Segura uma bala dura, embrulhada em papel celofane verde. Fico tocado com sua gentileza, particularmente porque Zig não dá balas para nós, citadinos.

Pouco depois, chupando a menta, piso na rua sem olhar para os dois lados, e uma perua quase que me acerta. – Preste atenção, idiota! – grita o motorista. Percebo que agora estou em Meadow Lane, a rua onde Johnny e eu uma vez nos deitamos na neve para olhar o céu.

Perambulo por Sandpits durante um tempo. Vocês foram para Anchorage, Mãe e Pai? Quando navegamos pro Alasca, todos nós expressamos o desejo de mudar para lá um dia. Vocês estão na terra do alce? Sem sua presença aqui, Sandpits já não tem muita graça, então eu me apresso e vou em direção ao Helen Keller.

Conforme atravesso o longo campo que se estende atrás da escola, sinto um leve enjoo. Não entendo minha reação até que, na grama amarelada, avisto uma lata vazia de Coca-Cola caída de lado. Fico paralisado. Lembro-me de que este é o campo onde Kevin Stein, Nelson Bliss e Henry Axworthy me atacaram com pedras no primeiro dia do oitavo ano.

Também me lembro de algo que tinha esquecido.

Depois que meus agressores atiraram suas pedras e eu caí no chão, chocado e sangrando, eles ficaram parados junto de mim e fizeram um pacto. Kevin, de nariz de porquinho, levou a mão ao coração e fez uma voz solene.

– Juro fazer todos os dias deste ano escolar um inferno em vida para Oliver "Boo" Dalrymple.

Nelson repetiu a frase, e o mesmo fez Henry. Depois, os três juntos gritaram:

– Uma nação sob Deus, amém!

Havia uma lata vazia de refrigerante por perto. Soda limonada. Kevin apanhou a lata. Depois, abriu a braguilha do seu jeans e buscou seu pênis. Não se virou. Desafiou-me a olhar. Fechei os olhos, mas pude ouvi-lo. Estava urinando na lata de refrigerante. O som era como líquido sendo despejado em uma caneca.

– Segure ele – ele disse a Nelson e Henry, que então se sentaram nos meus braços.

Eu disse a mim mesmo que não tinha importância. Afinal de contas, era em grande parte água com traços de sais inorgânicos e compostos orgânicos. "Relaxe e engula", disse a mim mesmo. Mas dessa vez não me entreguei em silêncio. Lutei, gritei, tentei envolver meus agressores com as pernas para derrubá-los. Mas não consegui. Os dedos sujos de Nelson alavancaram a minha boca, e Kevin despejou a urina morna dentro da minha garganta. Engasguei e fiquei sem fôlego. A urina subiu para meu maldito nariz, molhou todo o meu rosto, meu cabelo, até minhas orelhas.

Eles ganharam. Sempre ganhariam.

Que estranho estar me lembrando disso agora.

É uma lembrança que Zig achou melhor apagar.

Durante 13 anos, esta lembrança ficou numa espécie de caixa-forte. Dentro dela também estava o desespero que senti. Agora isso me volta. Mesmo depois que eles me deixaram, fiquei deitado neste campo durante uma ou duas horas. Esgotado. Abandonado. Acabado.

Agora, a distância, meia dúzia de garotos corre gritando por este mesmo campo. Não sei dizer se estão aterrorizando uns aos outros ou apenas brincando. Um tordo pousa a um metro. Ele me olha, a cabeça inclinada de lado, depois outro, como se eu fosse um quebra-cabeça complicado que precisasse resolver.

— Oi, anjo — digo pro passarinho.

Ele sai voando, e então vou até a lata vazia de refrigerante. Pulo pra lá e pra cá em cima dela, até que esteja bem achatada. Depois, a apanho e a atiro pelo campo, como um *frisbee*.

Volto para a comprida escola de tijolos que é o Helen Keller. Fico preocupado que suas portas estejam trancadas, porque agora é hora do jantar. Terei que arrombar? Mas não, as portas estão abertas e alguns meninos estão à toa, no saguão. Estão vestidos com algo parecido com um pijama, mas na verdade são uniformes de judô amarrados com cintos alaranjados. Não me dão atenção. Sigo pelo corredor, passando por vitrines com troféus esportivos trancados atrás de vidros.

Na sétima série, Johnny ganhou troféus de corrida para o Helen Keller. No entanto, espero que não tenham permitido que ele terminasse o oitavo ano aqui. Que escola ele frequentou em vez desta? Uma espécie de reformatório, imagino.

Acho que Zig permitiu esta materialização para me mostrar que Johnny conseguiu seguir com a sua vida, mesmo que alguns fantasmas ainda o assombrem. Sou um desses fantasmas. Talvez eu o tenha ajudado hoje. Gostaria muito que tivesse.

Quando chego ao meu velho armário, vejo que o nº 106 está fechado com cadeado. Deduzo que sei a combinação: giro o disco para sete, depois 25, depois 34. Puxo a trava e ela se abre.

Verifico atrás de mim, mas não tem ninguém por perto. Só os olhos de Helen Keller observam do outro lado do saguão.

Abro a porta com um rangido, esperando que falte o painel do fundo e que o armário esteja vazio. Mas o painel está no lugar, e o armário está cheio. No entanto, os objetos dentro dele não pertencem à asiática que encontrei mais cedo, no corredor. Cacilda, eles pertencem a mim!

Minha tabela periódica está grudada nas costas da porta. Acima dela, estão minhas fotos de Jane Goodall e Richard Dawkins. Jane com seu rabo de cavalo loiro e brilhante, os lábios contraídos. Richard com seu sorriso malicioso, as sobrancelhas revoltas.

— Oi, gente, oi — digo. — Vocês dois parecem bem. Não envelheceram nem um pouquinho.

Meu compasso e meu transferidor estão no meu armário, bem como meus livros de química e de matemática. Meu exemplar escolar de *O senhor das moscas*, com a lombada ainda intacta; meu cardigã verde-folha, que minha avó me deu no meu aniversário de 13 anos; meu dicionário francês-inglês; minha sacola de ginástica de vinil, com minhas roupas de ginástica ainda dentro: shorts amarelos, camiseta do Trojan, até um suporte atlético.

Remexo nos meus pertences. No fundo da prateleira de cima há um saco de papel. Deduzo que seja o almoço que vocês me fizeram há trinta anos, Mãe e Pai. Puxo-o para mim. Está pesado. Mais pesado do que deveria ser um sanduíche de pasta de amendoim, uma barra de cereais e uma caixa de uvas-passas.

Abro o saco.

Dentro, tem um revólver.

Não aquele do Curios.

A arma do tio Seymour.

Olho para cima. Helen Keller me observa da parede. Acena com sua cabeça de barrete. Pelo menos, na minha mente ela faz isso.

Então me lembro.

Eu mirando esta arma para meu próprio peito. Johnny gritando "*Não!*", jogando-se para cima de mim. O pânico nos seus olhos. As cicatrizes nos seus pulsos. Os puxões e a luta. O estrépito.

101 (258.10)
Md
Mendelévio

Hidrogênio, hélio, lítio, berílio, boro, carbono, nitrogênio, oxigênio, flúor, neônio, sódio, magnésio, alumínio, silício, fósforo, enxofre, cloro, argônio, potássio, cálcio, escândio, titânio, vanádio, cromo, manganês, ferro, cobalto, níquel, cobre, zinco, gálio, germânio, arsênio, selênio, bromo, criptônio, rubídio, estrôncio, ítrio, zircônio, nióbio, molibdênio, tecnécio, rutênio, ródio, paládio, prata, cádmio, índio, estanho, antimônio, telúrio, iodo, xenônio, césio, bário, lantânio, cério, praseodímio, neodímio, promécio, samário, európio, gadolínio, térbio, disprósio, hólmio, érbio, túlio, itérbio, lutécio, háfnio, tântalo, tungstênio, rênio, ósmio, irídio, platina, ouro, mercúrio, tálio, chumbo, bismuto, polônio, astatínio, radônio, frâncio, rádio, actínio, tório, protactínio, urânio, netúnio, plutônio, amerício, cúrio, berquélio, califórnio, einstêinio, férmio, mendelévio, nobélio, laurêncio, rutherfórdio, dúbnio, seabórgio, bóhrio, hássio, meitnério.

102 (259.10)
No
Nobélio

Enrodilho-me dentro do nº 106 e bato a porta. Sou engolido pela escuridão. Estou confinado, suado, abalado. Luto para respirar. Tem um saco de papel na minha mão, mas não posso usá-lo. Solto-o, e a arma ressoa aos meus pés. Começo a chorar em silêncio, e as mangas do meu cardigã se enrolam ao meu redor como um abraço. Este armário é meu caixão. Tomara que eu nunca o deixe.

O tempo se escoa. Não posso dizer quanto tempo. Vinte minutos? Duas horas? Mas finalmente o painel do fundo do armário é escancarado, e à minha frente está um menino com um moicano espetado com cola branca (acetato de polivinila).

— Jesus! — ele grita. — Você quase me fez ter um enfarte!

Quando me desdobro e saio do armário, sinto-me sem vida. Sou um zumbi. Um morto-vivo. O depósito está agora cheio de dezenas de estoquistas remexendo nos produtos que foram entregues, e empilhando itens em carrinhos e empilhadeiras. São tão diligentes quanto formigas.

— O que você estava fazendo ali? — o roqueiro punk pergunta.

— Procurando achados incomuns — murmuro.

— Não tem nada de incomum neste armário detonado.

— *Au contraire* — respondo.

Olho de volta para dentro do armário. Está novamente vazio. Todos os meus pertences se foram, inclusive o saco de papel. Fecho sua porta.

Combino com o roqueiro punk de entregar o nº 106 no Curios, mais perto do final de semana. Pergunto-lhe a hora agora, e ele diz que são 10:55. Fiquei fora muitas horas.

Pego minha lanterna cheia de pedras e volto me arrastando para a biblioteca Guy Montag. Subindo a entrada de pedestres da biblioteca, ouço um latido breve, e Pierre sai dos arbustos que crescem ao longo do prédio. Céus, tinha me esquecido completamente do cachorro. Ele dá pulos, comemorando a minha chegada. Carrego-o para dentro. Quando chegamos no Curios, no terceiro andar, hesito em entrar, mas me forço a abrir o cadeado da corrente. Meus pés ecoam e as unhas de Pierre vibram no chão enquanto caminhamos pelas salas de exposição. Apesar das dezenas de vitrines, o espaço parece vazio, como se não houvesse uma alma. Digo a Pierre:

— Vamos ver se a alma dele ainda está aqui.

Vamos até a sala de Johnny, e puxo o armário da frente da sua porta. Quando entro, não me choco ao ver a cama vazia. Dispostos sobre ela estão o short de ginástica vermelho, uma regata branca, e um pendente azul. Enfio os itens na gaveta debaixo da cama, onde ainda está o revólver.

Por via das dúvidas, checo para ver se Zig carregou a arma com balas durante a minha ausência, mas ela está vazia. Bom, acho que não posso dar um tiro no meu cérebro estúpido ou no meu coração defeituoso.

Tiro minha camiseta e meu jeans e entro debaixo das cobertas só de short. Permanece um ligeiro odor de cebola. Pierre pula para cima da cama e se enrodilha aos meus pés. Estou muito, muito cansado, mas me pergunto se algum dia vou conseguir voltar a dormir e, se dormir, se um dia acordarei.

Minha voz treme ligeiramente quando digo para o ventilador de teto:

— Me conte uma história para dormir, Zig, mas, por favor, chega de contos de fadas. Não quero mais ficção.

O ventilador de teto roda e gira.

— Quero a verdade.

Como sempre, Zig não diz nada. Mas ele não precisa responder. Agora conheço a verdade. Sei no meu coração furado o que vocês, queridos Mãe e Pai, sabem há muito tempo: seu filho era o Atirador.

103 (266)

Lr

Laurêncio

POR FAVOR.

104 (267.12)
Rf
Rutherfórdio

POR FAVOR.

105 (268.13)

Db

Dúbnio

ME PERDOEM.

106 (271.13)
Sg
Seabórgio

Passaram-se sete semanas, Mãe e Pai, e durante este tempo não contei a ninguém, a não ser a vocês, sobre a minha materialização e os mistérios que ela me revelou. Para manter minha sanidade, mantive-me ocupado. Renovei o Curios. Deixe-me dividir com vocês uma exposição que projetei, chamada "Muito Curiosíssimo e Muito Curiosíssimo". Esther sugeriu o título, que vem de *Alice no país das maravilhas*, uma ficção que pretendo ler um dia.

Hoje é a grande reinauguração do Curios. Nas últimas semanas, levei todos os objetos da coleção do museu para o depósito no porão da biblioteca. Lá se foram nossas moedas de dólar, a pipa chinesa, pilhas, telefones quebrados, PC (uma novidade), camisinhas, fraldas, o volume de Ma a Mi da *Encyclopaedia Britannica*, desodorante *roll-on*, terrários de bichos de estimação, réplicas de animais, *corned beef*, caixas de hambúrguer Helper, pés de coelho da sorte, estátua de cerâmica da mãe supostamente virgem de Jesus, selos postais da Austrália com wallabies (aqueles cangurus menores), e por aí vai.

Quanto ao pequeno revólver, joguei-o no condutor de lixo. Foi-se para sempre. Ou talvez não para sempre, porque, pelo que sei, Zig pode mandá-lo de volta um dia.

Depois que levei todas as curiosidades para baixo, comecei a viajar pelas enfermarias da Cidade, que, ao longo dos anos, receberam fotocópias das entregas de Zig aos depósitos. Passei dias copiando os documentos que planejava exibir como parte da Muito Curiosíssimo e Muito Curiosíssimo.

Estamos na noite de 31 de outubro. Como em todo Halloween, simplesmente jogo um lençol sobre a cabeça. Pelos buracos dos olhos, posso avaliar as reações dos meus visitantes, que vêm como zumbis, bruxas, múmias, monstros, arcanjos, duendes, e coisas que tais. Chegam cheios de sangue falso, com flechas falsas atravessadas na cabeça, facas falsas saindo das costas. Estas crianças mortas caminham pelos corredores do museu, extasiadas. Nem sempre posso ver seu encantamento debaixo das máscaras e da maquiagem, mas posso senti-lo.

Não existem vitrines tradicionais esta noite. Em vez disso, as próprias paredes é que estão em exibição. Dividi o museu em 13 áreas, cada uma identificada com um grande número pintado com sua própria cor em papel-cartão. Usando simples tubos de cola, empapelei as paredes com fotocópias de cada página dos livros de renascimento que ainda restavam das 13 enfermarias. Nessas páginas, estão listados nomes de renascidos, a cidade de onde vieram, a data de seu renascimento, a causa da sua passagem, e o código postal do endereço que lhes foi designado. A maioria das páginas está datilografada, mas os livros mais antigos (achei um datado de 1938) estão escritos à mão, a tinta tão desbotada que frequentemente fica ilegível. As páginas correm cronologicamente de forma horizontal ao longo das paredes, a mais velha no canto superior esquerdo, a mais nova no canto inferior direito.

Muito Curiosíssimo e Muito Curiosíssimo é um memorial para todos que algum dia vieram para a Cidade. Meu objetivo é que cada um dos meus companheiros citadinos se sinta um objeto lindo e curioso.

Não sei como as pessoas reagirão. Ficarão impressionadas? Entediadas? Parece que a primeira opção é a certa. Estão lendo os documentos como se fossem páginas de um romance fascinante. O presidente do conselho, Reginald Washington (um pirata) está aqui, bem como a diretora do presídio, Lydia Finkle (como bruxa), o diretor do asilo, dr. Albert Schmidt (um *ghoul*), e a antiga residente da Schaumburg, Sandy Goldberg (um amendoim de feltro gigante).

Os irritantes gêmeos Tim e Tom Lu também comparecem, usando bigodes falsos e portando bengalas. Estão vestidos como Thompson e Thomson, de As aventuras de Tintim.

Tim diz a Tom:

— Eu me pergunto se, após todos estes anos, Oliver Dalrymple ainda é a vítima.

— Gostaria que fosse verdade — respondo.

Como muitos outros visitantes, Tim e Tom sobem as escadas colocadas nas salas, para procurar seus próprios nomes nas listas de renascimento. Enquanto isso, Pierre alterna-se para lá e para cá nos colos das pessoas, latindo como um cachorro louco e, quando o instigam, solta seu *auuuuuuuuu*.

Meus amigos também estão aqui. Thelma está vestida de Sherlock Holmes, com um boné de tweed; Esther veio como cigana médium, com um lenço de cabeça enfeitado com signos do zodíaco; e Ringo, como uma múmia enrolada em ataduras brancas, manchadas com sangue falso.

A fantasia de Ringo me faz lembrar seu velho poste de barbeiro vermelho e branco, Pai e Mãe. Vocês o levaram para o Alasca? Não tenho certeza de que tenham ido para lá, mas gosto de pensar em vocês se misturando aos ursos e alces em Anchorage, admirando a aurora boreal à noite.

Digo a meus amigos para virem me encontrar no quarto de Johnny. Quero fazer um brinde. Vou até minha sala e, da gaveta de baixo da minha escrivaninha, pego uma garrafa de um vinho tinto francês chamado Château Bel-Air, que chegou à Cidade em 1977. Eu o escondo, com taças de plástico e um saca-rolhas, numa cesta de piquenique de vime.

Quando chego ao quarto de Johnny, a seção da exposição que reservei para as crianças renascidas da Onze, meus três amigos me esperam com Pierre que, se for de Paris, provavelmente está familiarizado com o Château Bel-Air (ha, ha). Digo aos outros visitantes para saírem por um momento, porque tenho negócios importantes a resolver. Depois que eles se vão, fecho a porta e pressiono sua fechadura.

Mostro aos meus amigos o que há na cesta de piquenique. Ringo, que afirma ter sido um bebedor de vinho em Detroit, diz:

— Isto é danado de fantástico, cara!

Esther, Thelma e eu nunca provamos vinho. Peço a Ringo que faça as honras, e ele prende a garrafa entre suas coxas enfaixadas, e com habilidade enfia o abridor na rolha. Arranca a rolha com um som como o pipoco de uma pistola. Nós todos nos sentamos no chão, como se fosse uma cerimônia indígena. Encho os copos até a metade e os distribuo.

Thelma fica risonha antes mesmo de dar um gole.

— É melhor que o Reginald não descubra. Vamos ficar detidos por um ano.

Levanto a taça e digo:

— Um brinde a Johnny Henzel.

Meus amigos levantam suas taças. As duas meninas me lançam sorrisos nervosos. Raramente falamos sobre Johnny atualmente. Talvez Esther e Thelma tenham feito um pacto há muito tempo de evitar mencioná-lo na minha frente. Ou talvez só tenham deixado de pensar nele há anos, e estejam constrangidas de terem esquecido completamente seu velho amigo.

— Ele nasceu na América, no Halloween — acrescento.

— A Johnny Henzel — todos eles dizem, brindando com as taças.

Gosto de pensar que a estadia de Johnny na Cidade não foi um engano. Zig *queria*-o na Cidade, pelo menos por um tempinho, para que pudéssemos ficar amigos, os bons amigos que deveríamos ter sido em nossas vidas terrenas. Se tivéssemos sido bons amigos naquela época, talvez Johnny não tivesse cortado os pulsos e eu poderia não ter roubado a arma de tio Seymour. Poderíamos ter ajudado um ao outro na América, do jeito que nos ajudamos no doce além.

Meus amigos bebericam seus vinhos. Falta um buraco para a boca na minha fantasia, então preciso levar a taça para baixo do lençol para beber. O vinho é doce e denso.

Esther diz:

– O gosto deste troço é melhor do que eu pensava.

Thelma diz:

– Tem gosto de adulto.

– Tem gosto de noz-moscada – Ringo diz. Ele examina a etiqueta na garrafa. – Setenta e sete foi um ano excelente.

– Noz-moscada? – Esther revira os olhos.

Ringo dá um gole em sua taça. Depois, diz:

– E aí? Onde diabos está o Johnny?

– Está confinado no porão? – Esther pergunta.

Sacudo a cabeça.

– Ele deu no pé.

Esther e Thelma erguem as sobrancelhas. Thelma segura, então, sua lente de Sherlock Holmes, como que para examinar o fantasma à sua frente com mais cuidado.

– Ele remorreu – esclareço.

– Nem pensar! – Ringo exclama.

Thelma abaixa sua lente.

– Ele sumiu?

– *Puf!* – digo.

– Quando? – Esther pergunta.

– No dia 7 de setembro – digo. Não menciono o fato de Johnny se transformar no primeiro homem da Cidade. Não estou preparado para revelar tudo neste momento. Talvez um dia.

– Puxa, Boo! Você devia ter contado pra gente! – Esther diz.

– A gente poderia ter feito um funeral – Thelma diz. – Poderíamos ter prestado uma homenagem pra ele.

– Eu prestei esta homenagem durante treze anos – digo, debaixo do meu lençol. – Vai ver que já deu.

Thelma dá um tapinha na minha cabeça de fantasma.

– Você está nos conformes?

— Não exatamente.

Dou um grande gole no meu vinho, que aquece a minha barriga.

Ringo pergunta se organizei a Muito Curiosíssimo e Muito Curiosíssimo como uma distração pro meu luto.

— Pra tirar sua cabeça dessas coisas? — diz.

Concordo com a cabeça, ainda que não tenha certeza de que isto seja verdade. Não sei se andei de luto por Johnny Henzel. Vai ver que sim. Afinal de contas, ele era uma espécie de herói pra mim. Mas a pessoa por quem estou realmente de luto é Oliver Dalrymple. O menino que eu pensei que fosse, mas não era.

Bebo com os meus amigos o restante da garrafa de vinho. Ringo fica dizendo: — Está sentindo alguma coisa? Está sentindo alguma coisa? — como se estivéssemos à beira de nos transformar em pessoas totalmente diferentes. Mas eu já sou uma pessoa totalmente diferente.

Meus amigos riem ao notar que seus dentes estão manchados de roxo. Dou meu último gole de vinho e me levanto. Estou zonzo e enjoado, mas um pouco mais nos conformes. Vou até a parede onde ficava a cama de Johnny. Aceno para que meus amigos se aproximem, para ver uma página da enfermaria da Onze. Está colada no meio da parede. Esther precisa ficar na ponta dos pés.

— Fui eu quem datilografei isto — Thelma diz, referindo-se à página.

— Sua ortografia é de doer — Ringo diz.

Aqui estão os primeiros registros da página:

Kendra Phillips	Murray, UT	5 de jul. de 79	leucemia	SAL
Nick Easterling	Tewksbury, MA	17 de jul. de 79	queda de casa da árvore	RIO
Haley Pierson-Cox	Louisville, CO	28 de jul. de 79	pneumonia	GIZ
Jane Brunk	Vienna, VA	31 de jul. de 79	atropelada por ônibus	TIO
Lisa Antonopoulos	Sherwood, OR	22 de ago. de 79	inalação de fumaça	MAR

Depois de mais uma dúzia de registros, a página acaba assim:

Oliver Dalrymple	Hoffman Estates, IL	7 de set. de79	coração furado	LUA
John Henzel	Hoffman Estates, IL	12 de out. de 79	bala no cérebro	LUA

Aponto a causa da minha morte. Digo a meus amigos que acho que o buraco no meu coração finalmente se fechou.

— Não sinto mais as pontadas de dor. Não sei se isto é uma boa notícia.

O lenço de zodíaco de Esther escorregou, e o escorpião parece estar prestes a beliscar seu nariz com suas garras. Ela diz:

— É uma boa notícia, Boo.

Thelma concorda:

— Significa que você está curado.

— Treze anos é tempo demais para uma cura — retruco. — No meu registro de curas, isto quebra o recorde.

— É uma pena que as pessoas na América não sarem logo — Thelma diz. — Como nossas mães, nossos pais, nossas irmãs e nossos irmãos, depois que fizemos a passagem. Se pelo menos seus corações sarassem rapidinho...

Todos nós pensamos em nossas famílias e ficamos um pouco melancólicos, talvez por estarmos altos — palavra que vocês gostavam de usar para descrever seu estado sempre que bebiam *dry martinis* depois do trabalho.

Mãe e Pai, agora mantenho o armário nº 106 na minha sala, e ocasionalmente dou uma olhada dentro dele para ver se ele se abre para um outro mundo. Até agora, não, mas talvez um dia apareça uma barbearia no Alasca. Dentro do armário, guardo o livro que escrevi, que está pronto, esperando para ser entregue. Eu o entregarei a vocês e depois me retirarei de volta para o meu mundo, e vocês lerão a minha história, entendendo finalmente o básico da minha vida e da minha pós-vida. Depois, fecharão meu livro, me deixarão descansar em paz e meu fantasma não irá mais assombrá-los.

Esther interrompe as divagações de todos:

— Não vamos ficar tristes e confusos esta noite.

Digo aos meus amigos que há outra garrafa de vinho na minha sala. Uma garrafa de vinho branco do Condado de Napa.

— Ah, vá buscá-la! — exclama Ringo. — A gente pode ficar de fogo e depois ir praquela grande festa de Halloween no Canto Nordeste. — Seus olhos faíscam sob as ataduras. — Vamos ficar muito loucos esta noite!

Ele planta uma bananeira no quarto, um milagre, considerando sua fantasia e a barriga cheia de vinho. Pierre late e dá pulinhos com suas pernas felpudas. Ringo apanha o cachorro e faz uma dança pogo com Pierre nos braços.

— Você consegue ficar muito louca, Estie? — Ringo grita para Esther.

— Pode crer. — Esther pula na ponta dos pés.

— E você, Thelma?

— Cruzes, sim.

— E você, Boo? Você consegue pirar de vez?

Reflito sobre a pergunta.

— É bem provável — digo.

AGRADECIMENTOS

Meu muito obrigado a Paul Taunton, da Knopf Canada, e Lexy Bloom, da Vintage Books em Nova York, e a Dean Cooke, Ron Eckel e Suzanne Brandreth, da Cooke Agency. Agradecimentos adicionais a Jessica Grant, Ross Rogers, David Posel, Lois Carson e Frank Smith. *Un gros merci à Christian Dorais.*

Este livro foi impresso na Intergraf Ind. Gráfica Eireli.
Rua André Rosa Coppini, 90 – São Bernardo do Campo – SP
para a Editora Rocco Ltda.